GW01607741

Valerio Massimo Manfredi es profesor de arqueología clásica en la Universidad Luigi Bocconi de Milán. Ha realizado numerosas expediciones y excavaciones, y ha impartido clases en Italia y en diversas universidades internacionales. Ha publicado numerosos artículos y ensayos académicos, principalmente sobre rutas militares y comerciales e investigaciones sobre el mundo antiguo. Es autor de nueve libros de ficción, incluyendo la trilogía de *Aléxandros*, traducida a veinticuatro idiomas en treinta y ocho países. Los derechos cinematográficos han sido adquiridos por Universal Pictures para llevar a cabo una superproducción internacional. Ha escrito y dirigido documentales sobre el mundo antiguo para las cadenas más importantes de televisión, así como obras de ficción para el cine y la televisión. Actualmente vive con su familia en el campo, cerca de Bolonia en Italia.

Biblioteca

VALERIO MASSIMO MANFREDI

Akropolis

Traducción de
José Ramón Monreal

DEBOLSILLO

Título original: *Akropolis*
Diseño de la portada: Departamento de diseño de Random House Mondadori
Directora de arte: Marta Borrell
Diseñadora: Maria Bergós
Fotografía de la portada: © Image Bank/Getty Images

Segunda edición: octubre, 2003

© 2000, Valerio Massimo Manfredi
Publicado originalmente por Arnoldo Mondadori Editore, S.p.A., Milán, 2000
© 2000 de la edición en castellano para todo el mundo:
Grupo Editorial Random House Mondadori, S. L.
Travessera de Gràcia, 47-49. 08021 Barcelona
© 2000, José Ramón Monreal, por la traducción

Quedan rigurosamente prohibidas, sin la autorización escrita de los titulares del «Copyright», bajo las sanciones establecidas en las leyes, la reproducción parcial o total de esta obra por cualquier medio o procedimiento, comprendidos la reprografía y el tratamiento informático, y la distribución de ejemplares de ella mediante alquiler o préstamo públicos.

Printed in Spain – Impreso en España

ISBN: 84-9759-751-6 (vol. 496/6)
Depósito legal: B. 41.224 - 2003

Fotocomposición: Fotocomp/4, S. A.

Impreso en Litografia Rosés, S. A.
Progrés, 54-60. Gavà (Barcelona)

P 8 9 7 5 1 6

A mi amigo ateniense

Índice

Prólogo 9

1. El mito 27
   11 de enero de 1999 43
2. El legislador 48
   8 de marzo de 1999 62
3. Los tiranos 67
   22 de abril de 1999 79
4. La democracia 81
   4 de julio de 1999 101
5. Salamina 103
   15 de agosto de 1999 122
6. La liga naval 125
   15 de septiembre de 1999 141
7. Pericles 144
   9 de octubre de 1999 164
8. La ciudad imperial 167
   30 de octubre de 1999 181
9. La gran guerra 184
   18 de noviembre de 1999 206
10. Alcibíades 210
    30 de noviembre de 1999 227
11. Sócrates 231
    22 de diciembre de 1999 247

Bibliografía 250

La felicidad es dada por la libertad y la libertad por el coraje.

PERICLES, «Elogio fúnebre»
(Tucídides, XLIII, 1,4)

Prólogo

TENÍA VEINTE AÑOS y unas ganas inmensas de viajar y de conocer mundo. Preparaba los exámenes de la universidad estudiando con un amigo de un pueblo vecino al mío y acabábamos de superar el primer examen de literatura griega que incluía, entre otras cosas, la lectura íntegra de la *Odisea* en su lengua original. Durante meses nos habíamos aplicado en la traducción con la ayuda de un diccionario y la edición bilingüe de Rosa Calzecchi Onesti, hasta que un buen día, pasado el tiempo, nos dimos cuenta de que estábamos leyendo a Homero sin ninguna ayuda ni apoyo, con el diccionario cerrado y el texto de la traducción tapado. Una sensación maravillosa, semejante, me imagino, a la que experimenta alguien que suelta las muletas y echa a correr. La he vuelto a sentir recientemente viendo la escena de la película *Forrest Gump*, cuando el niño se desembaraza de las prótesis metálicas y corre, raudo como el viento: un momento de extraordinaria e intensa emoción.

Decidimos, pues, que partiríamos lo más pronto posible para Grecia, donde visitaríamos todos los lugares ligados a la historia, a la épica, a la arqueología; una especie de peregrinaje en el que buscaríamos los paisajes de la memoria, los lugares en que la historia había impreso sus huellas que nuestra ingenuidad imaginaba indelebles. Los medios a nuestra disposición eran muy escasos y no cabía tampoco esperar que nuestros padres alimentaran nuestros magros recursos; sin embargo, habíamos conseguido comprar un billete de ida y vuelta Ancona-Pireo (en toldilla), en un barco bautizado con el nombre de *Apollonia*, a un precio muy ajustado, y ese billete constituía un seguro ante nuestra aventura: significaba que siempre, en el peor de los casos, podríamos volver.

Quedaba por establecer cómo nos desplazaríamos una vez que llegáramos, qué comeríamos, cómo dormiríamos, etcétera. El problema del alojamiento lo resolvimos pidiendo prestada una tienda de campaña militar a un amigo *boy scout* y comprando dos colchonetas hinchables en un mercadillo de segunda mano; en cuanto a la comida, el mismo amigo nos prestó un cámping gas de un solo fuego, con el que pensábamos que podríamos prepararnos algunas sopas de sobre en unas escudillas asimismo prestadas.

Quedaba el problema del transporte. Mi amigo se desplazaba habitualmente en autobús; yo tenía un velomotor e hicimos con él una prueba subiéndonos los dos a él y cargando asimismo nuestras dos mochilas, llenas de todo cuanto íbamos a necesitar para el viaje. El experimento fue una desilusión, pues el pequeño propulsor de 50 cm^3 fallaba a la más mínima subida, por muy leve que ésta fuese, y sabíamos perfectamente, por haberlo estudiado, que el terreno de Grecia figura entre los más montañosos y accidentados.

Por lo tanto decidimos que nos desplazaríamos en autostop, como hacían en aquel tiempo muchos chavales de nuestra edad. Lo importante era poner pie en suelo griego: una vez que hubiéramos llegado, ya haríamos frente, uno por uno, a todos los problemas que nos fueran surgiendo.

Fue un viaje de impresiones profundas, de emociones poderosas. Vimos el Partenón bajo un cielo abrileño en el que galopaban negros nubarrones henchidos de lluvia, que de vez en cuando eran perforados por los rayos de sol que iluminaban con una luz violenta ya esta, ya aquella parte de la gran explanada, así como el pórtico de las cariátides, apenas rociado por una ligera lluvia.

Sacamos de la mochila el Tucídides en edición de bolsillo y nos pusimos a leer el *Elogio fúnebre*:

> Amamos la belleza con mesura y rendimos culto al saber pero sin caer en la debilidad. Hacemos uso de nuestra riqueza más como medio de acción que como motivo de jactancia, y no es ningún baldón para nadie aceptar su pobreza, pues lo realmente vergonzoso es no tratar de salir de ella en la medida de lo posible.

—¡Qué fuerza...! —murmuró mi amigo.

Nosotros, muchachos de campo, provincianos como éramos, nos sentíamos en aquel momento unos intelectuales, refinados humanistas sólo porque podíamos relacionar una cita de Tucídides con la arquitectura del Partenón: cierto es que no estábamos más que en los inicios, pero aquellas experiencias tan directas y, por así decir, concretas, nos producían verdadero estremecimiento. Nos sentamos en la escalinata de los Propileos esperando la puesta de sol, contemplando la grandiosidad del odeón de Herodes Ático, la colina de Filopapo, el ágora en el lado opuesto y, en lontananza, el Licabeto, rematado por su iglesita bizantina. Nos quedamos allí sentados sin decir nada, con los ojos y el ánimo llenos de asombro, hasta que el hambre nos empujó a buscar algo de comer en una taberna de Plaka. El barrio, apenas frecuentado por los primeros turistas, conservaba su aspecto genuino: en la blanca pared de un pequeño local el dueño había escrito con pincel y pintura roja *bona e mercata grecca cuzina* (comida griega buena y barata), con la evidente intención de atraer a turistas italianos. Y bien que lo consiguió: descubrimos que la manera más barata de llenarse el estómago era un plato de alubias y una hogaza de pan.

En una tienda vi un par de gemelos de plata, que imitaban los dracmas atenienses, con la lechuza grabada, y me prometí comprarlos a la vuelta si me quedada algo de dinero.

Tuvimos que abandonar la ciudad al cabo de un par de días porque no podíamos permitirnos los gastos del alojamiento, y antes de salir hacia el Peloponeso decidimos subir hasta la cima del Skaramangá, la montaña en que el emperador persa Jerjes, según la narración de Heródoto, se hizo construir un trono para contemplar, como desde las gradas de un teatro, la victoria de su flota contra las naves atenienses en el estrecho de Salamina.

En un determinado punto de la subida había una tela metálica y un pastor nos gritó algo que no entendimos, pero nuestra curiosidad por ver el lugar en el que Jerjes había establecido su trono dorado era tal que no le hicimos caso. Nos adentramos, sin advertirlo, en un polígono de tiro de la marina militar griega y por suerte nos encontramos con una patrulla de desalojo que nos echó, pues de lo contrario hubiéramos tenido que correr bajo los proyectiles de los cañones.

El oficial que nos había echado tuvo la amabilidad de parar un camión que nos llevó hasta Corinto y nos regaló una botella de coñac griego que nos acompañó durante todo el viaje. La gran ciudad del istmo fue una desilusión; por otra parte, sabíamos que la habían destruido los romanos de Lucio Mummio y que lo único griego que había quedado eran las siete columnas dóricas del ángulo del templo de Apolo. Subimos los novecientos escalones que llevaban al Acrocorintio y desde allí pudimos contemplar un paisaje asombroso: por un lado veíase el canal, el golfo Sarónico y la isla de Egina; por el otro se divisaba al norte la costa de Fócide y al oeste el vasto golfo, que aparecía como cerrado por las escarpadas montañas de Acaya que se adentraban en el mar hacia el mediodía.

Al sur se extendía la Argólida, hasta donde se perdía la vista, destacada por los rayos oblicuos del sol que acentuaban los colores resplandecientes de la primavera. Nos acordamos de Diógenes y de su tonel, que no debía de ser mucho menos acogedor que nuestra tienda de campaña, tanto más cuanto que nuestras colchonetas hinchables de segunda mano no retenían el aire y a eso de las dos de la madrugada invariablemente teníamos que levantarnos para volver a hincharlas si no queríamos dormir sobre las mismas piedras. La mía a menudo duraba sólo hasta la medianoche y desde aquel momento tenía que volver a hincharla dos veces antes del amanecer mientras que mi amigo, más afortunado que yo, se las arreglaba hinchándola una sola vez.

—Lo barato acaba saliendo caro —comentaba él, como si hubiéramos podido escoger en nuestra adquisición.

El día siguiente fue muy duro porque aunque hicimos dedo no encontramos a nadie que nos cogiera y tuvimos que caminar durante casi diez kilómetros bajo un sol de justicia. Hacia las once se detuvo un tractor y el conductor nos dejó montar en el remolque entre cajas de naranjas y limones. Llegamos a Micenas después de la puesta de sol, muertos de cansancio, hambrientos y con los huesos molidos por haber viajado en tractores, sentados en los guardabarros o en los adrales de hierro de los carros agrícolas; pero era tal la emoción de encontrarse en la ciudad de Agamenón que nos olvidamos de todas nuestras cuitas.

Las verjas estaban ya cerradas, los vigilantes se marchaban en aquel preciso momento y también el último autocar de turistas se alejaba con dirección a la «nueva Micenas», un pueblecito de pocos miles de habitantes, situado al pie de las colinas. En cambio nosotros nos quedamos y, al no poder entrar, trepamos por una colina rocosa que domina la ciudad, aquella desde la cual, en el *Agamenón* de Esquilo, el vigía ve las fogatas que señalan desde Nauplia la llegada de la flota aquea. Los últimos rayos del ocaso teñían de rojo las ciclópeas murallas y los contrafuertes de la Puerta de los Leones, y desde nuestra posición podía verse por entero el gran *megaron* y la torre que se asomaba al abismo. Cogí de mi mochila la *Odisea* y me puse a leer el pasaje del libro undécimo donde Agamenón, evocado por Odiseo, cuenta desde los Infiernos cómo fue asesinado a su regreso: «Fue infamante mi muerte, y conmigo mataron a mis hombres como cerdos ... y el suelo cubierto de sangre ... Y la cara de perra, enviándome al Hades, ni se dignó siquiera a cerrarme los ojos con sus manos».

Leía como si fuera un actor trágico y yo mismo me emocionaba por el sonido de mi voz entre aquellas rocas desnudas. Dejé de leer cuando la oscuridad me impidió seguir haciéndolo, pero en ese momento, desde el valle que teníamos abajo, se alzó el grito de la lechuza. Otra le respondió y luego otra más, hasta que la montaña entera resonó con aquel lloriqueo. Cansados, excitados, hambrientos, éramos casi incapaces de controlar la emoción que había hecho mella en nosotros y continuábamos mirando fijamente ese suelo como si asistiéramos en directo a la sangrienta escena. Luego, cuando el canto de las lechuzas cesó casi de golpe, dejamos escapar un largo suspiro y pensamos en cómo podíamos quitarnos el hambre en un lugar tan escabroso y desolado como aquél. Nos acordamos de las sopas de sobre que había al fondo de nuestras mochilas, revisamos nuestras reservas de agua en las cantimploras y encendimos el hornillo tras haber preparado un abrigo con algunas piedras. Era nuestra primera cena bajo las estrellas y aquella sopa caliente y gustosa tenía un sabor industrial de lo más nuevo para nosotros; la habíamos preparado con nuestras propias manos y nos supo a manjar de dioses.

El terreno era demasiado rocoso para plantar la tienda, por lo que la extendimos en tierra y nos acostamos al abrigo de las rocas todavía tibias: dormimos toda la noche, milagrosamente, sin tener que despertarnos para hinchar las colchonetas, pero antes de caer rendidos nos quedamos un buen rato charlando mientras contemplábamos el cielo salpicado de estrellas increíblemente luminosas, sorbiendo unas gotas de nuestro coñac militar y fumando un Papastratos, el único que nos permitíamos a lo largo de toda la jornada. Seguramente en toda mi aún breve vida no había sido nunca tan feliz como en aquel momento.

En Epidauro, en el más hermoso teatro del mundo antiguo que ha llegado hasta nosotros, representaban el *Edipo rey* con Spiros Fokas y Katina Paxinou, e invertimos una cifra equivalente a cuatro o cinco días de supervivencia para poder asistir al espectáculo, que se representaba en griego moderno. Nos costaba entenderlo y seguíamos el texto antiguo iluminándolo con una linterna, pero lo sugestivo de ver a actores vivos y auténticos con sus trajes de escena en aquella construcción milenaria maravillosamente conservada nos llenaba de emoción y de espanto.

Llegamos a Delfos entrada la noche, después de haber atravesado a pie la montaña. Habíamos esperado larga e inútilmente que nos llevaran a Itea y luego tomamos una decisión: si seguíamos hacia arriba, todo recto, atajaríamos unos dos tercios. Lo cual era muy cierto, aunque no nos imaginábamos lo que nos esperaba. La oscuridad había caído sobre nosotros mientras trepábamos aún por entre las rocas y zarzales, con un viento muy fuerte que doblegaba las copas de los árboles.

Llegamos a la cima exhaustos y a oscuras. No había más que una taberna en todo el pueblo, de nombre Parnassos, y entramos; con el pelo alborotado, los vaqueros rotos por debajo de las rodillas, las manos despellejadas y la barba sin afeitar, parecíamos unos auténticos bandoleros, y todos los clientes se volvieron hacia nosotros como cuando dos pistoleros entraban en uno de los salones del lejano Oeste. Nos sentamos en la mesita más apartada y pedimos unas alubias, una hogaza de pan y una botella de agua, pero al poco el camarero trajo medio litro de *retsina*: una invitación de aquel señor de allí. Luego trajo unas *suvlakia* de cerdo bien asadas: invitación de aquel otro señor de allá. Habían comprendido que teníamos hambre y que si andábamos con aquellas trazas no era por dar la nota, sino porque no teníamos nada más que ponernos, y les dábamos lástima.

Desde allí llegamos, a través de Fócide, al desfiladero de las Termópilas. En relación con nuestras expectativas, el lugar resultaba casi irreconocible por su distancia del mar, por el enterramiento del golfo y por el paso de un carretera nacional y de las principales líneas eléctricas que unían el norte y el sur del país. Y, sin embargo, aquel monumento a Leónidas, erigido hacía sólo pocos años y costeado por unos trescientos espartanos emigrados a Estados Unidos, nos pareció hermosísimo, con las palabras de Simónides grabadas en su base («Glorioso es vuestro destino / Vuestro monumento fúnebre es un altar»). Luego, subimos al cerro donde los hombres de Leónidas formaron en cuadro en la última desesperada defensa para proteger la agonía del rey moribundo, y leímos la inscripción que figuraba en la estela funeraria: «Forastero, anuncia a los espartanos que aquí caímos, obedientes a sus leyes». También aquélla era falsa, pero ¿qué más daba? Nuestra emoción era genuina. Buscamos, asimismo, el paso de Anopea, el secreto sendero que el traidor Efialtes mostró a los persas para que pudieran conquistar por la espalda la inexpugnable posición defensiva de los griegos; pero nos perdimos en los bosques al regreso, ya de noche, muertos de hambre y de cansancio.

La etapa siguiente fue Olimpia y llegamos corriendo al estadio imaginando al público que animaba a los atletas. Pedí que me hicieran una foto con la pose del *Discóbolo* de Mirón, y cuando entramos en el museo nos quedamos deslumbrados por todas aquellas maravillas: la *Centauromaquia*, la *Carrera de Pélope y de Enómao*, el dios Apolo con sus bucles arcaicos y su brazo tenso y enérgico por encima de aquella maraña de cuerpos humanos y bestiales. Parecía increíble. Y nosotros tratábamos de imaginarnos a aquéllos con sus armas de metal dorado, que resplandecían al sol en los frontones gloriosos de los templos. Y luego el *Hermes* de Praxíteles, desnudo y solo en medio de aquella luz difusa que llovía del cielo y que volvía traslúcida cual cera su piel de mármol pario.

Volvimos a Patrás y buscamos un embarque para Ítaca, que por nada del mundo hubiéramos dejado fuera de nuestro itinerario. Nos costó el último dinero que teníamos, pero nos quedaban aún siete sobres de sopa y una pequeña bombona de gas para cocinarlos: podríamos sobrevivir. Desembarcamos al amanecer y vimos Samos todavía cubierta por la sombra de los montes de la Tresprotia («La una se encuentra allí donde está el negro ocaso...») e Ítaca resplandecer bajo el sol radiante de la mañana («... la otra más adelante, allí donde apuntan la aurora y el sol»). Buscamos los campos de Eumeo, la gruta de las ninfas y finalmente los pobres restos del que Schliemann creyó el palacio de Odiseo. Excavó, incluso, para buscar las raíces del olivo bajo cuyas ramas el hijo de Laertes aparejó su yacija. Por la noche nos sentamos en la plaza a contemplar el puerto de Vathí, aquel en el que Telémaco recaló, evitando el acecho de los pretendientes en la isla de Astéride.

En cualquier perro tratábamos de reconocer a Argos, en cualquier muchacho a Telémaco, en cualquier pastor a Eumeo o Filecio y, en la figura de un anciano venerable, las canas de Laertes. Pero él, el muy paciente y divino Odiseo, el urdidor de engaños, el destructor de ciudades, el héroe de todo tiempo y lugar, él estaba por doquier, como si fuera el alma de aquella isla, como si su aliento fuera el viento, como si dejara huellas misteriosas en el polvo de los caminos.

Eran las nuestras nada más que fantasías de muchachos ingenuos, pero tan intensas, tan sugestivas, que dejaban señales profundas, sensaciones capaces de resistir toda una vida y de condicionar nuestro futuro. En aquellos momentos pensábamos en los jóvenes que se pasaban las veladas nocturnas en las pistas de baile contorsionándose con el *twist* y nos sentíamos unos privilegiados, unos elegidos por los dioses, orgullosos de soportar el hambre y las privaciones para lograr conquistar aquella intimidad profunda e inmaculada con los antiguos cantos de Homero, con las historias de Heródoto y de Tucídides, con el lamento de Edipo, de Áyax, de Prometeo.

Los últimos cinco días antes del embarque los pasamos a base de pan y pasas de Corinto que un señor misericordioso nos había regalado en Patrás: cinco kilos. Aunque el sabor a la larga cansaba, aquella fruta era una bomba calórica que nos daba energía suficiente para proseguir nuestro viaje. En total pasamos en Grecia veinticinco días, dejándonos crecer la barba y perdiendo tres o cuatro kilos cada uno. Antes de embarcarnos en el *Apollonia*, en el Pireo, pasé por mi querida tienda de Plaka y me gasté el último dinero comprando unos gemelos de plata con la lechuza de Atenas (que aún conservo) y un broche de filigrana para mi madre. Y, sin embargo, el encuentro más bonito estaba todavía por producirse.

Estábamos en la proa viendo desfilar la costa lentamente ante nuestros ojos, el maravilloso paisaje griego de islas y promontorios, de golfos, ensenadas y escollos, de montañas cortadas abruptamente sobre el mar y la cima salpicada de nieve, de grandes nubes blancas atravesadas por los rayos del sol, y soñábamos con los *tagliatelle* humeantes de nuestra casa después de cuatro semanas de comer alubias, pan y queso *feta*, y sopas de sobre, cuando se acercó a nosotros un señor, de pequeña estatura, curiosas facciones y ataviado con un traje azul de impecable corte y una gardenia fresca en el ojal.

—¿Sois italianos? —nos preguntó.

—Sí —respondí yo—, de la provincia de Módena.

—Lo habría jurado. ¿Habéis estado en Grecia?

—Oh, sí. Somos estudiantes de lenguas clásicas y queríamos visitar todos los lugares históricos.

Y comenzamos a desgranar la lista de los lugares que habíamos visitado, de los museos, de las zonas arqueológicas, de los templos, de los palacios micénicos, de los santuarios suburbanos, de los oráculos, de las fuentes sagradas, de los ríos y de los lagos, de los campos de batalla. Él nos miraba estupefacto, como cogido por sorpresa y poco menos que arrastrado por nuestro propio entusiasmo. Se presentó: se llamaba Kostas Stavropoulos; luego, nos presentó a su mujer, la señora Alexandra, una mujer de gran belleza, más alta que él y de gran elegancia. Hablaba por los codos como si nosotros pudiéramos entender perfectamente el griego moderno y nos hizo muchos cumplidos. Aquella misma noche nos invitaron a cenar a su mesa en la cubierta de primera clase y nosotros nos pusimos el único par de vaqueros limpios y la última camiseta mínimamente decente, nos afeitamos, nos lavamos el pelo y nos duchamos: estábamos casi presentables; podría decirse incluso que no teníamos mal aspecto, tan bronceados, delgados y musculosos como estábamos. Además, el poder sentarnos a la mesa con una fila de cubiertos y copas resplandecientes, con servilletas de un blanco impoluto y comiendo a la carta se nos antojaba un privilegio maravilloso.

—¿Veis a ésos? —dijo el señor Stavropoulos señalando a sus compañeros de viaje—. Pues hoy estaban hablando de vosotros a vuestras espaldas. Decían: «Mira a ésos; pero qué asco, qué indecencia. Con esos vaqueros agujereados, el pelo largo, la barba...; no deberían dejarles subir con los demás pasajeros: deberían estar en la bodega del barco con el personal de servicio».

—Ay —exclamó mi amigo mostrándose molesto.

—Y entonces yo les he dicho: «Apuesto en cambio a que son unos buenos chicos, casi con toda seguridad estudiantes universitarios; apuesto a que saben griego antiguo y latín y que conocen Grecia mucho más y mejor de lo que la conocéis vosotros». Y éste es el motivo por el que he querido saludaros. Era yo quien llevaba razón y ellos ninguna. Sois unos chicos estupendos y me alegro mucho de haberos conocido.

Les invitamos a Italia a mi casa y les hablé de mis padres, que eran exactamente de su misma edad, y ellos vinieron. Desde aquel momento nació una amistad maravillosa, un afecto sincero y profundo, una familiaridad intensa: al año siguiente nos hospedaron a ocho en su casa de Atenas, a nuestra vuelta de un viaje por Oriente en un todoterreno americano que habíamos comprado en un desguace y reparado en ocho meses de intenso trabajo. También los compañeros que estaban con nosotros se hicieron amigos suyos, y para siempre.

Kostas era para nosotros como un filósofo antiguo, nos quedábamos escuchándole fascinados: era nuestro Sócrates, nuestro Platón, nuestro Epicuro. Fumaba unos cigarrillos muy aromáticos y elegantes que se llamaban Santé («porque no hacen daño, son de un tabaco natural»), y en la cajetilla roja se veía la figura de una bonita mujer de largos cabellos rubios, estilo Rita Hayworth, que aspiraba voluptuosamente de una boquilla negra.

Su mujer, Alexandra, tenía un perrito de lanas, Moreno, y una gata, Gilda, y Kostas tenía que sacar al perro para que éste hiciera sus necesidades en un parque dos veces al día. Por la noche, mientras permanecíamos allí, dormíamos en el suelo del comedor uno al lado del otro, sobre nuestras colchonetas, pero, eso sí, con sábanas recién lavadas, y después de haber comido todos juntos en torno a la mesa redonda ensalada griega, *mezedes, suvlakia* y cualquier otro don de Dios con un *retsina* espumoso y helado que él calificaba de «achampañado».

No tenían hijos, él trabajaba en el ayuntamiento y ella se ocupaba de las labores de la casa con la ayuda de una asistenta. Alexandra provenía de una familia acomodada y estaba acostumbrada al buen vivir: siempre alegre, siempre simpática, siempre deliciosa, perfumada, recién salida de la peluquería.

—Hay gente que compra un coche de lujo —decía Kostas— y viven como auténticos miserables para poder mantenerlo. Yo he preferido a una mujer de lujo (quería decir «de gran clase») y puedo prescindir del coche.

Esta filosofía tan simple, elemental, y, sin embargo, nutrida de excelentes lecturas, unida a todas las debilidades pequeño burguesas y casi provincianas, a un humor goliardesco, mezcla de guiños picarones y gustos italianos por todo lo bello y el placer, hacían de él un hombre irresistible.

Y yo me convertí en su preferido. Me querían como a un hijo y estaban orgullosos de mis éxitos, primero en la universidad y luego profesionales. La espina que Kostas tenía clavada era su fallida carrera de cantante de ópera, por la que incluso había venido a Italia de joven para estudiar en la Scala. Era pariente de un famoso director de orquesta que, sin embargo, no le había prestado la menor ayuda:

—Porque era arrogante, pagado de sí mismo y acaso también marica —decía con su acento griego, y con el añadido de la sospecha de sodomía le parecía haber pronunciado la condena definitiva, una condena sin apelación.

Pero continuaba cantando, para los amigos o para asociaciones benéficas. En cierta ocasión cantó en el odeón de Herodes Ático y nosotros estuvimos todos allí, despellejándonos las manos de tanto aplaudir.

—Puedo cantar *I pagliacci* —decía sin pecar de falsa modestia— incluso mejor que Mario Lanza.

Pero nunca me cercioré de si ello era cierto o no. Tal vez no era verdad, pero a nosotros nos gustaba creer que Kostas podía permitirse unos agudos tan altos como los de Mario Lanza.

Discutíamos de todo: de política, de gramática y de retórica, de literatura antigua y moderna, y él no perdía ripio. En cierta ocasión, a propósito de la *Apología de Sócrates* y del famoso «gallo de Esculapio», nos pusimos a discutir sobre cómo se decía gallo en griego antiguo. Yo sostenía que se decía *alektryòn*, mientras que él decía que era *alèktor*. Teníamos razón los dos, pero era siempre un hermoso duelo. Políticamente era partidario de Papandreu; lo fue incluso durante la dictadura de los coroneles, lo cual le acarreó una postergación en su carrera. Mejor dicho, le habían trasladado, decía él, «al hipogeo», es decir, a las secciones subterráneas del ayuntamiento. Pero la palabra en griego tenía un no sé qué de sepulcral, como si nuestro amigo hubiera sido enterrado vivo.

Cada vez que llegaba una carta suya era para mí un motivo de alegría. Encabezaban la hoja la lechuza de Atenas y la leyenda: *Dimos Athinon*, «Ayuntamiento de Atenas», pero a mí me gustaba interpretarla como «El Pueblo de Atenas», como si quien me escribiera fuera Pericles o Temístocles. No tenía ciertamente madera de héroe y por eso su oposición política era sorda y en cualquier caso sumisa, y, sin embargo, cuando el 17 de septiembre de 1973 los coroneles ordenaron el desalojo de la universidad ocupada por los estudiantes, yo estaba allí y asistí a un episodio extraordinario.

Tenía un sobrino, hijo de un hermano o de una hermana, no lo recuerdo muy bien, un guapísimo chaval de nombre Konstantinos pero al que todos conocían, igual que a su tío, como Kostas, que se vio implicado en la represión. Éste había conseguido poner a salvo a un amigo herido y ensangrentado a través de los tejados de la ciudad y a su vuelta a casa, sucio, hecho una pena y sudado, sus padres, que eran «de derechas, muy de derechas» le pusieron verde, diciéndole que era un comunista, un desgraciado, su vergüenza y su desesperación. Kostas, que se hallaba presente, se puso en pie y, hablando muy lentamente, por lo que también yo pude entenderle perfectamente, dijo:

—Tienes unos padres indignos de ti. Te has comportado como un héroe y estaremos muy contentos y orgullosos si quieres venirte a vivir con nosotros.

Nuestra relación ha continuado ininterrumpidamente durante el resto de nuestra vida y en esta relación se han sucedido todas las vicisitudes tristes y alegres propias de cualquier existencia humana. Fui a verles después de casarme, con mi mujer embarazada de pocos meses, que sintió por vez primera moverse a la niña en su seno precisamente en la Acrópolis. Pasamos con ellos la Pascua ortodoxa y cuando se desencadenó la zarabanda de tracas y fuegos artificiales para festejar la medianoche de Resurrección mi mujer sintió a la pobre pequeña sobresaltarse dentro de su útero a cada estallido, hasta el punto de que temió que no fuera a nacer del todo normal. Prometimos regresar pronto, sin embargo, dejamos pasar muchos, demasiados años: el matrimonio, los compromisos, la carrera, los viajes. El nacimiento de mis hijos. La muerte de mi padre.

Telefoneaba bastante a menudo, les escribía contándoles todo lo interesante que sucedía, lo que hacían los demás amigos, hasta que un buen día Kostas me dijo que Alexandra tenía un tumor, que había sufrido una mastectomía total y que se sometía a un duro tratamiento de quimioterapia. Murió dos años después entre indecibles padecimientos. Mi amigo Kostas nos comunicó a mí y a mi familia su muerte en una carta que parecía el elogio de una antigua matrona: palabras sencillas y emocionadas, expresiones de una increíble nobleza de espíritu. Al final añadía: «Cuando un hombre pierde a la compañera de su vida también él debería morirse».

Durante dos años no tuve ya noticias de él, hasta que mi editor griego me invitó a Atenas y a otras localidades de Grecia para el lanzamiento de una novela mía. El primer encuentro tenía que consistir en una cena en uno de los mejores restaurantes de Atenas, seguramente el restaurante con las mejores vistas, toda vez que la gran cristalera del piso superior enmarcaba exactamente el Partenón. Me parecía una oportunidad preciosa y pedí a la solícita encargada de prensa, una deliciosa muchacha políglota de nombre Anghelikì, que telefoneara al señor Stavropoulos para invitarle al restaurante Dionysios, justo debajo de la Acrópolis, porque le esperaba allí una gran sorpresa. Él adoraba las celebraciones mundanas, acicalarse, rociarse con su mejor colonia, con la fresca gardenia —que guardaba siempre en el frigorífico— en el ojal. Luego, la sorpresa: le abrazaría y le regalaría mi libro en griego con la dedicatoria más hermosa que se me ocurriera.

Apenas hube bajado del avión le pregunté a la muchacha si había telefoneado al señor Stavropoulos y qué le había respondido. La joven bajó la cabeza.

—¿Qué pasa, Anghelikì? ¿No le has encontrado?

—No, sí que le he encontrado; sólo que...

—¿Qué?

Le había dicho:

—Siento, señorita, no poder aceptar su invitación; me gustaría mucho participar en esa cena y descubrir de qué sorpresa se trata, pero me estoy muriendo, y como usted comprenderá...

Me quedé sin habla mientras la muchacha murmuraba, acompañándome hacia el coche:

—Lo siento..., lo siento...

Mi programa a partir del día siguiente era muy apretado: entrevistas, presentaciones, encuentros con los libreros..., pero yo, antes que nada, pedí ser acompañado a Odòs Larisis 20, para ver al señor Stavropoulos, la persona más importante para mí de toda Grecia.

Tenía el corazón en un puño mientras acercaba mi dedo al timbre: volvía a ver las escenas de todas las ocasiones que había pasado por aquella calle, desde la primera vez que había ido, a los veintiún años. Los árboles del parque habían crecido un poco, pero seguían estando polvorientos y raquíticos: no estaba ya el bar en la esquina, y el vendedor de *retsina* al por menor había dejado su establecimiento, que se había convertido en una floristería. Allí seguía el raigón que Moreno elegía invariablemente para hacer pipí, y también el cubo de la basura permanecía en el mismo sitio.

Cuando salí del ascensor me recibió una señora que frisaría la cuarentena, rolliza y con ralos cabellos amarillentos, que balbuceó unas pocas palabras en un griego que no era ciertamente su lengua materna. Él estaba en la cama, con la televisión encendida, viendo un programa italiano. Flaco, exhausto, pero impecable. Llevaba puesto un pijama azul con la *pochette* también azul y, cuando le di un abrazo con lágrimas en los ojos, noté que se había rociado con su acostumbrada colonia francesa.

Había mentido. No se estaba muriendo, sólo que ya no tenía esperanzas de recuperación y no podía caminar sin la ayuda de la persona que le cuidaba, una albanesa de Argirocastro. Se percató de que yo estaba emocionado y me dio unas palmaditas en el hombro. Me sentía mal al pensar que desde hacía no sé cuánto tiempo estaba completamente solo, sin nadie con quien poder intercambiar dos palabras. Sin embargo, vi que sobre la mesita de noche tenía mi postal de Navidad y un paquete de cigarrillos americanos *light*.

—No te hace bien fumar —le dije.

—No. Pero tampoco mal. Mejor dicho, en estos momentos es mayor la satisfacción que el daño que me causa; como el daño está generalizado, puedo decir que me hace bien. En cambio a ti, que eres joven y te encuentras bien, te haría daño.

—Veo que no has perdido el gusto por la filosofía.

—No, pero no se trata de una elección libre. Cuando has perdido el gusto por todo lo demás, la filosofía es todo cuanto te queda.

—Aparte de los cigarrillos.

Sonrió. Me ofreció uno y encendió otro para él.

—Si vivieras aquí —dijo—, vendrías a verme todos los días y lo pasaríamos bien juntos.

Saqué mi libro y se lo alargué:

—Por lo menos podré hacerte compañía con esto. ¿Puedes leer?

—Con esfuerzo. El cuerpo es una máquina: llega un momento en que se avería. Cuando uno queda reducido a mi estado, lo mejor es morirse.

Se veía que la preocupación por su enfermedad, por su total dependencia de los demás, le angustiaba.

—No podría cantar —añadió— ni aunque quisiera.

Como si hubiera hecho falta decirlo.

—¿Qué andas haciendo por Atenas? —preguntó—. Ah... —añadió inmediatamente—, el libro... ¿Volverás?

—Sí, porque estoy realizando una investigación para escribir un pequeño ensayo sobre los antiguos atenienses.

—Ambicioso, pero haces bien: bastantes individuos hay ya que no se ocupan más que de sandeces. Me gustaría seguir lo que haces.

—Ojalá.

—Entonces, ¿vendrás a verme de nuevo?

—Todas las veces que venga a Atenas.

—Me pregunto si conseguirás terminar tu trabajo antes de que yo me muera.

—No me parece que estés en un estado tan desesperado. Únicamente necesitas volver a razonar, a discutir, a hablar con alguien. Te mandaré cada capítulo grabado en una cinta y así no tendrás que hacer el esfuerzo de leer. Y cada vez que vuelva lo discutiremos. O bien te telefonearé.

Me despedí de él con los ojos relucientes porque en realidad no sabía si volvería ya a verle.

1

El mito

LA HISTORIA DE LOS ATENIENSES comienza con un mito. Hicieron falta muchos siglos para que naciera un Tucídides que se encargara de dictar las reglas con las que se escribe la historia. Antes, la gente de Atenas, al igual que la de todo el mundo y de todo tiempo, contaba sobre sus propios orígenes historias bastante semejantes a las fábulas; pero no se trataba de historias inventadas *ex novo*: eran el reflejo de verdades parciales, deformadas y remotas, de hecho irrecuperables, transmitidas de viva voz de generación en generación, casi con toda seguridad mediante cantos y baladas. Y en estas historias el origen de todo era una diosa, que posteriormente pasaba a formar un todo con la ciudad puesto que tenía prácticamente el mismo nombre: Atenea. Es un nombre muy antiguo, no griego, como indica la sílaba final *-na*, un sufijo que encontramos, por ejemplo, en los nombres etruscos (Vipina, Rasenna, Fufluna) y en los nombres más arcaicos de los centros pregriegos como *Mykenai*, Micenas, la mítica capital de Perseo, Atreo y Agamenón.

La diosa nació sin necesidad de un útero materno, fruto de una rarísima paternidad virginal. Surgió, armada hasta los dientes, de la cabeza de Zeus, como puede verse en determinadas pinturas de vasijas: figurilla rígida y extraña, tras haber provocado a su padre una larga e insoportable jaqueca resuelta finalmente por Hefesto, el dios herrero que había partido la crisma a Zeus de un gran mazazo. Hefesto, sin embargo, reclamó muy pronto una compensación por su intervención de «cirugía craneal», y pidió tomar a Atenea por esposa.

Zeus aceptó, pero como Hefesto era poco agraciado, cojo y desventurado, otorgó a su hija el poder defenderse y, si era capaz, rechazar las agresiones. Es éste un detalle interesante porque constituye una especie de reconocimiento de libre elección para una hija hembra en materia matrimonial. Hefesto, pues, se tumbó sobre la muchacha, y lo que hubiera tenido que ser una cópula amorosa se transformó en un forcejeo. Tal era la excitación del dios, que eyaculó por el simple contacto físico con la muchacha y su semen cayó al suelo. Pero puesto que el semen de un dios, como dice Homero, no deja de ser nunca fecundo, la tierra incubó una criatura y dio a luz al cumplirse el tiempo justo.

Atenea se hizo cargo del niño y lo ocultó en un cofre que confió a las hijas de Cécrope, primer rey de Atenas, ordenándoles que no lo abrieran bajo ningún concepto; pero las muchachas no pudieron resistir la tentación y apenas la diosa se hubo alejado desobedecieron sus órdenes y se encontraron ante una criatura quimérica: un niño con cola de serpiente. Según una versión distinta del mito, en cambio, en la caja había una enorme serpiente que custodiaba al niño y que se arrojó sobre las malaventuradas. En cualquier caso, fue tal el terror y el espanto, que las muchachas se precipitaron desde la roca de la Acrópolis y perecieron.

El niño se llamó Erictonio y un día había de convertirse en rey de Atenas. El nombre de Erictonio contiene las ideas de «discordia» y de «tierra» y puede ser que de él naciera la idea del dios Hefesto, que luchando con Atenea derramó su propio semen sobre la tierra. También la serpiente, además, es un animal ctónico, es decir, subterráneo, porque se creía que pasaba el invierno bajo tierra. En el templo del Erecteion, que se alzaba en la Acrópolis y que conservaba las reliquias de los orígenes más remotos de la ciudad, se guardaba una serpiente a la que se entregaban ofrendas votivas.

Los pueblos antiguos, y en particular los griegos, no tenían una teología rígida ni dogmas de fe: las historias relativas a su religión estaban en continua evolución y mutación, adaptándose a los cambios de la sociedad y a las necesidades de la política y de la economía.

La fábula de Erictonio, en cualquier caso, es una de las más clásicas; su significado más profundo, presente en la Biblia, en la *Epopeya de Gilgamesh* y en otras mil historias de todo tiempo y cultura, es que el hombre no puede posar su mirada en los misterios de los dioses, so pena de muerte o de terribles castigos como la ceguera o de espantosas metamorfosis.

Y, sin embargo, también en estas aterradoras prohibiciones existían las excepciones, aquellas que se referían a los iniciados en determinados cultos secretos, llamados justamente «misterios»; no es sin duda una casualidad que en muchas escenas de los antiguos misterios que han llegado hasta nosotros aparezca a menudo una cesta tapada o un cofre cerrado que los iniciados se disponen a destapar o a abrir.

Con la presencia de un niño que era moralmente, aunque no carnalmente, su hijo, Atenea, pues, se hallaba íntimamente ligada a su ciudad; pero el lazo se volvió mucho más profundo cuando, bajo el reinado de Erictonio (según otros de Erecteo, aunque los dos reyes a menudo se confunden), la diosa se batió con Poseidón, hermano de Zeus y señor del mar, para conseguir el patronazgo sobre el Ática. El vencedor sería aquel que hiciera a los habitantes el regalo más hermoso. Entonces Poseidón golpeó el suelo con su tridente e hizo brotar al caballo, un animal maravilloso, invencible en la carrera y poderoso en la batalla. Pero Atenea aún lo hizo mejor: golpeó el suelo con su lanza e hizo germinar una pequeña planta de hojas plateadas que no tardó en producir unas pequeñas y aparentemente insignificantes bayas oscuras.

Así nació el olivo: la planta más noble de cuantas crecen en las riberas del Mediterráneo. Frugal y paciente, resistente a la sequía, capaz de germinar mil veces después de haber sido destruida por el fuego, pero, sobre todo, generosa. Su madera es fuerte y dura como el hierro. Tanto es así que originariamente se tallaban en ella las efigies de los dioses (los misteriosos *xoana*), y de sus frutos se extrae uno de los productos de la tierra más estimables: el aceite de oliva, que los antiguos empleaban como alimento altamente nutritivo, como robustecedor de los músculos de los atletas y de los guerreros y como combustible para iluminar las casas de los hombres y los templos de los dioses.

En opinión unánime de los habitantes, salió triunfadora Atenea, y desde entonces su santuario se alza sobre la roca más alta de la ciudad, aquella que los antiguos micénicos llamaban *asty* y los griegos de la época posterior *akropolis*. Fue ella quien la hizo inexpugnable a fuerza de amontonar, uno sobre otro, enormes pedruscos (uno de ellos, además, se le cayó por el camino y formó el Licabeto). Por ese lado ya no la amenazaría nadie. En virtud de aquel don, el hombre ateniense, siempre que condimentaba sus comidas con aceite o se ungía los miembros en vísperas de enfrentarse a una dura prueba, sentía que entraba en cierto modo en comunión con la diosa, que adquiría su fuerza y su prudencia.

¿Qué se esconde detrás de unas leyendas tan elaboradas y complejas? La clave del enigma se halla probablemente en ese período en gran parte oscuro que se extiende desde finales de la era micénica hasta comienzos del período clásico. No está claro todavía qué pudo provocar, hacia el siglo XII a.C., el hundimiento de las poderosas fortalezas de Micenas, Tirinto, Argos, Pilos, Gla y Orcómeno. Los griegos guardaban una vaga memoria de una invasión mítica de los dorios, pueblo de lengua griega que a continuación había de dominar el Peloponeso, pero no es que en la actualidad estemos muy seguros de ello. Son muchos quienes piensan que no hubo ninguna invasión, porque no se ha encontrado rastro alguno de ella, aunque los palacios fueran quemados, las ciudadelas desmanteladas y una civilización entera desapareciera.

Sin embargo, no en todas partes fueron así las cosas: parece que Atenas en particular no sufrió episodios traumáticos y que hubo una cierta continuidad con el pasado. Otro tanto parece que puede decirse por lo que se refiere a determinadas localidades de la isla de Eubea y a zonas periféricas, como Chipre. No obstante, hubo cambios radicales, y las acrópolis, las ciudadelas-fortaleza, se convirtieron precisamente en símbolo de dicho cambio: mientras que en la época micénica eran la sede del palacio real, en época posterior pasaron a ser sede de la morada de los dioses, de los templos y de los santuarios. Cécrope, Erictonio, Erecteo y luego Egeo y Teseo, protagonista de la saga cretense del Minotauro, fueron probablemente los reyes micénicos que reinaron en un palacio cuyos vestigios han sido encontrados en la Acrópolis de Atenas y que se remontan a la Edad del Bronce. Es posible que la diosa posteriormente llamada Atenea fuera su protectora, y probablemente su imagen se veneraba en una capilla del interior del palacio real. Una vez desaparecidos los reyes y tras ellos el palacio micénico, quedó la divinidad tutelar, que se identificó en un primer momento con la fortaleza y posteriormente con la ciudad.

Hemos hecho referencia a Egeo y a Teseo, que son (Teseo, sobre todo) los reyes atenienses más célebres del período más arcaico. De hecho, Teseo fue el héroe nacional del pueblo de Atenas, así como del Ática, y protagonista de un riquísimo ciclo épico, sólo inferior en cuanto a fama y prestigio al de los doce trabajos de Hércules. La versión más extendida de la leyenda cuenta que su padre, Egeo, de vuelta de Delfos, quiso pasar por Trecén, una pequeña ciudad situada no lejos de Atenas, en las costas del golfo Sarónico, con el fin de pedir consejo a Piteo, que reinaba en la ciudad; éste ordenó embriagarlo y a continuación lo metió en el lecho de su hija Etra. Al día siguiente Egeo volvió a partir, pero dejó a Etra su espada y sus sandalias, escondidas debajo de un enorme pedrusco. Si ella le daba un hijo, lo reconocería un día por la espada y las sandalias.

Nació el hijo y recibió el nombre de Teseo; desde niño dio prueba de su audacia. Cuando, en efecto, Hércules fue a visitar a Piteo y se despojó de la piel de león dejándola sobre una banqueta, el muchacho cogió un hacha y se lanzó sobre ella con el propósito de cortar la cabeza a la fiera. Con sólo dieciséis años encontró, por indicación de la madre, el pedrusco, lo levantó y, tras coger la espada y las sandalias de su padre, emprendió viaje hacia Atenas. El viaje estuvo plagado de toda suerte de peligros, y Teseo tuvo que enfrentarse y dar muerte a animales feroces como la cerda de Cromión, a asesinos y depredadores sanguinarios como Procusto y Pitiocantos y, por último, capturar vivo al formidable toro de Creta, que devastaba la región de Maratón, para sacrificarlo a Apolo. Cuando por fin llegó a Atenas fue recibido por el pueblo con grandes honores; la reina Medea, sin embargo, envidiosa al haber descubierto su identidad, convenció a Egeo para que la invitara a palacio, con el propósito de envenenarle. Pero, precisamente cuando Teseo estaba acercando la copa con el veneno a sus labios, Egeo reconoció su espada y sus sandalias y de un golpe hizo caer la copa al suelo gritando: «¡No bebas, hijo!».

Medea se quitó la vida y Teseo se reunió con su padre, pero otra prueba le aguardaba: zarpar rumbo a Creta con las velas negras símbolo de luto, juntamente con diez mancebos y diez doncellas destinados a ser pasto del Minotauro, monstruo antropófago de cabeza bovina y cuerpo humano, como tributo anual que Atenas debía pagar por haber mandado Egeo dar muerte al hijo de Minos, rey de Creta.

Aquella espantosa criatura era la consecuencia de la venganza de Poseidón, dios del mar, contra Minos, que le había ofendido. El dios había hecho perder la cordura a la reina Pasifae haciendo que se enamorase de un toro. La pasión de la mujer llegó hasta el extremo de pedir al gran arquitecto ateniense Dédalo que le construyera una vaca semejante en todo a un animal vivo, para esconderse en su interior y sufrir así la monta del toro. De aquella unión perversa nació el Minotauro y, puesto que Dédalo con su arte había sido cómplice de aquel amor monstruoso, debía poner remedio a sus consecuencias. Así fue como construyó el laberinto en el que fue encerrado el Minotauro. Al llegar Teseo a Creta, cautivó con sus encantos a la princesa Ariadna, que le entregó el famoso hilo con el que era posible encontrar el camino de salida después de haber dado muerte al Minotauro.

Todos éstos son elementos típicos de la narrativa popular: la princesa que se enamora de un joven guerrero enemigo de su padre, el ogro antropófago, la argucia para dar con el camino de salida en una situación imposible, se encuentran en todas las fábulas de nuestra infancia. Y, sin embargo, el episodio nos retrotrae a un período, recordado a continuación por Tucídides, en el que Creta dominaba el mar y, probablemente, la Atenas micénica se hallaba en una situación de vasallaje, obligada a proporcionar rehenes al rey de una isla donde los ritos religiosos basados en el toro como animal totémico, tal vez símbolo de fertilidad, dejaron, por una parte, testimonios arqueológicos impresionantes y, por otra, dieron origen a historias aterradoras dignas de la más desenfrenada de las fantasías.

Es casi imposible para un hombre de la moderna civilización occidental, profundamente marcada por la religión judeocristiana, comprender una religión que era capaz de atribuir a la divinidad las acciones más vergonzosas, como privar a una mujer de la luz de la razón para empujarla a unirse carnalmente con un toro. Pero hay que tener presente que la religión antigua estaba dominada sobre todo por la obsesión reproductora y que cualquier forma de pérdida de control, tanto en la sexualidad orgiástica como en la ebriedad, era atribuida a los dioses. En algunas ceremonias religiosas se llevaban en procesión enormes falos de madera igual que nosotros llevamos las imágenes de la Virgen o de los santos, y en Atenas, como en cualquier otra ciudad griega, puede decirse que en cada esquina se veían efigies de Dioniso, llamadas *hermas*, constituidas por un busto de dios sobre una pequeña pilastra de la que asomaba un falo erecto, sin que ello fuera motivo de escándalo para nadie.

Pero volvamos al mito del Minotauro, especialmente interesante porque incluye a otros dos atenienses entre sus personajes principales: el héroe Teseo, hijo de Egeo, y Dédalo, el formidable arquitecto. Se atribuían a éste numerosas invenciones, entre ellas la de verdaderos «robots»: estatuas capaces de caminar y de moverse. Él fue quien construyó el laberinto para ser luego encerrado dentro de él con su hijo Ícaro a fin de que no pudiera revelar a nadie el secreto. Pero Dédalo construyó con plumas de pájaro y cera dos pares de alas para sí y para su hijo, y emprendió con ellas el vuelo. Lo que sucedió es bien conocido: Ícaro voló demasiado alto, desobedeciendo las órdenes de su padre, y el calor del sol derritió la cera que mantenía unidas sus alas y se precipitó en el mar.

Menos conocida es la continuación de esta peripecia, cuyas últimas consecuencias tienen por escenario Italia. Según una versión, Dédalo aterrizó en la acrópolis de Cumas, cerca del cabo Miseno, y dedicó allí sus alas en el templo de Apolo. Intentó en varias ocasiones reproducir en el friso de oro del santuario la tragedia de su hijo, pero cada vez su mano cayó impotente. Según otra versión, en cambio, Dédalo aterrizó en Sicilia en las proximidades de una ciudad llamada Camico, habitada por el pueblo de los sicanos y en la que reinaba el buen rey Cócalo. Éste le acogió ofreciéndole su hospitalidad y Dédalo, para pagarle la deuda contraída con él, le construyó una fortaleza inconquistable. Minos no aceptó el desaire y, tras enterarse de dónde se había refugiado, reunió una flota que le desembarcó en Sicilia donde puso sitio a Camico. Cócalo, sin embargo, jugó con astucia: fingiendo querer buscar un acuerdo, invitó a Minos a su residencia real y lo confió a los sabios cuidados de sus hijas, que le despojaron de sus ropas, le sumergieron en un baño de agua perfumada y acto seguido le asesinaron con toda comodidad.

Los cretenses, enfurecidos por el asesinato de su rey, prepararon otra expedición y pusieron sitio a Camico, pero la inexpugnable fortaleza proyectada por Dédalo resistió todos los asaltos. Entonces ellos, presa del desánimo, abandonaron la empresa y, tras retirarse a un lugar resguardado de la costa, fundaron en él una ciudad a la que pusieron por nombre Heraclea Minoa.

Esta historia tan colorista se presenta como el típico ejemplo de reciclaje de un mito antiquísimo en época posterior con fines propagandísticos, una práctica bastante habitual, por ejemplo, en la Atenas del siglo VI y sobre todo del V a.C. El mecanismo era el siguiente: cuando la ciudad quería establecer relaciones políticas y económicas con una comunidad no helénica, difundía la versión de uno de sus ciclos épicos más importantes en el que esa comunidad se hallaba de alguna forma implicada. Ello agradaba a la etnia autóctona, que se sentía de este modo parte del patrimonio cultural de una civilización mucho más prestigiosa, favorecía los contactos entre griegos e indígenas y sentaba las bases para la eventual creación de santuarios suburbanos (como el de Segesta, por ejemplo, o el de Hera en la desembocadura del Sele), que se convertían en lugares de encuentro y de intercambio entre los mercaderes atenienses y las poblaciones locales.

Sin embargo, en el caso que nos ocupa las cosas son un poco distintas: en los años treinta el gran arqueólogo Paolo Orsi comenzó a explorar las faldas de una montaña al noreste de Agrigento, en el valle del Platani (el antiguo río Halykos), un aislado macizo yesoso coronado por un pueblecillo de dos mil almas: Sant'Angelo Muxaro. Desde hacía mucho tiempo, en el mercado agrigentino se comerciaba con antigüedades de origen clandestino —cuya procedencia resultaba ser precisamente Sant'Angelo— y era preciso poner fin a la hemorragia de preciosos datos testimoniales que se dispersaban. Orsi inició una excavación sistemática en las faldas de la montaña e hizo un descubrimiento espectacular: una necrópolis con tumbas principescas excavadas en la roca con la típica forma de *tholos*, es decir, de cúpula ojival, que puede verse en las tumbas reales más famosas de Micenas.

También los corredores, de gran riqueza, remitían en cierto modo a la civilización micénica. En una de las tumbas se hallaron cuatro tazas de oro macizo decoradas con figuras repujadas de animales, y los trabajos agrícolas realizados en las cercanías sacaron a la luz dos anillos de casi medio hectogramo cada uno. Algunas de estas tumbas fueron fechadas entre los siglos XIII y XII a.C., es decir, contemporáneas de la civilización micénica; las restantes eran más recientes, pero los temas iconográficos que figuraban tanto en las tazas como en los anillos remitían sin duda alguna a motivos estilísticos del mundo micénico, si bien se remontaban a los siglos VIII y VII. Es evidente que se trataba de rémoras culturales típicas de las áreas periféricas de una determinada cultura, pero eran en cualquier caso el signo de una raíz lejana y muy profunda que vinculaba aquel lugar con el mundo egeo. Sin embargo, en este punto los métodos interpretativos más avanzados en materia de mitos se hallan ante una constatación impresionante, cabría decir que casi ante una confirmación directa, pero mucho más remota, que obliga a situar mucho antes en el tiempo todo el mecanismo interpretativo.

¿Cómo nació, entonces, esta historia? ¿Qué hay detrás de una narración tan compleja y ramificada? Responder de modo claro y sobre todo convincente sigue siendo una empresa difícil, si no temeraria, pero cabría reconocer tal vez un cierto itinerario ideológico.

El mito del Minotauro proviene muy probablemente del conjunto de cultos y rituales de la isla de Creta y de la religión minoica que se basaban en el toro. Todos recordamos los maravillosos frescos de Cnossos en los que se ve a unos jóvenes y muchachas semidesnudos haciendo acrobacias sobre unos poderosos toros de grandes cuernos y de pelaje matizado que embisten con furia: un tipo de «corrida» y un tipo de contacto físico entre hombre (¡y mujer!) y toro que pudo dar pie a leyendas como la de la saga del Minotauro. Del mismo modo la palabra «laberinto», de origen preindoeuropeo, interpretada normalmente como «palacio de la *labrys*», es decir, del hacha de dos filos, por un lado derivaría del recuerdo de las grandes construcciones palaciegas minoicas y por otro daría origen a la idea de una estructura tan misteriosa e increíblemente compleja que quien se aventurase por ella no encontraría ya el camino de salida. Un *topos* fantástico de increíble éxito que atraviesa treinta y cinco siglos de historia hasta recalar en la horripilante parábola de Stephen King, traducida a imágenes por Stanley Kubrick en *El resplandor*.

«Dédalo» significa «artífice» y probablemente es la personificación de la extraordinaria capacidad creativa de los artesanos y de los técnicos atenienses: es difícil pensar en un personaje que haya existido realmente y que con posterioridad hubiera sido transformado en leyenda, justamente porque el nombre indica la función y esto es típico de una construcción mítica integral. Sería como si el autor de la *Ilíada* se llamara «El Rapsoda», o como si el artífice del vaso del *Dipylon* se llamara «El Alfarero».

En cuanto a Teseo, auténtico héroe nacional de los atenienses, la cosa cambia: aquí no se trata ya sólo de mito, sino de épica, una forma de expresión distinta y más compleja que coincide a menudo con la manera en que los pueblos, en las fases arcaicas de su cultura, escriben su propia historia. No se trata de decir lo que en realidad sucedió, sino de proponer unos modelos de comportamiento para las clases dirigentes y construir una imagen de prestigio con la que presentarse al mundo.

Los desarrollos posteriores del mito cretense en los que Dédalo se refugia en Sicilia o en Cumas pertenecen sin duda a épocas más recientes y muy probablemente son contemporáneos de las primeras fases de la colonización griega en el área mediterránea. En aquel período, entre los siglos VIII y VII a.C., muchos jóvenes de diversas regiones de Grecia dejaron su ciudad para buscar fortuna en Occidente —en Sicilia, Italia, África, Córcega, Galia e Hispania— donde fundaron ciudades destinadas a perdurar milenios. Estos emigrantes, abandonando todo lo más querido para ellos, la patria, la familia, sus pertenencias, se llevaron con ellos, sin embargo, además de los recuerdos, sus mitos y tradiciones, y los aclimataron en las nuevas tierras volviéndolas de este modo más familiares, menos bárbaras y aisladas. Tal vez fue por dicha razón por lo que precisamente en este período fueron puestos por escrito los poemas homéricos, que hasta la fecha habían ido transmitiéndose sólo de manera oral en infinitas y diferentes versiones, según el talento y la inspiración de los poetas y los rapsodas.

Es cierto que si Camico es, como muchos creen, Sant'Angelo Muxaro, debió de haberse producido en aquel lugar una especie de fusión entre los mitos de la época más arcaica y los de épocas más recientes, pero, curiosamente, la matriz no es más ateniense que dórica. En sus inmediaciones se encuentra Agrigento, subcolonia de Gela, colonia a su vez rodio-cretense. He aquí, por lo tanto, explicado el vector de la exportación de un mito cretense como es el de Minos.

Quedan todavía algunos interrogantes: ¿por qué los colonos difundieron entre los indígenas una historia que les presentaba como perdedores y burlados? ¿Y por qué precisamente en aquel lugar? Tal vez el epílogo de la historia en un primer momento fuera distinto y fue precisamente la presencia ateniense en Sicilia a fines del siglo V la encargada de imprimirle un giro. En aquel tiempo, como veremos más adelante, la metrópolis ática centraba su máximo esfuerzo bélico contra la dórica Siracusa y buscaba una alianza con los pueblos indígenas de Sicilia, como los sicanos y los elimos. Nada tiene de extraño que el nuevo final de la historia contentara a los indígenas que vivían en la fortaleza de Camico. También los mitos podían servir para ganar una guerra u obtener una paz.

¿Y las tumbas en forma de *tholos*? ¿Y las tazas y los anillos de oro de origen micénico? Es más difícil pronunciarse sobre esto, pero cabe aventurar una posible interpretación: cuando los colonos dóricos se asentaron en aquel lugar, y concretamente en la zona agrigentina, tuvieron que entrar en contacto muy pronto con la fortaleza sicana que dominaba las tierras del interior y el acceso al valle del río Platani-Halykos para establecer con los habitantes relaciones de buena vecindad, y de ahí el injerto de un mito en el que la fortaleza sicana es obra nada menos que del mismo arquitecto que proyectó la más compleja y atrevida construcción de todos los tiempos: el laberinto de Creta. Sólo en una segunda fase, durante la invasión ateniense de Sicilia, sufriría el mito una evolución, para adoptar un final al gusto de los indígenas y que decretaba la derrota y muerte del invasor cretense.

El gran ciclo épico ateniense sigue siendo, pues, el de Teseo, el vencedor del Minotauro y de tantos otros monstruos, encarnaciones de las fuerzas más violentas de la naturaleza. A Teseo, al igual que a Hércules, se le atribuían muchos amores, entre ellos el de una amazona llamada Antíope. La conquistó durante una empresa que llevó a cabo en el Ponte Euxino, o, según otra tradición, la invitó a subir a bordo de su nave y a continuación zarpó. Las amazonas, entonces, prepararon una expedición, atravesaron el Bósforo Cimerio helado y cayeron por el norte sobre Atenas, entablando una furibunda batalla, pero tras una serie de avatares fueron obligadas a emprender la retirada. Todavía en época dórica se mostraban extramuros de la ciudad las tumbas de los caídos en aquel épico enfrentamiento. De Antíope (según otros, de otra amazona de nombre Hipólita), Teseo tuvo un hijo al que puso por nombre Hipólito y, a la muerte de Antíope, contrajo nuevas nupcias con una joven llamada Fedra, hermana de Ariadna, mucho más joven que él.

Pero Fedra se enamoró muy pronto de Hipólito, casi coetáneo suyo, tras haberle espiado en varias ocasiones mientras se ejercitaba, desnudo, en la palestra, y le hizo llegar mensajes de significado inequívoco. Mas Hipólito, insensible a la llamada del sexo, prefería cultivar artes marciales como la caza y la carrera en carro, y se sentía horrorizado por la idea de traicionar a su padre con su propia madrastra. Rechazada, Fedra se dejó dominar por el remordimiento y la vergüenza y, no pudiendo soportar la idea de que Hipólito revelara eventualmente sus insinuaciones, desesperada, se colgó en sus habitaciones, si bien escribió un mensaje en el que decía que se había suicidado porque no soportaba la vergüenza de haber sido violada por Hipólito. Teseo, enfurecido, maldijo a su hijo, le expulsó de casa, sordo a todas sus protestas de inocencia, y, dirigiéndose a Poseidón, lanzó sobre él una maldición. El dios del mar, que según otras versiones del mito era el verdadero padre de Teseo, le había concedido expresar tres deseos y aquél era el último. Teseo no reflexionó sobre las consecuencias de su furia: en ese momento no quería más que vengar su honor herido de soberano, esposo y padre; quería que fuera castigada la más vergonzosa de las traiciones.

Hipólito huyó en su carro tirado por fogosos corceles; huía desesperado, bañado en lágrimas, a la orilla del mar cuando, de pronto, surgido de las profundidades abisales, apareció de entre las olas un monstruo espantoso. Aterrados, los caballos se encabritaron y se lanzaron a una loca carrera. El carro dio un barquinazo y una de sus ruedas al golpear contra una roca quedó reducida a pedazos, por lo que el carro volcó. Hipólito, atado a las bridas, fue arrastrado un largo trecho sobre las aguzadas piedras por los enloquecidos caballos; cuando por fin éstos se detuvieron exhaustos, su cuerpo estaba despedazado y su sangre esparcida por todas partes. Teseo conoció por fin la verdad, pero era ya demasiado tarde: la némesis le castigaría dejándole sin herederos.

Las últimas aventuras de su vida no son sino locas o absurdas empresas: ya quincuagenario se enamoró de Helena, que no era más que una niña, y decidió raptarla. Hizo un pacto con su amigo Pirítoo, príncipe de los lapitas, estirpe guerrera de los tesalios, cuyo territorio limitaba con el de los centauros. Juntos intentarían raptar a Helena, se la jugarían a continuación a suertes y el ganador la tomaría por esposa. Sin embargo, el perdedor debía ayudar a su amigo a conquistar una esposa no inferior a ella en belleza. Y del pacto se pasó a los hechos: los dos guerreros raptaron a la muchacha, que le tocó en suerte a Teseo, el cual la escondió en Afidna, un pueblecito del Ática. Pero inmediatamente después Pirítoo exigió a su amigo que respetara lo acordado y le reveló quien era la mujer a la que quería raptar, una mujer cuyo sólo nombre helaba la sangre en las venas: Perséfone, esposa de Hades y reina del tenebroso mundo de los muertos.

Llegaron los dos a la desembocadura del Aqueronte, a las turbias aguas de la laguna Estigia, y de allí descendieron a los infiernos. Pero su osadía había sido excesiva: Pirítoo fue muerto por el can Cerbero, Teseo fue encerrado en prisión y encadenado a una roca. En su ausencia un jefe ateniense, Menesteo, incitó al pueblo a la rebelión y se hizo proclamar rey tras haber restituido a Helena a sus hermanos Cástor y Pólux, que habían llegado encabezando un ejército para reclamarla. ¡Atenas había corrido el riesgo de ser la primera en sufrir el destino de Troya! No obstante, a Menesteo le bastó con ver a Helena apenas un momento para caer perdidamente enamorado de ella: cuando le llegara el momento de ser entregada como esposa a un príncipe de los aqueos, también él se presentaría entre los pretendientes.

Fue Hércules el encargado de liberar a Teseo, pero entretanto había pasado mucho tiempo y el héroe ateniense se retiró en un melancólico exilio a la isla de Esciros, gobernada por el rey Licomedes. Se contaba que un día, mientras paseaba por un promontorio cortado formando un acantilado sobre el mar, dio un traspiés, se precipitó por él y se estrelló contra las rocas. La misma muerte que su hijo Hipólito. Otros, en cambio, afirman que pidió ayuda al rey Licomedes para regresar a Atenas, y que éste, que no quería tener problemas con Menesteo, le dio un empujón que hizo que se precipitara por los escollos.

Nadie se acordaba ya de él en Atenas, porque la gente tiene flaca la memoria, pero muchos siglos después, cuando los atenienses se enfrentaban en Maratón al ejército de los invasores persas, se dijo que su fantasma se apareció de noche a los guerreros para incitarles a la lucha. Diecisiete años después, como veremos más adelante, un oráculo de Delfos ordenó trasladar sus huesos a Atenas, y el comandante de la flota, Cimón, héroe de la guerra contra los persas, desembarcó en Esciros, una isla habitada por los dolopes, un pueblo primitivo y arrogante, que se negaron a brindar alguna forma de colaboración. Cimón tomó la isla por la fuerza y sometió a los dolopes; luego, inició las pesquisas, hasta que un buen día vio a un águila rascando con sus garras el suelo de una colina. Pensando que era una señal de los dioses, dio orden de excavar en aquel preciso punto: salió así a la luz la sepultura de un guerrero de gigantesca talla armado de una lanza y de una espada de bronce. Los huesos del guerrero, identificados sin ningún género de dudas como los de Teseo, fueron exhumados, llevados a bordo de la nave capitana y conducidos con gran pompa a Atenas, donde recibieron sepultura en un santuario dedicado al héroe, que pasó a llamarse Teseion.

El papel de los atenienses en la epopeya troyana fue escaso, lo que no deja de ser un tanto curioso si se piensa que la primera «edición crítica» de los poemas homéricos se hizo precisamente en Atenas hacia finales del siglo VI a.C. bajo el dominio del tirano Pisístrato, un hombre extraordinario, de gran sabiduría política, civil y militar. En aquella ocasión hubiera resultado fácil insertar en la *Ilíada* un pasaje en el que se atribuyera a Atenas un papel de mayor relevancia. En cambio, en el poema el contingente ateniense resulta modesto, bajo el mando de Menesteo, hijo de Péteo, que no tiene ningún prestigio especial salvo el de haberse ganado el favor del pueblo mientras Teseo se hallaba lejos, comprometido en la desesperada empresa de raptar a Perséfone. En algunos repertorios se le considera un rey, pero en realidad Homero no le menciona nunca como tal.

No obstante, hay dos detalles interesantes: el primero es que los atenienses están alineados cerca de los guerreros de Salamina bajo el mando de Áyax Telamón. Podría considerarse también el acercamiento como algo natural de por sí, teniendo en cuenta que la isla de Salamina está muy cerca de Atenas, pero es asimismo posible que se trate de un añadido posterior, al menos, obviamente, a la gran batalla del 480 a.C., en la que los atenienses derrotaron a los persas precisamente en las aguas de Salamina después de que en la isla hubieran encontrado refugio como prófugos todos los habitantes de su ciudad. En el mismo pasaje (*Ilíada*, vv. 546-549) se evoca el mito ligado a los orígenes de la dinastía ateniense y del papel de Atenea como protectora de la ciudad:

> Los que habitaban en la bien edificada ciudad de Atenas,
> pueblo del altivo Erecteo, a quien crió en otro tiempo Atenea,
> hija de Zeus, habíale dado a luz la tierra que regala trigo,
> y puso en su rico templo de Atenas.

Menesteo murió en la guerra de Troya, pero sus hijos regresaron y reinaron en Atenas.

11 de enero de 1999

Por Navidades envié la cinta con mi primer capítulo a Kostas Stavropoulos adjuntándole una nota de felicitación y una cajita de bizcochos saboyardos. Sé que le vuelven loco y es una de las pocas cosas que puede comer sin problemas.

Le volví a ver ayer aprovechando una parada de seis horas en Glifada, mientras esperaba un avión para El Cairo. Le encontré en un estado estacionario, pero con unas décimas de fiebre, quizá algo de gripe. El capítulo, en cualquier caso, le había gustado y sobre todo le había interesado el tema.

—¿Qué pasajes te han gustado más? —le pregunté.

—El del pedrusco que se le cayó a Atenea y que luego formó el Licabeto.

—Es una historia bastante común —le respondí—. En Italia, en la zona de los Prealpes hay muchos bloques erráticos, arrastrados por los hielos y que luego se quedaron en medio de la llanura a finales de la última glaciación. Recuerdo uno en difícil equilibrio situado en una pendiente, en un monte de los Prealpes vicentinos, que amenaza a un pueblo. Dicen que fue la Virgen quien lo detuvo y enseñan también la huella de su mano. En este caso la divinidad detiene el pedrusco antes de dejarlo caer: el mecanismo es el mismo, pero a la inversa. También en Sicilia, en Aci Trezza, están los farallones, que serían los pedruscos lanzados por Polifemo contra la nave de Odiseo.

—Sí, pero a mí no me interesaba ese aspecto —prosiguió Kostas—. Yo he tratado de imaginarme la escena: la muchacha divina dejando caer un pedrusco de tales dimensiones y nosotros para subir a él tenemos que utilizar el teleférico. Debían de imaginarse a los dioses muy grandes.

—Y pesados. ¿Recuerdas el libro V de la Ilíada*? Cuando Atenea sube al carro al lado de Diomedes, el carro empieza a crujir por el enorme peso, «y el eje de encina crujió a causa del peso».*

Y Ares es golpeado por la lanza de Diomedes y cae, cubriendo con el cuerpo siete yugadas de terreno, cerca de una hectárea y media. En mi opinión se trataba de lo siguiente: aquélla era su estatura natural, pero si querían pasar inadvertidos adoptaban una dimensión humana, aunque su peso no cambiaba. Ésta es la razón por la que cruje el carro de Diomedes.

—Una imagen poética, Kostas.

—Ya, la poesía. Y el duelo con Poseidón, el regalo del olivo...; también eso es muy poético.

—Sí, pero el duelo tal vez se produjo de veras. Atenea es probablemente una diosa muy antigua, premicénica. Poseidón es un dios varón, llegado con los indoeuropeos: hubo de combatir para expulsarla de la Acrópolis.

—Y perdió.

—Sí. Los dioses varones siempre pierden, a pesar de todo. Los santuarios más venerados en la Antigüedad eran los de las divinidades femeninas y también hoy los fieles frecuentan sobre todo los santuarios consagrados a la Virgen: en Lourdes, Fátima, Mediugorje. ¿Y luego que más?

—La historia de las amazonas que atraviesan el Bósforo Cimerio sobre el hielo, como Alexandr Nevski contra los caballeros teutónicos... Es fantástico. Puedo verlas: si cierro los ojos puedo verlas. Imagínate qué escena.

—Alguien debió de haberla presenciado. Quien difundió ese mito vio a los caballeros revestidos con sus armaduras avanzar sobre el mar de Azov reducido a una capa de hielo.

—¿Y las amazonas? ¿Tú crees en las amazonas?

—En Asia Central fueron excavadas tumbas de mujeres guerreras... Se cuenta que Alejandro de Macedonia se encontró con algunas de ellas al este del mar Caspio.

Kostas se quedó en silencio unos instantes, como si escuchara la sirena de una ambulancia:

—¿Sabes una cosa? —preguntó en un determinado momento.

—¿Qué?

—En mi opinión las amazonas representan una especie de

miedo ancestral que los griegos sentían hacia las mujeres. La misma Atenea brota armada de la cabeza rota de Zeus… ¿No te dice nada eso?

—Es probable. Me recuerda a una pintura que vi en una copa del Museo de Munich: Aquiles traspasa a Pentesilea, reina de las amazonas, mientras ella intenta seducirle.

—Las temían. —Se encendió un cigarrillo aspirando profundamente—. Sí, no hay otra explicación.

—¿Y por qué, según tú?

—Porque recordaban el matriarcado, cuando los varones se batían en un duelo a muerte a fin de que el vencedor se ayuntara con la diosa Reina Madre, para acto seguido ser sacrificado a su vez. Lo recordaban a nivel inconsciente, ancestral. Por eso consideraban el amor hacia las mujeres como una especie de enfermedad peligrosa.

No dije nada porque estoy acostumbrado a sus afirmaciones siempre tajantes y no siempre apoyadas en argumentos, pero de todas formas me gustó que diera muestras de estar interesado en la conversación, sobre un asunto cualquiera, fuera el que fuese. También yo cogí un cigarrillo de su paquete y lo encendí con el suyo.

—¿Y luego? —seguí preguntando.

—El descenso de Teseo y Pirítoo a los Infiernos para raptar a Perséfone.

—La catabasis. *¿No se llama en griego así, precisamente?*

—Exacto. Y todo el mundo la ha imitado, sobre todo vosotros los italianos: Virgilio, Dante Alighieri; pero quienes la inventamos fuimos nosotros los griegos. Como todo, por lo demás.

—¿Y ese motivo del descenso a los infiernos como lo interpretas tú?

—Nosotros los griegos hemos intentado exorcizar todos los terrores ancestrales, hemos intentado vacunar a los hombres contra los temores que les afligen desde que tomaron conciencia de su propio existir, de haber nacido… y de tener que morir. Y así nuestros antepasados mandaron de avanzadilla al otro mundo a

sus héroes: Teseo, Pirítoo, Heracles y Odiseo, que evoca las sombras de los muertos igual que un chamán. Y trataron de describir el infierno. Siempre se tiene menos miedo de algo que se conoce, ¿no crees? Primero los héroes y luego, mucho tiempo después, los filósofos. Pero no fue lo mismo... Es más, fue algo perjudicial... Los filósofos prepararon a los griegos para aceptar el cristianismo.

—¿Y acaso no fue eso algo bueno?

Levantó la cabeza en el típico gesto griego de denegación:

—Desesperación existencial. No quedaba ya nada que indagar: habían explorado incluso el inconsciente: las amazonas, precisamente. Edipo, que mata a su padre y se casa con su madre; Medea, que mata a sus hijos para castigar así al esposo infiel. No quedaba nada más que desesperación existencial: la mosca encerrada dentro del vaso, que se golpeaba contra las paredes hasta causarse la muerte. ¿No consiste acaso la fe en apagar la luz? ¿No es tal vez renunciar a la razón?

—No sé. La existencia de Dios puede ser un resultado especulativo racional, ¿no crees? Santo Tomás de Aquino, por ejemplo, conjuga muy bien la fe con la razón.

—Pura manipulación del pensamiento aristotélico.

—Lo tuyo es nacionalismo intelectual. No es manera de abordar una discusión.

—Sé lo que piensas: que nosotros, los griegos de hoy, los atenienses, no tenemos ya nada que ver con los de entonces. Somos un país pequeño y ni siquiera completamente desarrollado, pero te equivocas. Empezamos antes que todos los demás y hemos llegado antes que nadie. Por eso estamos sentados esperando... desde hace siglos, en los confines de la oscuridad. Esperamos y basta. En cuanto a la tecnología, nada; para la única cosa que sirve es para fabricar juguetes, la mayor parte de ellos peligrosos.

—Y, sin embargo, también los antiguos soñaron con poder crear tecnología. Piensa si no en Dédalo: el vuelo humano, la ingeniería avanzada, la robótica.

—Ya. Y previeron su resultado. Ícaro se acerca demasiado al sol y cae al vacío. Faetón guía el carro del sol y se precipita al vacío. Sus hermanas le lloran desconsoladas y se transforman en álamos; sus lágrimas se convierten en gotas de ámbar.

Se oyó de nuevo la sirena de una ambulancia, pero muy atenuada, como una especie de lejano vagido.

Él se reclinó en la almohada y cerró los ojos. Yo esperé a que se amodorrara y salí sin hacer ruido.

2

El legislador

Se conoce a nueve de los reyes que reinaron en Atenas; al igual que los reyes de Roma, son el recuerdo del período más arcaico, que debería coincidir con el período micénico que concluye en el siglo XII. De lo sucedido con posterioridad no sabemos gran cosa, pues de hecho hemos de basarnos en unos pocos restos arqueológicos, y dado que Atenas, como Roma, ha pervivido a lo largo de los siglos, ocurre que la ciudad moderna cubre con su extensión de feos inmuebles los recuerdos de su pasado. Lo cierto es que las monarquías entraron ya en crisis a finales de la época micénica. Ello puede verse perfectamente en los poemas homéricos: Odiseo vaga durante años antes de regresar y cuando llega a su palacio lo encuentra invadido por un grupo de nobles que consumen todos sus bienes y cortejan a su esposa. El mismo Odiseo, cuando llega a la isla de los feacios, encuentra a un rey, Alcínoo, rodeado de un consejo de ancianos con poderes consultivos, pero asimismo de control.

Idomeneo de Creta es obligado a abandonar su isla; Diomedes de Argos descubre que se está fraguando una conjura contra él, organizada por su misma esposa, Egialea; Agamenón es asesinado en su residencia real por su mujer y el amante de ésta; Menelao vaga también durante años y años antes de dar con su patria.

Son todos ellos signos de crisis y de decadencia que acaso llegaron después de un período de excesiva expansión. De todas formas, en este escenario es posible percibir la ascensión de la clase aristocrática de los grandes criadores de ganado y terratenientes, que ponen bajo tutela al rey e intentan mermar su autoridad.

Es cierto que no todas las monarquías desaparecieron; al volver a hacerse la luz sobre las peripecias históricas de los griegos, es decir, hacia mediados del siglo VIII, vemos que algunas de ellas habían sobrevivido: en Argos, por ejemplo, había un rey, y en Esparta incluso dos, una rareza institucional de la que nadie ha conseguido dar una explicación convincente. Y había reyes en las colonias, en Cirene, por ejemplo, aunque los colonos provinieran de Thera, que no era ciertamente un reino. En cierto sentido lo había también en Atenas: uno de los nueve magistrados que tal vez en la época arcaica constituían el gobierno de la ciudad y eran llamados arcontes («los que mandan») ostentaba el título de *basileus*, es decir, rey.

En aquel período la ciudad contaba con instituciones muy parecidas a las de otras muchas polis de Grecia: el poder estaba totalmente en manos de los aristócratas, que formaban parte del Consejo y que ocupaban los órganos de gobierno, como el Colegio de los Nueve Arcontes, y los de la junta formada por los ex magistrados, llamada Areópago, al que correspondía el control de la vida política de la ciudad. Poseían todas las tierras relativamente fértiles disponibles, donde producían sobre todo aceite y vino (el cereal era escaso y en gran parte era importado). En los terrenos más pobres criaban ovejas y cabras y practicaban la apicultura produciendo una miel muy apreciada y de altísima calidad. Los bosques, otrora abundantes tanto en tierra firme como en las islas, habían sido en gran parte talados para crear terrenos agrícolas o bien para utilizar la madera en la edificación y la construcción naval; pero esto había provocado grandes fenómenos de erosión que redujeron más aún, si cabe, las tierras disponibles. En la isla de Eudeba, justo al norte del Ática, dos ciudades, Calcis y Eretria, libraron durante años y años una guerra muy cruenta por el dominio de la única llanura decente de la isla, unas pocas decenas de miles de hectáreas en total, el equivalente a una hacienda agrícola media del Medio Oeste americano de la actualidad.

Los pequeños propietarios pasaban hambre: ahogados entre las grandes propiedades, no podían aguantar su competencia y se veían obligados a contraer deudas para poder comprar la simiente o un animal de trabajo. Los intereses sobre los préstamos eran de usura: del ciento por ciento e incluso más. Bastaba con que cayera una granizada, una helada tardía, o que se produjera una prolongada sequía, para que el pobre campesino no pudiera pagar su deuda. Y el que no pagaba pasaba a ser esclavo de su acreedor. Legalmente.

Eran unos tiempos duros, pues no existía ninguna organización que protegiera a los débiles, ninguna solidaridad entre los pobres. Cada uno iba a lo suyo y bastante tenía con eso. Cuando las tensiones sociales se hicieron insoportables, la válvula de escape, como siempre, fue la emigración, que se producía de un modo muy especial: se consultaba al oráculo de Delfos, que nombraba al «oikista» (*oikistes*), es decir, al fundador que debía encabezar la expedición e indicar el lugar donde se fundaría la colonia. A continuación se elegía mediante sorteo a un varón célibe por cada familia destinado a formar parte de la colonia, se preparaba una expedición y los jóvenes partían a la ventura, hasta que encontraban nuevas tierras allende el mar donde fundar una ciudad nueva. Tenían absolutamente prohibido volver, si no era después de cinco años, en el caso de que no hubieran logrado echar raíces en la tierra nueva.

También los atenienses fundaron colonias, las más antiguas en Asia Menor, en la costa situada frente al Ática; una de ellas, Mileto, fue durante mucho tiempo la más rica, próspera y civilizada ciudad del mundo conocido. Pero los problemas permanecieron irresueltos: hacia fines del siglo VII la situación estaba al borde de la ruptura. Los aristócratas se comportaban de modo despreciativo, altanero. Orgullosos de su descendencia heroica o a veces incluso semidivina, tenían la competencia exclusiva de la defensa de la nación y combatían a caballo o a veces en carros de guerra, armas ya inadecuadas y no obstante de un enorme prestigio, verdaderos podios móviles sobre los que el noble se mostraba deslumbrante en su armadura, la cabeza cubierta con el yelmo crestado y el escudo decorado con las insignias heráldicas de su linaje. Llevaban los largos cabellos recogidos en una especie de rodete en lo alto de la cabeza, que hacía las veces de amortiguador bajo el yelmo. Cuando iban con la cabeza descubierta se los perfumaban con esencias raras y los adornaban con fíbulas de cabeza en forma de cigarra de oro. Reclamaban de continuo homenajes y donativos y consolidaban su poder con alianzas matrimoniales en el interior de su clan (*ghenos*) y con otros clanes de prestigio.

El *ghenos* (la raíz *ghen-* indica el nacimiento, la generación, el lazo de sangre) era el fundamento del poder de los aristócratas, en cuyo seno el jefe del clan ejercía la justicia, dirimía los litigios, concertaba los matrimonios, decidía la política que había que emprender con respecto a los demás *ghene* o con respecto al estado, al que controlaban por completo. Cada *ghenos* contaba con su héroe, fundador del linaje (el antepasado de la familia dominante), al que se tributaba culto en un templete votivo (*heroon*). Y, sin embargo, el estado existía y tenía sus propias instituciones políticas, religiosas, administrativas y militares, sólo que estaba condicionado casi por completo por los equilibrios de poder entre los cabezas de las grandes familias.

Las restantes clases sociales eran la de los pequeños terratenientes, que cultivaban su tierra y vendían los productos en los mercados de las ciudades o de los pueblos del Ática, y la de los braceros, casi siempre sin bienes, que trabajaban a jornal y que no tenían la menor seguridad contractual: «hombres sin nada», les define Homero. Los pescadores costeros formaban parte también del proletariado y su condición social era bastante parecida a la de los braceros a jornal. Los esclavos, obviamente, no contaban: eran objeto de compraventa, servían en las casas y en los campos, en los talleres, en las minas y en las bodegas. Su tenor de vida dependía exclusivamente de las condiciones económicas y de la disposición de ánimo de su propietario. Pero parece que en general recibían un trato humano.

Una situación social semejante no podía perpetuarse por mucho tiempo sin llegar a un límite insostenible, y así ocurrió. Estallaron los desórdenes y las sublevaciones en las ciudades y en el campo y, finalmente, también las clases dominantes se convencieron de que tenían que ceder algo si querían conservar el máximo poder posible y sus privilegios. Se nombró, pues, arconte con plenos poderes a un hombre de gran prudencia y cultura a fin de que pusiera en marcha las reformas necesarias. Su nombre era Solón y la historia nos lo presenta como el primer estadista europeo de pleno derecho. Era también un poeta que exponía en verso su propio pensamiento político y sus convicciones morales, pero por desgracia lo que ha sobrevivido de sus escritos no basta para arrojar luz sobre sus vicisitudes personales. Sabemos que era rico y que había viajado mucho antes de asumir su cargo: como siempre, son las clases superiores las que dan hombres de ideas más avanzadas. El análisis filológico de sus composiciones poéticas revela que tenía como modelo a Homero, cuyos esquemas copiaba con alguna modificación sustancial en sentido moderno.

Si consideramos que las poesías en la Antigüedad eran en realidad canciones que se acompañaban con música, nos daremos cuenta de que este hombre sabía de la importancia de la difusión mediática del mensaje político. En una época en que no existía la radio, ni la televisión, ni tampoco la prensa, la canción era el vehículo más eficaz y audible para imponer una determinada idea.

Sabemos que, antes de asumir sus funciones, había hecho todo lo posible para empujar a sus conciudadanos a arrebatar la isla de Salamina a los megarenses, lo que hace de él un hombre de una clara visión estratégica: Salamina está a pocas millas marinas del Pireo, puerto de Atenas, y Mégara controla la entrada por el oeste al golfo Sarónico que separa el Ática del Peloponeso. Sabemos también que se batió para defender la autonomía del oráculo de Delfos de la ciudad de Cirra, que pretendía tenerlo bajo su control, y también ésta es una postura extremadamente significativa.

Delfos era el más importante santuario panhelénico, un centro de ciencia y de conocimientos que hundía sus raíces en una experiencia multisecular. Nadie en Grecia tomaba una iniciativa de cierta importancia sin antes consultarlo y nadie podía permitirse hacer caso omiso de sus dictámenes. El oráculo estaba considerado a todos los efectos como la voz del dios Apolo y su independencia era garantía de equilibrio entre todos los estados griegos, tanto en las ciudades-estado del sur como en las tribales del centro-norte.

Una vez convertido en arconte (es decir, en miembro del órgano ejecutivo que más se asemejaba a un gobierno de la ciudad) con amplias prerrogativas de mando, procedió de inmediato a las reformas. Abolió en primer lugar la odiosa costumbre de la esclavitud por deudas y decretó su desaparición con efectos retroactivos, de modo que fueron liberados aquellos que con anterioridad se habían visto reducidos a la esclavitud; luego, procedió a las reformas políticas en sentido estricto. Dividió la sociedad de acuerdo con sus rentas: la capa alta estaba constituida por quienes tenían una renta igual a quinientos medimnos de trigo o quinientos metretos de aceite o de vino; la media, por aquellos que tenían una renta de trescientos medimnos; luego, venían los pequeños cultivadores que podían permitirse tener una yunta de bueyes, y por último los braceros sin bienes, llamados tetos. Para hacerse una idea de las proporciones de aquellas rentas téngase en cuenta que quinientos medimnos equivalen a trescientos sesenta quintales, la carga de un moderno tráiler, y que una cantidad similar de trigo o de vino se extrae hoy de un par de hectáreas de superficie cultivable. Incluso los ricos, en suma, según nuestros estándares, vivían en condiciones bastante modestas: no es difícil imaginar cuáles debían de ser las condiciones de los pobres.

Una vez establecida esta división sobre una base censual, Solón decretó que únicamente los ciudadanos de las dos clases superiores podían tener acceso a los cargos públicos de gobierno, mientras que los de tercera clase podían acceder a cargos administrativos menores. A los proletarios sin bienes les estaba vedado cualquier cargo público, si bien se les concedió el poder sentarse en la Asamblea que elegía a los magistrados, la Ecclesia, y también en el tribunal popular, la Heliea, que juzgaba, entre otras cosas, la actuación de los magistrados salientes. De este modo, a quien ocupaba cargos públicos le iba a ser más difícil cometer abusos, sabiendo que un día tendría que rendir cuentas de su actuación al pueblo. Solón creó también un Consejo, llamado de los Cuatrocientos (cien por cada una de las cuatro tribus del Ática), encargado de preparar el orden del día de la Asamblea con el fin de evitar toda desviación en un sentido extremista. Se trataba de una especie de Parlamento cuyos miembros habían sido elegidos personalmente por el legislador, pero que a continuación lo fueron en cambio por la Asamblea, a medida que aquéllos fueron falleciendo.

La gran novedad en esta reforma era la posibilidad para los ciudadanos de entrar a formar parte de una clase superior cuando su renta aumentaba y acceder así a la gestión de la cosa pública. Solón había puesto en marcha una verdadera revolución; no era ya una ciudad inmovilista ligada al derecho inmutable de sangre y de linaje, sino una sociedad dinámica en la que se le reconocía el mérito y la asunción de responsabilidades a todo aquel que había sabido mejorar sus propias condiciones.

En el curso de los siglos posteriores, cuando los atenienses se dieron a sí mismos instituciones democráticas, atribuyeron sus orígenes a Solón, pero sabemos que ello es erróneo. Basta considerar que en sus reformas la renta se mide por la producción agrícola, que es típica de los grandes propietarios aristócratas. Y, sin embargo, en aquellas reformas estaba ya, acaso de forma inconsciente, la apertura a la clase burguesa y, por consiguiente, el ocaso de las viejas aristocracias que hundían sus raíces en la edad de los héroes homéricos e incluso más allá. En el curso de los primeros cien años de las reformas de Solón se dejó de medir la renta con los productos agrícolas, evaluándose en metálico, y conforme la divisa ateniense, el dracma, se fue devaluando, sucedió que cada vez menos ciudadanos podían ser considerados tan pobres como para ser excluidos de la elección a los cargos públicos.

¿Cómo sufrió el poder aristocrático la infiltración de las clases emergentes hasta el punto de verse posteriormente mermado?

Entre mediados del siglo VII y comienzos del VI a.C., comenzaba a consolidarse de modo cada vez más rápido una nueva clase social destinada a marcar profundamente la historia de Atenas y, en consecuencia, la del mundo entero: la de los artesanos, comerciantes y empresarios que dieron vida a una burguesía muy emprendedora y pujante. Esta nueva clase de generadores de renta cayó en la cuenta del gran potencial económico de los dos mayores productos de la agricultura del Ática: el vino y el aceite de oliva; en torno sobre todo del vino supo crear un gusto, una moda, cabría decir incluso que un estilo de vida, que se exportó prácticamente a todo el mundo entonces conocido. En el centro de esta costumbre había un rito social de éxito arrollador: el simposio. La palabra significa simplemente «beber juntos», pero aludía a una especie de *drinking-party* de corte exclusivamente masculino. Los invitados se daban cita en casa del anfitrión y se reclinaban en unos lechos muy parecidos a los canapés, con un realce relleno en la parte de la cabeza sobre el que se apoyaban con el codo izquierdo.

Delante de cada uno de los lechos había una mesita baja de cuatro patas, la mesa de comer, en la que se servía el vino junto con las pitanzas, de ordinario muy sencillas. Lo extraño para el hombre moderno es que el vino se mezclaba con mucha agua dentro de una gran vasija central con capacidad para una docena de litros. La vasija recibía el nombre de *krater*, crátera, de la raíz *ker-*, *kr-*, que significa precisamente «mezclar». Las proporciones eran habitualmente de uno a cinco, hecho que sigue siendo para nosotros un misterio. Ningún vino moderno soportaría una cantidad tal de agua sin perder totalmente su sabor y su aroma. Pudiera ser que el vino griego fuera concentrado hasta el punto de alcanzar un graduación parecida a la de nuestros vermús; el hecho es que beber vino puro estaba considerado algo propio de bárbaros y se decía incluso que dicha práctica llevaba a la locura (eventualidad no del todo improbable). Todos recordamos el episodio del cíclope Polifemo, al que Odiseo sirvió vino puro para hacerle perder el conocimiento (bastaron dos copas) y luego cegarle con comodidad. Decíase que el rey de Esparta Cleómenes había enloquecido por haberse dado a la bebida de vino puro a la manera de los bárbaros.

Lo hermoso del simposio era estar en compañía de amigos, discutiendo de cualquier asunto —de política, de arte, de música, de teatro, de deporte, de amor—, y era por ello por lo que se alargaba el vino de manera que los huéspedes se mantuvieran lúcidos el mayor tiempo posible. No se admitía en él a las mujeres de condición libre: los griegos tenían una pésima opinión de las mujeres etruscas que, por el contrario, tomaban parte en los banquetes juntamente con sus hombres. Las únicas mujeres que podían admitirse en un simposio eran las hetairas, palabra que significa «compañeras», unas muchachas muy hermosas, elegantes y cultas, capaces de tocar instrumentos musicales, danzar, conversar y también, obviamente, hacer el amor, un pasatiempo totalmente normal que tenía lugar en el mismo lugar del simposio, en los mismos lechos en los que los huéspedes estaban reclinados. Las hetairas tocaban de ordinario la flauta, luego llamada *aulos* —un instrumento muy similar a las *launeddas* sardas—, y danzaban semidesnudas o incluso desnudas, tocadas con sólo una cofia o una cinta en torno al pelo.

El servicio del simposio incluía una cantidad impresionante de piezas —cubos, garrafas, ánforas, vasijas, copas en forma de taza o de cáliz, etc.—, todas de depurada cerámica decorada con figuras negras en las que los detalles anatómicos, de armas o de indumentaria, se realizaban con trazos de un barniz blanco. Los alfareros eran tan hábiles que incluso las piezas más imponentes, como la crátera, eran ligeras como pompas de jabón, y los pintores ceramistas no tardaron en convertirse en auténticos estilistas que firmaban sus obras conscientes de conferirles un valor añadido.

La cerámica del simposio se extendió por todo el Mediterráneo y se convirtió en un símbolo del *status* social aristocrático hasta el punto de que empezó a formar parte también de los ajuares funerarios de las sepulturas de más alto prestigio. En realidad los atenienses tenían una tradición ya muy antigua y de altísimo nivel que había comenzado con el estilo llamado «geométrico», por el uso de figuras geométricamente estilizadas. En el Museo Arqueológico Nacional de Atenas hay expuesta una de las obras maestras de este arte cerámico: la llamada vasija del *Dipylon*, una pieza gigantesca, de dos asas, con un cuello alto y casi cilíndrico, con escenas de lamento fúnebre y de exequias. Ciertamente la vasija había contenido las cenizas del difunto y era por lo tanto ella misma vehículo de un simbolismo religioso y ritual.

Y he aquí otra característica dominante en la industria cerámica ateniense: la decoración. La pintura sobre vasijas exigía una habilidad extraordinaria porque la superficie era curva y las curvaturas eran distintas según las tipologías, y las composiciones debían tener en cuenta estas distorsiones del fondo. Sin embargo, la decoración era vehículo de un mensaje preciso que terminaba por tener un contenido propagandístico muy fuerte, y no en el sentido estrictamente político del término sino en el más propiamente cultural. Las vasijas estaban decoradas con escenas mitológicas, épicas, teatrales, religiosas, familiares, de costumbres, de sexo, pero nunca de historia verdadera o de política. De ese modo el producto resultaba aceptable para cualquier clientela y pasaba a convertirse en un poderoso difusor de la cultura que lo había producido. Si hoy se pudiera registrar en soporte digital toda la iconografía de la pintura en vasijas que ha llegado hasta nosotros tendríamos una auténtica película, una especie de dibujos animados de la civilización griega y ática en particular. Porque, en efecto, la cerámica fue sobre todo ática y la misma palabra proviene del nombre del barrio de Atenas en el que trabajaban los alfareros: el Cerámico (*kerameikòn*).

La excelencia de su ejecución, el coste de la decoración y el uso de las vasijas como envases de lujo para los productos de exportación (aceite y muy especialmente vino) hicieron de ellas objetos muy solicitados así como muy imitados bastante pronto:

su coste aumentaba posteriormente debido a las dificultades del trasporte, que se realizaba principalmente por mar, pero que precisamente por eso comportaba un alto grado de riesgo que repercutía en el coste final de cada una de las piezas. Si consideramos que un buen pintor recibía un salario diario igual a la mensualidad de un bracero, nos daremos cuenta de qué tipo de clientela podía permitirse la adquisición de las vasijas áticas y, en particular, de las de las firmas más prestigiosas.

El comercio y la importación-exportación suponían una intensa actividad portuaria y así había venido desarrollándose en torno a los dos puertos de Muniquia y del Falero (el Pireo sería construido posteriormente) una actividad bastante intensa de constructores navales, expedicionarios, aseguradores, almaceneros y banqueros, que movían a diario ingentes riquezas. Éstos se convirtieron muy pronto en titulares de rentas que les permitían adquirir la armadura de soldado de infantería. Se trataba de un equipo muy costoso que incluía yelmo, escudo, grebas, coraza y faldones de cuero que protegían la ingle. Las armas de ataque eran la lanza con punta de hierro y la espada también de hierro. Todo este metal trabajado tenía un coste muy elevado, si bien no alcanzaba el del equipo del caballero aristocrático, que podía permitirse el mantenimiento de un caballo de batalla.

El nacimiento de una infantería pesada de línea modificó también la táctica militar y relegó por espacio de un par de siglos la caballería de los nobles a una función meramente complementaria en las alas. Dicho en otras palabras, los nuevos protagonistas en los campos de batalla fueron los hoplitas (de *oplon*, escudo), que, siendo la expresión de la burguesía media en el terreno económico, pretendieron también contar en el ámbito político. El carro de guerra de los aristócratas era desde hacía siglos sólo un objeto de parada militar y, en algunos casos, de ajuar funerario, hasta el punto de que el mismo Homero desconocía ya su uso (¡los héroes llegan a la batalla montados en el carro, pero luego se bajan de él y combaten a pie!), y también la caballería aristocrática conocía su declinar pese a mantener su prestigio. Era justo que quien contribuía con su renta al bienestar de la comunidad y con riesgo de su vida en el campo de batalla a la seguridad de sus fronteras tuviera también una responsabilidad proporcional en la vida política.

No obstante, mientras que con las reformas de Solón la burguesía conseguía poco a poco acceder a las instituciones que habían sido siempre prerrogativa exclusiva de los aristócratas, la miserable condición de los tetos, es decir, de aquellos que carecían de propiedades, no tenía casi ninguna posibilidad de redención. Quedaba a disposición de las empresas un número considerable de esclavos cuyo trabajo costaba incluso menos de los dos óbolos por día que se pagaban a los braceros. Éstos, junto con los campesinos reducidos a la miseria, se convirtieron en una masa dominada por un rencor siempre creciente que no aguardaba sino una chispa para estallar.

Se dice que Solón, una vez cumplida su tarea de legislador, confió al Areópago la vigilancia del buen funcionamiento de las instituciones y a continuación se ausentó de Atenas en un exilio voluntario por espacio de diez años: una decisión que demuestra su altísimo temple moral. En la situación en que estaba habría podido, en efecto, ejercer un poder personal similar al de un tirano, cosa bastante común en aquellos tiempos y de lo más deseable para un griego de elevada condición social. Por el contrario, reanudó los viajes: visitó Egipto y el reino de Lidia, que a la sazón eran las dos mayores potencias del Mediterráneo.

Cuando llegó a Lidia, cuenta Heródoto en sus *Historias*, encontró al rey Creso en su residencia real de Sardes, en Asia Menor. Creso era fabulosamente rico y reinaba en un estado muy próspero, tanto por la extracción del oro de las arenas del río Pactolo, como por el control de las caravanas que desde Oriente llegaban hasta la costa del mar Egeo, pasando por el dominio que había impuesto sobre todas las colonias griegas de Asia. El relato de Heródoto se parece mucho más a un cuento aleccionador que a la crónica de un hecho real, pero es en cualquier caso significativo y vale la pena traerlo a colación. Creso quiso que le fueran mostrados a Solón sus tesoros, su palacio, su familia, y al final le preguntó si no le consideraba el hombre más feliz del mundo por todo ello; pero Solón repuso que no, que no era de ese parecer.

—Entonces dime a quién consideras el hombre más feliz del mundo —insistió el soberano.

A lo que Solón repuso:

—A un tal Telo de Atenas que vivió en la prosperidad y vio serenamente crecer a sus hijos y nacer a sus nietos sin perder siquiera a uno de ellos. Al final murió en la batalla contra los eleusinos y sus conciudadanos le erigieron un monumento fúnebre en el lugar donde había caído combatiendo heroicamente.

Creso se quedó muy perplejo, ya que le parecía que ningún ciudadano particular, un perfecto desconocido, podía ser más feliz que el poderoso rey de Asia, pero conociendo por su fama la cordura de su huésped le preguntó a quién ponía él en segundo lugar de su clasificación, esperando al menos obtener dicho puesto; pero Solón contó otra historia. Había una sacerdotisa en Argos que debía subir en el carro sagrado al templo de Hera, situado extramuros, para celebrar un sacrificio, pero, dado que los bueyes se habían quedado en los campos, no había animales con los que tirar del pesado vehículo. Como la ceremonia no podía esperar, sus hijos, Cleobis y Bitón, la hicieron subir al carro, se uncieron ellos mismos al yugo y tiraron de él hasta el templo. Emocionada por tanta devoción, la madre pidió a la diosa que les concediera el premio más hermoso y Hera la escuchó. Los dos muchachos entraron en el templo y se tumbaron para descansar del inmenso cansancio. Nunca más despertarían.

Sólo a muertos. Solón había puesto a la cabeza de la lista de los seres humanos más felices del mundo sólo a muertos.

—Pero ¿por qué? —preguntó Creso sintiéndose despechado.

—Porque ningún ser humano puede decirse feliz hasta que haya franqueado el último umbral, hasta que haya concluido la vida con un balance positivo. Cada día puede traernos desgracias inesperadas, dolores indecibles y no hay tesoros ni poder humano que puedan evitárnoslos. —Y prosiguió impertérrito—: Oh, Creso, a mí que sé que la divinidad es de lo más envidiosa y turbulenta me interrogas acerca de la fortuna humana. Al cabo del tiempo, muchas son las cosas que uno tiene que ver y por las que tiene que sufrir sin quererlo. Yo fijo en setenta años el término de la vida humana. Y estos años dan veinticinco mil doscientos días, sin contar ningún mes intercalar. Pero si queremos añadir un mes por cada dos años para que las estaciones lleguen a su debido tiempo, resultarán entonces treinta y cinco meses intercalares y por ellos mil cincuenta días más. Ahora bien, de todos estos días de que constan los setenta años, que son veintiséis mil doscientos cincuenta, no hay uno solo que traiga sucesos enteramente idénticos a los otros. Así pues, Creso, el hombre no es más que puro azar... El que es muy rico no es en nada más feliz que el que vive al día si no le acompaña la fortuna de terminar bien su vida...

No muchos años después Creso fue derrotado en una batalla campal a orillas del Ermo por el ejército persa de Ciro el Grande y, puesto sobre una pira juntamente con los príncipes reales para ser quemado vivo, unos segundos antes de que se prendiera fuego gritó: «¡Huésped ateniense, cuánta razón tenías!». Estas palabras le salvaron la vida porque Ciro, lleno de curiosidad por aquella exclamación, le hizo liberar para que le explicara lo que quería decir con ello y desde entonces le tuvo como consejero suyo.

Nada se sabe acerca del final que tuvo Solón, el gran sabio que puso la primera piedra de la evolución de las instituciones atenienses hacia el sistema que había de constituir el modelo no superado con el que todavía hoy se rigen los estados en nuestro planeta: la democracia. Únicamente se sabe que regresó a Atenas y lo hizo a tiempo de asistir al fracaso de sus reformas.

El suyo no había sido más que un primer paso: para que se alcanzara esa meta era preciso atravesar otras fases, llevar a cabo otras experiencias no menos interesantes. Sabemos que se opuso con gran energía a un hombre llamado Pisístrato, que, aprovechándose del descontento de las clases más pobres, las utilizaba para conseguir un poder personal, para establecer en la ciudad un tipo de poder que pasaría a la historia como el más odioso de todos, la tiranía.

8 de marzo de 1999

Estoy aquí en Atenas, por razones de trabajo y de estudio. Ello me permite ir a ver a Kostas, al que envié hace un par de semanas la cinta con el segundo capítulo de esta meditación mía sobre la historia de los antiguos atenienses y sobre el milagro que en tan sólo cincuenta años fueron capaces de realizar en todos los campos de la cultura y del pensamiento.

Hace un bonito día y un viento desencadenado de poniente barre la pesada capa de niebla tóxica que normalmente cubre la ciudad. El taxista lanza maldiciones contra los trabajadores del metro que hacen enloquecer el tráfico ya de por sí absurdo y en cambio yo me emociono viendo a los arqueólogos en la plaza Omonia, que prosiguen impasibles sus trabajos de excavación. Aquellos pequeños muros de piedras blancas y argamasa rojiza eran las casas de los atenienses del siglo V*: se me pone la piel de gallina.*

—Disminuya la marcha... —le digo—; disminuya la marcha, por favor...

Y quisiera saltar del coche y ponerme a hablar con los colegas, recoger una piedra y darle la vuelta entre las manos, sentir el calor de ese áspero contacto.

Kostas se está recuperando de una gripe. Me recibe con una sonrisa cansada y la mirada perdida.

—¿Cómo estás, Kostaki?...

—¿Cómo quieres que esté con esta vieja maquinaria mía, a la que cada día se le estropea una pieza? ¿Te apetece un café?

—Sí.

—¿Turco?

—Naturalmente—. La albanesa se pone a trajinar entre los fogones—. No hay ningún problema, ellos lo hacen igual.

Charlamos de la actualidad, del tiempo, de política. Me pregunta por los niños, por mi mujer, por mi madre, por mi trabajo.

—He cambiado de coche.

—¿Y qué te has comprado?

—Un Alfa Romeo. He sido siempre un alfista. ¿Te acuerdas de mi Giuletta negro? Estaba completamente trucado, tiraba como un avión.

—Claro que me acuerdo. Como puedes ver, yo no me he comprado nunca ningún coche. Cuesta demasiado. Yo prefiero vestir bien; con lo que te cuesta mantener un coche te haces cinco trajes de lujo, incluso podría decir de gran lujo, cada año, y aún te sobra algo de dinero.

—Es verdad.

Me invita a un cigarrillo y se enciende uno mientras llega el café.

—¿No me preguntas qué pienso del capítulo que me enviaste?

—Ahora iba a hacerlo.

—No es cierto. Te andabas con rodeos y sé por qué lo hacías.

—Tú siempre lo sabes todo.

—Sólo faltaría que, después de haber llegado a la edad a que he llegado, no hubiera entendido nada de la vida.

En todo momento la televisión está encendida, como telón de fondo de nuestra conversación, sintonizada en un canal de la RAI. No la apaga nunca porque así refresca de continuo su italiano.

—¿Entonces?

—No me lo has preguntado porque está ese discurso de Solón sobre la felicidad... de los muertos.

—Es un discurso acertado. Y no tengo ningún reparo en hablar de la muerte contigo porque, toca madera, podría morirme antes yo. Podría tener un accidente con el coche, mi avión podría sufrir una avería, o bien tener un infarto durante mi gimnasia matinal. Como bien dice Solón, «el hombre es puro azar».

—*¡Qué palabras! Habría podido decirlas yo.*

—*Por lo tanto piensas que la vida no es más que casualidad.*

—*No del todo. Está también el* phthònos theòn, *la envidia de la divinidad. Si uno está bien, la divinidad siente envidia por ello y a las primeras de cambio le hace caer en la miseria. Estoy de acuerdo con Solón, absolutamente.*

—*¿Qué divinidad?*

—*Cualquiera. No me parece que existan grandes diferencias. Según el mensaje cristiano hemos sido redimidos, liberados de la culpa del pecado original. ¿Has visto tú que haya cambiado nada en estos últimos dos mil años? Como puedes ver, los antiguos se dieron cuenta por lo menos de que no debían contar con los demás, sino únicamente consigo mismos; ningún dios misericordioso, ningún padre celestial que les consolara de las desventuras, enfermedades y guerras o del cansancio de vivir. Mejor dicho, pensaban que por ese lado tenían que guardarse también las espaldas. ¿No es formidable? Quizá por eso consiguieron unos resultados tan extraordinarios. Los hijos de unos padres comprensivos salen hechos unos blandengues, los hijos de unos padres duros y despiadados se templan, se vuelven capaces de doblegar la adversidad, de batirse con coraje.*

—*No sé. Me parece una imagen un tanto estereotipada.*

—*¿Quieres una prueba de lo que te digo? Pues sólo tienes que pensar en lo que erais vosotros mismos los italianos antes del cristianismo: una raza de leones que había sometido al mundo entero. ¿Y después qué? A fuerza de escuchar los sermones de los curas, de acostumbraros a que os llamaran ovejas y corderitos, terminasteis por convenceros de ello. Os dejasteis desarmar pensando que el mundo se iba a acabar en cuatro días y que Jesús volvería sobre las nubes del cielo. Pero fuisteis los únicos. Por supuesto, los bárbaros no arrojaron las armas y de ese modo el mundo se sumió en el caos por espacio de por lo menos medio milenio. Bonito resultado.*

—*También ésa es una visión demasiado simplista. La historia es el más complejo de los fenómenos humanos, la suma de todas las vicisitudes; no puedes tratarla de ese modo.*

—Pues claro que puedo; uno que está a punto de palmarla bien puede pensar y decir lo que demonios le plazca.

Acerca de este punto no puedo decir que ande equivocado.

—Debo reconocer que hay una parte de verdad en lo que afirmas, aunque no puede generalizarse. —Le ayudo a incorporarse un poco y retiro la tacita después de que haya bebido—. Y en cualquier caso no es cierto que el mundo no haya cambiado en los últimos dos milenios. Han mejorado un montón de cosas. Incluso la propia Iglesia. ¿Compararías tú a los papas de ahora con los de la Edad Media y los del Renacimiento? Además existe una mayor atención a los derechos humanos, hay una mayor reacción contra las violaciones del derecho internacional, más sensibilidad para con lo ambiental y las minorías étnicas.

—Sólo en el mundo occidental. En parte porque hemos cometido los pecados más graves y sentimos que debemos arrepentirnos, en parte porque tenemos un humanismo enraizado en la civilización griega y romana. De todos modos, por lo que al individuo se refiere nada ha cambiado. Sólo que ahora la gente escribe en las paredes: «Jesús te ama». Si alguien hubiera escrito en las paredes de Atenas: «Zeus te ama», se habrían echado todos a reír, por más que tuvieran el máximo respeto por Zeus.

—Es difícil hacerte razonar.

—¿Ah, sí? Pues bien, piensa en mí y en Alexandra. Éramos felices, nos queríamos. No teníamos hijos, pero los dos juntos estábamos muy bien. Nos contentábamos con poco: algún que otro traje, algún viajecito, ir dos veces al mes al restaurante. No molestábamos a nadie; la nuestra era una felicidad modesta, discreta. Pero no, hasta una felicidad así de modesta tenía que provocar la envidia de los dioses. Y Alexandra se fue, después de haber sufrido todo lo que un ser humano puede sufrir...

Tiene los ojos relucientes, pero no llora y su voz es firme.

—La echas mucho de menos, ¿verdad?

—Infinitamente. ¿Puedes comparar a Alexandra, su clase, su alegría, con esta... asistenta mía?

Recurre a una broma para no dejar traslucir las lágrimas. He de contener en mí una oleada parecida de amargura y de pesimismo y me viene a la mente la fábula de dos esposos ancianos:

—¿Conoces la historia de Filemón y Baucis?

—Creo haberla leído cuando iba a la escuela secundaria, pero ya no me acuerdo de ella.

—Eran un matrimonio de avanzada edad que vivía en una pobre cabaña. Una noche dos caminantes se presentaron ante su puerta pidiendo albergue para aquella noche. Los dos ancianos les ofrecieron la frugal cena que se habían preparado para ellos y se acostaron en ayunas sobre una estera para que sus huéspedes pudieran descansar en un lecho. Pero los huéspedes eran nada menos que Zeus y Hermes, que viajaban bajo un disfraz para ver cómo se comportaban los hombres. Transformaron el pequeño tugurio en un templo lujoso del que Filemón y Baucis se convertirían en sacerdotes. Los dos ancianos vivieron felices aún largo tiempo, hasta que murieron finalmente juntos, en el mismo día, a la misma hora y en el mismo instante. Porque habían expresado a los dioses el deseo de que se les ahorrara a cada uno de ellos el dolor de acompañar a su compañero a la tumba. Fueron transformados en árboles delante de las puertas del santuario...

He hecho mal sacando a relucir esta historia. Kostas se ha emocionado, aunque trata de no dejarlo traslucir, y no tiene más ganas de seguir hablando.

3

Los tiranos

En el curso del siglo vi a.C., en Atenas y en otras ciudades de la Grecia continental e insular, aparte de en las colonias, se consolidó una forma institucional anómala y luego duramente censurada por las fuentes históricas: la tiranía. La palabra «tirano», denostada durante los siglos y milenios posteriores, es de origen absolutamente oscuro. Su interpretación literal significaría, según algunos, «guardián del queso», expresión totalmente carente de sentido por lo que sabemos, pero lo mismo da, puesto que no podemos ir más allá. De todos modos, esencialmente indica una forma institucional en la que un solo hombre gobernaba con un poder absoluto.

La execración de que fue objeto tal institución se remonta predominantemente a fuentes moralizantes del siglo iv y responde también a los comportamientos despóticos de determinados tiranos de la Sicilia griega, como Dionisio I y Dionisio II. En realidad, estos hombres llegaron casi siempre al poder con el apoyo del impulso popular, aclamados por los pobres y los oprimidos, que tenían que soportar los abusos de las clases dominantes, de los aristócratas y de los propietarios de grandes patrimonios. Florecían sobre ellos muchas leyendas truculentas.

Por ejemplo, Periandro de Corinto habría yacido con el cadáver de su mujer Melisa, que posteriormente le reprocharía el estupro desde el otro mundo con un aterrador oráculo del *nekromantion* de Éfira: «Has puesto el pan en un horno frío».

Fálaris de Agrigento hacía encerrar a sus adversarios políticos dentro de un toro de bronce que tenía unas cánulas en las narices, de modo que cuando se encendía el fuego bajo el vientre del toro los inhumanos gritos del condenado salían por aquéllas como un grotesco mugido.

Dionisio de Siracusa, para hacerle comprender a un cortesano suyo lo precaria y nada envidiable que era la vida de un tirano, le obligaba a cenar con una espada suspendida sobre la cabeza, atada con un cabello de mujer. Aquel pobre hombre se llamaba Damocles y su amenazante espada ha entrado a formar parte del acervo de lugares comunes universalmente extendidos.

También Atenas tuvo su tirano, lo cual demuestra que la reforma de Solón, justa en el plano teórico, había dejado en realidad sin modificar los profundos desequilibrios sociales del pueblo ateniense. Se llamaba Pisístrato, estaba emparentado con Solón por parte de madre y se vanagloriaba de ser descendiente de Pisístrato, hijo de Néstor, rey de Pilos, héroe de la guerra de Troya; fue sin duda uno de los sabios gobernantes de su ciudad. Expulsado en dos ocasiones, en otras dos volvió, y gobernó hasta el final de su vida, cuando murió a causa de enfermedad. Fueron sus hijos quienes se encargaron de dilapidar el capital de respetabilidad y de prudencia que el padre había atesorado y quienes contribuyeron a la leyenda negra de la tiranía.

No está claro cómo consiguió Pisístrato el poder, pero una extraña historia contada por Heródoto dice que su padre, Hipócrates, mientras asistía a los Juegos Olímpicos como simple ciudadano particular, ofreció un sacrificio a los dioses, y en aquel momento los lebetos —especie de calderos de bronce que se apoyaban sobre un trípode—, llenos como estaban ya de agua y de trozos de carne, se pusieron a hervir sin fuego, hasta rebosar. Un sabio espartano de nombre Quilón, que presenció aquel prodigio, le dijo a Hipócrates que no tomara mujer que estuviera en edad de procrear; y que, si ya la tenía, la repudiase; y que, si tenía un hijo, lo desdeñara. Era como decir que engendraría a un monstruo. Hipócrates no quiso hacerle el menor caso y así un buen día engendró al niño que había de convertirse en el tirano de los atenienses.

Pisístrato llegó al poder, según parece, paulatinamente. Se sabe que cuando Solón regresó a Atenas de su exilio de diez años encontró la situación profundamente cambiada: los megarenses habían recuperado Salamina y él tuvo que emplearse a fondo a fin de que la isla pudiera ser reconquistada. El arconte polemarco, o sea, el responsable supremo de las fuerzas armadas, era precisamente Pisístrato, el cual con una brillante operación, por así decir, de contraataque, ocupó Nisea, o sea, el puerto de Mégara. Atenienses y megarenses, en situación de tablas, pidieron entonces el arbitraje de Esparta, la cual dispuso que Mégara recuperase Nisea cediendo Salamina a los atenienses. Pisístrato se había ganado así un altísimo prestigio a ojos de sus conciudadanos: el del valor en el campo de batalla, virtud más importante entre los antiguos que cualquier otra, pues basta recordar que cuando Esquilo, el gran poeta trágico, murió en Sicilia, tuvo una inscripción fúnebre dictada con anterioridad por él mismo que rezaba:

> Aquí yace Esquilo, hijo de Euforión, ateniense
> caído en Gela, rica en mieses.
> Pueden testimoniar su valor
> el bosque sagrado de Maratón
> y el medo de tupidas copas.

Ni la menor referencia a su gloria de poeta que le había de hacer inmortal, sino más bien al orgullo de haber combatido con honor en Maratón contra los persas.

Pero volvamos a Pisístrato y a los avatares atenienses de aquel período, sobre los que nuestras fuentes resultan nebulosas: refieren éstas que estaba en curso una guerra civil entre los habitantes de la costa y los del interior del Ática y que Pisístrato creó su facción entre los *diacrii*, es decir, los montañeses, gente, se supone, sumamente pobre o incluso miserable. Dado que aspiraba a la tiranía (es siempre Heródoto quien nos habla de ello) un día se le ocurrió una estratagema: se provocó a sí mismo una herida y acto seguido se dirigió a la plaza del mercado montado en un carro, jadeante y sangrando, diciendo que sus enemigos, o sea, sus adversarios políticos, habían tratado de asesinarle. Un héroe de guerra, además de líder político, estaba en peligro y por lo tanto pedía que el pueblo le asignara una guardia personal. La disposición fue aprobada y a partir de aquel momento Pisístrato fue a todas partes rodeado de una escolta de hombres armados de mazas: nada que ver por el momento con los lanceros mercenarios de los que se rodeaban los tiranos.

Solón, que quizá preveía cómo acabarían las cosas, proclamó que cualquiera que aspirase a la tiranía debía pedir que se le asignara una escolta armada, pero en aquel momento nadie le hizo el menor caso. Pisístrato, en efecto, con la ayuda de sus hombres, ocupó un día la Acrópolis y se hizo con el poder. Lo curioso es que Heródoto le atribuye en cualquier caso un notable respeto por las instituciones y una excelente prudencia administrativa. Pero ¿qué clase de tirano fue, entonces, Pisístrato? ¿Fue realmente el precursor de los dictadores modernos, miembro de una ralea execrable?

Es evidente, por cuanto nos ha sido transmitido por las fuentes, que la fuerza del estado en aquel período era muy escasa: la escena política estaba dominada por el enfrentamiento de las dos facciones principales capitaneadas por Megacles, del clan de los Alcmeónidas, y por un tal Licurgo. Ello hace pensar en una situación de gran malestar, en una confusión institucional absoluta, en una vida política reducida a la lucha de banderías. En un clima semejante, Pisístrato no hizo sino entrometerse entre los dos contendientes considerando que gozaba de mayor estima y favor por parte del pueblo. El hecho de que se pusiera a la cabeza de una tercera facción es interpretado como negativo, como una acción que contribuía mucho más a enturbiar la situación, pero no cabe duda de que Pisístrato se puso en aquel momento a la cabeza de los más pobres, así como tampoco parece haber duda sobre sus méritos como estadista y como administrador de la cosa pública. Con toda probabilidad se limitó a acabar con los abusos de poder de los aristócratas y de los nuevos ricos, intentó un reparto más equitativo de la riqueza, devolvió el orden a la vida ciudadana y favoreció de este modo un fuerte crecimiento económico que había de reforzar a las clases medias, contener el poder de los aristócratas y reducir drásticamente el número de pobres.

Sin embargo, su gobierno sufrió en un primer momento una brusca interrupción: los dos adversarios, que primero luchaban entre sí, se coaligaron y consiguieron expulsarle de la ciudad, reanudando acto seguido sus luchas salvajes el uno contra el otro y sumiendo a Atenas en el caos y la violencia. Megacles, sin embargo, viendo probablemente que en aquel duelo corría el riesgo de llevar la peor parte, se puso nuevamente en contacto con Pisístrato y estableció con él un férreo pacto ofreciéndole incluso a su hija como esposa. En aquel punto todo estaba listo para un retorno con gran pompa, lo cual se produjo, sin embargo, de manera tan extraña como para provocar incluso la risa de Heródoto, es decir, la fuente que nos refiere estas noticias. Pisístrato tomó a una muchacha de un pueblo vecino, muy hermosa y de gran estatura, la revistió con una armadura y un atavío como el que llevaba la diosa Atenea en sus estatuas, la hizo montar en su carro y se dirigió hacia la ciudad haciendo correr el rumor de que la diosa en persona llevaba a Pisístrato a su Acrópolis.

La noticia corrió como un reguero de pólvora, alimentada por un grupo de heraldos que iban por los diferentes barrios pregonando el extraordinario acontecimiento. La voz se agigantó, y una multitud que cantaba sus alabanzas abarrotó la calle de acceso, adorando a la diosa y aclamando a Pisístrato.

El hombre, firmemente instalado en el poder, hizo honor al compromiso asumido con Megacles y tomó por esposa a su hija. Sin embargo, tenía ya dos muchachos adolescentes, Hipias e Hiparco, y no quería más hijos. Por si fuera poco, los Alcmeónidas estaban considerados malditos a causa de un sacrilegio que habían cometido masacrando en el recinto sagrado de la Acrópolis a sus adversarios políticos, dirigidos por un tal Cilón, que había intentado un golpe de estado. Por eso (son palabras de Heródoto) «se unía con ella en desacuerdo con la regla». Sucedió entonces algo semejante a ciertos escándalos recientes de sexo y política: la muchacha se confió a su madre y ésta se lo contó a su marido, que se lo tomó como un ultraje sangrante y, con tal de vengarse, hizo las paces con sus compañeros de facción y preparó una acción militar.

Pisístrato prefirió ahuecar el ala y se dirigió a Eretria, en la isla de Eudeba, donde celebró consejo con sus hijos. Fue precisamente uno de ellos, Hipias, quien le forzó la mano y le convenció de que recuperase el poder. Es un detalle muy interesante de la narración de Heródoto porque hace pensar que Pisístrato prefirió abandonar el poder antes que precipitar la ciudad a un baño de sangre con tal de conservarlo, pero también nos permite comprender algo sobre su carácter, el de un hombre que evidentemente no conseguía negar nada a las personas que quería y a sus hijos muy especialmente: típica manifestación, ésta, del sentido mediterráneo de la familia.

Pasaron once años durante los cuales Pisístrato preparó su retorno recaudando fondos de las ciudades a las que había hecho favores (los tebanos fueron los más generosos), enrolando a mercenarios, especialmente en Argos, y recibiendo entusiasmado el apoyo de Lígdamis, tirano de Naxos, y de Polícrates de Samos, hasta el punto de que hay quien ha hablado de una especie de «internacional tiránica», hipótesis sugestiva y probablemente no carente de fundamento: también en los tiempos modernos ha existido y existe solidaridad y apoyo mutuo entre los regímenes totalitarios.

Tras haber reforzado sus propias tropas con sus partidarios de Atenas («gente que prefería la tiranía a la vida como hombres libres», les estigmatiza Heródoto) desembarcó en Maratón donde, a escasa distancia, le hizo frente el ejército de la ciudad. El vaticinio de un vidente le aconsejó que atacara de noche, a la luz de la luna:

> Ya está jugado el lance y desplegada la red,
> y en esta noche de luna acudirán los atunes.

Los atunes, en este caso, no eran sino sus desventurados conciudadanos, que, tras haber cenado, fueron a acostarse mientras otros mataban el tiempo jugando a los dados. Pisístrato cayó sobre ellos inesperadamente en plena noche y les puso en desordenada fuga, recuperando el poder por tercera vez y en esta ocasión de manera firme. Se rodeó de mercenarios y favoreció la clase media urbana. Murió de enfermedad en el año 527 a.C. y dejó una gran nostalgia por su pérdida.

En efecto, muchos fueron sus méritos: de carácter bondadoso y natural simpático, sabía querer a la gente y trató de estar en buenos términos también con los aristócratas. Algunos optaron por marcharse: entre ellos Milcíades, que se hizo con un dominio personal en la península de Gallipoli —entonces conocida como el Quersoneso tracio—, y los Alcmeónidas, que se establecieron en Delfos promoviendo una restauración del templo de Apolo, con toda probabilidad con el fin de adquirir alguna influencia sobre el potentísimo oráculo. Pisístrato neutralizó la iniciativa con una solemne purificación del otro gran santuario apolíneo, el de Delos. Hizo desenterrar a todos los muertos que se encontraban en el radio visual del santuario, para volver a darles sepultura en otra localidad. En aquella operación fueron probablemente exhumados los restos de los habitantes preclásicos de la isla: micénicos y acaso minoicos. Pero, como hemos visto, no fue ésta la única excavación de anómala arqueología en el mundo griego antiguo.

Durante su gobierno creció de modo significativo la producción artesanal, en especial la de las cerámicas de figuras negras, que se distinguieron por su belleza y calidad y que no encontraron, puede decirse, rivales en todo el Mediterráneo. La técnica consistía en extender sobre la superficie ya cocida de la vasija una ligerísima capa de arcilla cruda para dibujar las figuras. Dicha capa era sometida a continuación a un proceso de oxidación que le confería un color negro brillante absolutamente indeleble. Dentro de ella, con la punta de un estilo o con barniz blanco, se copiaban los detalles del dibujo. La variedad de formas y de tipologías, como hemos visto en parte, era riquísima y la fantasía de los ceramistas se desplegaba a diario en mil nuevas creaciones. Totalmente especial era un vaso para beber llamado *rhyton* que tenía forma de cabeza de animal o humana, tanto masculina como femenina. Asimismo eran apreciados los tipos exóticos, como los etíopes (negros), caracterizados de forma muy realista por los cabellos crespos, los labios gruesos y la nariz chata.

En el terreno de la construcción urbana Pisístrato se distinguió por la construcción de algunos santuarios, entre ellos el templo de Zeus Olímpico. Bajo su patrocinio, además, se llevó a cabo la primera «edición crítica» de los poemas homéricos, una obra asombrosa por su inmenso valor cultural, piedra miliar, podría decirse, de la filología moderna. Cuando se llevó a cabo esta labor, los poemas habían sido puestos ya por escrito desde hacía más de un siglo, pero probablemente se resentían de muchas versiones orales todavía en circulación. Parece cierto, en efecto, que hasta el siglo VIII a.C. el ciclo épico del mito troyano y los otros ciclos mitológicos del mundo griego circularon de forma oral, con composiciones de vez en cuando improvisadas por rapsodas profesionales que adaptaban sus cantos a las necesidades y a la disponibilidad del auditorio.

Resulta difícil decir de qué modo ejerció Pisístrato la tiranía, en vista de lo que dicen nuestras fuentes respecto a las instituciones y las leyes de Solón, es decir, el Consejo de los Nueve Arcontes (un órgano que tenía funciones tanto judiciales como ejecutivas), el Areópago (una especie de Alto Tribunal que tenía que vigilar la aplicación de las leyes y juzgar los delitos de sangre), el Consejo de los Cuatrocientos (es decir, el tribunal con poder deliberativo y legislativo) y el Heliea (esto es, el tribunal popular). Lo más probable es que Pisístrato ejerciera una forma de liderazgo basada directamente en su carisma personal, en la posibilidad de dispensar favores y de hacer pesar las amenazas, de hacer votar y aprobar las medidas a muchos de sus seguidores (obviamente la mayoría) que se encontraban en todos los organismos de gobierno de la ciudad. Aunque pueda parecer extraño, no son pocos los estudiosos que piensan que su régimen allanó el camino a la democracia popular ideada y teorizada por Clístenes, en la que el poder y la soberanía descansaban en manos del pueblo, pero bajo la guía de un líder dotado de un gran carisma, una gran inteligencia y una gran capacidad de gobierno y de persuasión.

Como hemos visto, la tiranía fue una especie de paso obligado por el que casi todas las ciudades del mundo griego tanto oriental como occidental pasaron, aunque con resultados distintos. Lo que hay que tener presente es que estos hombres casi siempre fueron instalados en el poder como árbitros entre las facciones en lucha y como defensores de los más débiles y de los marginados de las comunidades urbanas. Así pues, aunque en determinadas situaciones abusaran de su poder en un sentido autoritario manchándose las manos con tropelías y delitos, lo cierto es que los tiranos ejercieron una función histórica determinante.

Bajo Pisístrato la divisa ateniense, el dracma de plata, se convirtió en las más apreciada y buscada de toda la zona mediterránea, lo cual significa que la economía de la ciudad se había vuelto evidentemente la más fuerte. Las monedas ostentaban por una cara la cabeza de Atenea coronada de laurel y por la otra la lechuza, animal totémico del Ática y luego ave consagrada a la diosa que era llamada también *glaukopis*, la deidad «de ojos de lechuza». Para la acuñación, el metal precioso se extraía de las minas de plata del Laurión, donde trabajaban esclavos y prisioneros de guerra en unas condiciones espantosas.

En tiempos de Pisístrato se desarrollaron también formas de arte destinadas a alcanzar un altísimo prestigio, como la escultura, la arquitectura, la broncística y también el teatro, una forma de expresión extremadamente original que se decía había sido inventada por un tal Tespis, quien iba de aldea en aldea con un carro que hacía las veces de palco, así como con una cortina de telón de fondo, representando de forma dramática episodios de la vida de los dioses y de los héroes.

Aquellas ingenuas representaciones, de las que no ha llegado hasta nosotros más que el eco, estuvieron en la base del nacimiento del teatro griego, muy probablemente de la tragedia, palabra que en su origen no tenía nada de terrible como en su significado moderno: simplemente significaba «canto de cabra» o «canto para una cabra» o tal vez «canto para el sacrificio de una cabra», e indicaba con toda probabilidad una acción escénica que acompañaba a un rito religioso, un poco como sucede en las iglesias cristianas con la celebración de la misa.

En los años inmediatamente posteriores a la muerte de Pisístrato, se asistió a cambios dramáticos en la escena internacional que terminarían por influir poderosamente en la historia de Atenas: en 525, sólo dos años después de su desaparición, el emperador persa Cambises, hijo y sucesor de Ciro el Grande, invadió Egipto, el último de los grandes reinos de la tierra independiente todavía del poder de los persas. El faraón Psammético III le presentó batalla en Pelusio, en el delta del Nilo, contando también con los refuerzos de un cierto número de mercenarios griegos, en su mayoría jonios, pero fue derrotado y hecho prisionero. Cambises no se limitó a subyugar el país: trató con desprecio su religión y sus tradiciones, dio muerte, se dice, por su propia mano, al buey sagrado Apis e intentó una insensata expedición contra los etíopes, probablemente los nubios que vivían al sur de Abu Simbel. Su ejército se perdió en el desierto y los hombres se entregaron a actos de canibalismo para sobrevivir tras haber devorado a las acémilas. Cambises se salvó a duras penas, pero murió poco después víctima de una conjura. Egipto, de todas formas, no reconquistaría nunca más su independencia, por lo menos no bajo soberanos indígenas.

A Cambises le sucedió Darío, a quien la historia llamaría «el Grande» por su prudente modo de gobernar y sus grandes empresas. Fue él quien construyó la fastuosa residencia real de Persépolis y quien equipó el «camino del rey» que unía Sardes, en el Egeo, con Susa, en el golfo Pérsico, con una estación de posta cada veinticinco kilómetros. Darío conquistó el valle del Indo hasta el último de sus afluentes, atravesó el Amu Daryá y el Syr Daryá y llegó a las orillas del lago de Aral; organizó su ilimitado imperio y acuñó una magnífica moneda de oro: el darico, así llamada porque en el reverso estaba representado el Gran Rey tensando el arco.

Mientras esto acontecía, en Atenas el poder estaba en manos de los hijos de Pisístrato, Hipias e Hiparco, sobre todo de Hipias, que era el mayor de los dos. El historiador ateniense Tucídides, que escribe unos cien años después, nada sospechoso de sentir simpatía por el autoritarismo, afirma que su gobierno no era malo. Hipias ejercía el poder con moderación, era persona muy accesible y respetaba las instituciones; se limitaba a colocar a sus amigos en los puestos clave y trataba de salvaguardar la legalidad así como favorecer al máximo la prosperidad de la ciudad.

Transcurrieron de este modo cerca de catorce años más bien tranquilos, hasta que sucedió un episodio que la tradición pronto mitificaría: la conjura de Armodio y Aristogitón para dar muerte a Hipias e Hiparco, derrocar la tiranía y restaurar la libertad. En realidad la conjura fracasó: únicamente Hiparco cayó bajo la daga de los conjurados; Hipias se salvó y reaccionó con extrema dureza. Armodio fue asesinado inmediatamente. Y Aristogitón, condenado acto seguido a muerte. Los dos mártires de la libertad se convirtieron en símbolos del heroísmo libertario y su gesto fue inmortalizado en un grupo escultórico que ha llegado hasta nosotros a través de una copia en mármol conservada en el Museo Nacional de Nápoles: el primer monumento cívico que una ciudad erigiera en honor de sus propios ciudadanos.

Sin embargo, Tucídides afirma con gran autoridad que el gesto de los dos tiranicidas no estuvo ciertamente inspirado por el amor a la libertad, sino más bien por una turbia historia de amores masculinos. Armodio era un joven de maravillosa belleza, Aristogitón un ciudadano común de condición media que se había enamorado de él y convertido en su amante. También Hiparco, el hermano menor de Hipias, había quedado prendado de Armodio e intentó seducirle, pero sin éxito: Armodio se había resistido a sus insinuaciones e incluso se lo había contado a su amante que, loco de celos, pensó en dar muerte a su rival temiendo que éste fuera a quitarle al muchacho por la fuerza valiéndose de su posición. Hiparco, por su lado, despechado por el rechazo que Armodio le había demostrado, humilló a su hermana al negarse a admitirla en una solemne procesión pública declarándola indigna (es decir, ¡no virgen!). Era el colmo. De los refunfuños se pasó a una conjura propiamente dicha que no tardó en encontrar un aglutinante ideológico en la lucha de unos ciudadanos libres contra la tiranía.

La conjura hizo de Hipias, que antes era un hombre sencillo, un ser suspicaz y cruel. Muchos ciudadanos fueron encarcelados y asesinados por simples sospechas y delaciones; otros fueron perseguidos o privados de sus derechos civiles.

Fueron los Alcmeónidas, que habían optado por el exilio ya en tiempos de Pisístrato, los encargados de organizar el derrocamiento de la tiranía. Ya se habían ganado el favor del Consejo del oráculo de Delfos al reconstruir el templo en mármol de Paros y no en toba, como había sido acordado. En este punto fueron más allá corrompiendo a la Pitia, la sacerdotisa délfica, a fin de que ordenara a los espartanos, cada vez que venían a consultar el oráculo, liberar a Atenas de la tiranía.

Es difícil para alguien moderno aceptar la idea de que las clases dirigentes de una ciudad como Esparta creyeran de veras que el dios Apolo les había ordenado expulsar a los tiranos de Atenas, teniendo en cuenta que a continuación también un rey de Esparta corrompió a la Pitia por razones políticas. La explicación más aceptada es que existía una especie de vínculo del tipo «mente-brazo» entre el santuario y la ciudad con funciones y tareas supranacionales y que Esparta, en particular, desempeñó un papel de policía internacional, como hemos visto ya en el arbitraje que fue llamada a ejercer en el contencioso entre Atenas y Mégara por la posesión de Nisea y de Salamina.

Los espartanos se dispusieron, pues, a obedecer la orden del dios de Delfos.

22 de abril de 1999

He hablado por teléfono con Kostas y me ha parecido que estaba bastante bien, teniendo en cuenta siempre las circunstancias. Tal vez acusa el calor y la primavera ahora ya avanzada.

—¿Qué te ha parecido el tratamiento que le he dado a la tiranía?

—Interesante. Me ha parecido casi entender que fue un hecho en conjunto positivo.

—No es exactamente así. La tiranía es un fenómeno negativo porque priva a los ciudadanos de la libertad. Sin embargo, hay que decir que casi siempre se trató de las respuestas de algunos cabecillas populares contra los abusos de poder de los aristócratas y de los grandes propietarios.

—Unos revolucionarios, por lo tanto.

—A veces, y en cierto sentido, sí. Pero es evidente que una institución semejante no puede sino degenerar, antes o después; de ahí el juicio negativo y sin apelación que la historia ha terminado por emitir.

—Y esas historias de sexo son increíbles…

—Sabía que irías a parar a eso. Pero no te falta razón.

—No ha cambiado nada: al final el sexo acaba siempre por salirse con la suya en política.

—Los políticos son hombres y mujeres poderosos y el sexo, desde que el mundo es mundo, siempre ha ido del bracete del poder.

—Pero ese Pisístrato, menudo hijo de puta, con esa pobre muchacha.

—Chismorreos. Puede haber sido también un simple pretexto. Es difícil decir qué sucedió realmente.

—Pues yo me lo creo.

—Tampoco yo tengo motivos para no creerlo.

—¿Y qué me dices de la historia de Armodio y Aristogitón?

—También me la creo. El amor masculino debía de ser algo oscuro, violento, porque los hombres son violentos por naturaleza, y ésos además no eran afeminados, sino hombres de pelo en pecho. Parece que también Filipo II, padre de Alejandro Magno, murió asesinado por una oscuro asunto de amores masculinos.

—¿Y Periandro de Corinto? Ésa es una historia que pone la piel de gallina.

—Ya. «Has puesto el pan en un horno frío»: ¿no es algo aterrador?

—Pero yo me pregunto: aun admitiendo que los sacerdotes del oráculo fueran más listos que nadie, ¿cómo podían conocer lo que había sucedido en el secreto de la alcoba, mejor dicho, de la cámara mortuoria de Melisa?

—Eso no lo sabremos jamás, como tampoco sabremos nunca muchas otras cosas misteriosas que tienen que ver con los oráculos. Por otra parte, el misterio era la característica intrínseca que les permitía prosperar.

La curiosidad se diría que es para él una medicina, pues basta despertarla para verle reaccionar positivamente. Es una lástima que yo no pueda estar con él más a menudo.

—Ciao, Kostaki.

—Ciao.

4

La democracia

La violenta muerte de Hiparco transformó de forma profunda el carácter y el comportamiento de su hermano superviviente, Hipias. Como se ha dicho ya en parte, a partir de aquel momento se volvió suspicaz y desconfiado, se rodeó de una guardia personal, de mercenarios violentos y terribles, y golpeó sin dudarlo lo más mínimo a todos aquellos que pudieran aunque sólo fuera despertar la sospecha de querer intrigar en su contra. La ciudad, ya en pleno desarrollo económico y civil, no podía tolerar una situación de ahogo semejante. Menos aún los aristócratas, a quienes Pisístrato había tratado siempre con cierto respeto, y en cualquier caso con moderación, ejerciendo el poder con su innato buen sentido, pendiente de no alterar los delicados equilibrios internos de los diferentes componentes de la sociedad ateniense.

Hemos visto que fueron precisamente los Alcmeónidas los encargados de tomar la iniciativa dirigiéndose a Esparta, que en aquel período era gobernada por un hombre de temperamento excepcional: el rey Cleómenes, hijo de Anaxándridas. De él se contaba que, cuando se enamoró de la que había de ser su mujer, ella estaba ya casada con otro espartano. Cleómenes se presentó armado en casa de éste y le arrebató a la mujer diciéndole que si quería impedírselo debía demostrar su amor con las armas y arriesgando su vida. Pero el marido ni siquiera se molestó en hacer el menor intento de batirse con un pretendiente tan temible y renunció a su mujer: fue aquélla una unión feliz y los dos se amaron durante toda su vida.

Cleómenes no había sido el único en ejercer la soberanía: en efecto, en Esparta los reyes eran dos y su homólogo a la sazón era Demarato, que sin embargo no admitía desde ningún punto de vista la comparación con él, ni poseía tampoco una personalidad igual de fuerte. Cleómenes era un guerrero formidable, de potencia impresionante, capaz de romper por sí solo en combate la línea enemiga, e interpretaba su papel de verdadero soberano, ejerciendo el poder en primera persona y chocando así continuamente con el Colegio de los Éforos, cinco magistrados nombrados por el Consejo de los Ancianos, que desde hacía ya tiempo operaban a modo de un ejecutivo propiamente dicho relegando a los reyes al mando del ejército y a funciones religiosas y de representación. De este modo se creaba una suerte de constante brazo de hierro, por el que, a falta de normas constitucionales lo bastante precisas como para definir las esferas de poder de cada una de las instituciones, ocurría que los éforos ejercían el poder de modo totalitario en presencia de reyes débiles o irresolutos, o bien que tenían que soportar a su pesar la iniciativa de los éforos, en el caso de soberanos de gran personalidad y determinación.

Para los Alcmeónidas y para el resto del partido aristocrático, el rey de Esparta era el interlocutor ideal. En parte porque la monarquía siempre ha sido, y lo es todavía hoy, el punto de referencia ideológico para cualquier aristocracia y, además, porque Cleómenes era el único líder lo bastante fuerte y ambicioso como para quitar de en medio a un hombre como Hipias.

El modo en que los Alcmeónidas implicaron a Cleómenes y a los espartanos en la operación es más bien desconcertante, por lo menos si nos ceñimos a lo que cuenta Heródoto. Sabemos que se habían ganado ya el favor del Consejo del oráculo de Delfos al reconstruir el templo de Apolo en mármol de Paros y no en toba como había sido acordado. Llegados a este punto fueron más allá, corrompiendo a la Pitia a fin de que ordenara a los espartanos, cada vez que vinieron a consultar el oráculo, liberar a Atenas de la tiranía.

No es fácil para nosotros, hombres modernos, darnos cuenta del gran peso que tenía un oráculo de Apolo: de hecho nadie podía menospreciarlo. El oráculo era un pozo de sabiduría, un auténtico «banco de datos» que acumulaba conocimientos desde tiempos inmemoriales, quizá incluso desde la época micénica y sin solución de continuidad; gozaba, por eso mismo, de un prestigio inmenso. Tenemos pruebas arqueológicas de que también en los siglos más oscuros del llamado medievo helénico, los grandes santuarios, y en particular el de Delfos, seguían siendo los únicos centros económicos capaces de realizar costosas adquisiciones y de llevar un estilo de vida fastuoso, lo cual nos habla sobradamente del poder que eran capaces de ejercer. Ninguna ciudad emprendía nada importante sin consultar al oráculo y la interpretación del vaticinio era obra siempre de los sacerdotes, que tenían así un poder discrecional increíble. El oráculo podía incluso declarar «guerras santas» contra estados que con su impiedad hubieran mancillado el santuario, por ejemplo, cultivando de forma abusiva tierras que eran de su propiedad, y todos estaban obligados a sumarse a la proclama a fin de que el culpable recibiera su castigo.

Sabemos muy poco acerca de los mecanismos internos del oráculo, de cuál era la relación entre la profetisa y los sacerdotes y entre éstos y la confederación política, llamada Anfictionía, que en representación de un cierto número de regiones de Grecia central estaba al cargo de la administración del santuario. El hecho es que los espartanos obedecieron al oráculo y organizaron dos expediciones contra el Pireo. Un primer intento acabó en nada, pero el segundo, al mando del rey Cleómenes, tuvo éxito. Hipias huyó buscando refugio en Asia Menor, donde solicitó y obtuvo la protección y la hospitalidad del Gran Rey Darío. Durante algún tiempo no se oyó hablar de él.

En este punto los Alcmeónidas volvieron a Atenas y lo hicieron de modo que la tiranía no pudiera arraigar ya nunca más. El artífice de la nueva constitución fue uno de ellos, Clístenes, hijo de Megacles, el padre de los primeros ordenamientos democráticos de la historia de la humanidad. No era precisamente aquello que los espartanos deseaban: su intervención, en efecto, tenía por objetivo instaurar en Atenas una oligarquía aristocrática que tuviera hacia ellos una deuda de gratitud además de una cierta relación de subordinación, pero las cosas discurrieron de modo muy distinto del esperado. Cleómenes intentó de nuevo llevar las cosas a un terreno más aceptable para Esparta, probablemente tras solicitarlo la aristocracia ateniense, pero los ciudadanos-soldados de la nueva democracia tomaron las armas y defendieron con éxito sus conquistas.

Convertido en arconte, Clístenes llevó a cabo una reforma muy compleja actuando en primer lugar a nivel territorial: agrupó a las aldeas y a los pueblos del Ática en circunscripciones llamadas «demos», un término que significa al propio tiempo «pueblo» y «aldea», como en el moderno español «pueblo». En cambio, las dos ciudades principales, Atenas y Braurón, fueron divididas en varios demos. Los demos fueron a continuación agrupados en número de diez para cada una de las tres regiones en que estaba dividida el Ática y a partir de estas treinta agrupaciones se estructuraron diez tribus, cada una de las cuales debía elegir a cincuenta representantes que formarían un órgano legislativo llamado *Bulé* («consejo»). Cada uno de estos grupos de cincuenta representantes ejercía la dirección del Consejo (denominada *Pritania*) durante una décima parte del año. Cada tribu estaba divida en tres componentes, en los que se hallaban representados los habitantes de la costa (*paralii*), de la llanura (*pediei*) y de la montaña (*diacrii*), de modo que los distritos electorales estuvieran bien equilibrados también desde un punto de vista social.

Estas reformas, de todos modos, no acababan radicalmente con las instituciones sociales tradicionales en las que se había articulado la sociedad: seguían vigentes las fratrías, en las que estaban divididas las cuatro viejas tribus del Ática, agrupaciones de familias que tal vez provenían de antiguas hermandades de guerreros, y seguían vigentes las heterias (literalmente «sociedades»), una especie de asociaciones secretas de aristócratas. Eran las fratrías las que compilaban las listas de los ciudadanos, desde el momento en que, cada vez que nacía un niño, el padre, con ocasión de una especial festividad anual, las Apaturias, lo presentaba a los miembros de la fratría para que fuera reconocido y aceptado como miembro de la comunidad. Y dentro también de la fratría los jóvenes celebraban su rito de iniciación a la virilidad cortándose el pelo, que hasta aquel momento habían llevado largo. Esta especie de clan tenía una importancia tal para la vida de los individuos, que en caso de que uno de sus miembros fuera asesinado sin que su familia pudiese vengarle, la propia fratría asumía la carga de llevar a cabo la venganza.

A continuación fueron los demos los que elaboraron las listas de los ciudadanos, pero siempre en segunda instancia porque nadie podía ser incluido en dicha lista si no pertenecía a una fratría. La primera inscripción, en suma, era una especie de libro de familia mientras que la segunda, la del demo, tenía valor tanto de lista electoral como de registro de reclutamiento para las fuerzas armadas. El demo asumió tal importancia con el paso del tiempo que entró a formar parte del modo de llamarse las personas. Se dejó de identificar a éstas por medio de su patronímico (por ejemplo: Eupitos, hijo de Antenor), definiéndolas en cambio con el demo de procedencia (Eupitos, del demo de Acarnas).

Los ciudadanos elegían también un colegio de diez estrategos, uno por tribu, que tenían por misión mandar el ejército en la guerra, alternándose en el mando un día cada uno.

Este detalle puede asombrar al lector moderno, que sabe perfectamente lo fundamental que es en la guerra la unidad de mando y la coherencia a la hora de tomar decisiones, pero en la práctica militar de Grecia entre los siglos VI y V a.C. lo era bastante menos. Las batallas se libraban a plena luz del día, en un lugar convenido, entre dos formaciones dispuestas en líneas aproximadamente de igual despliegue y profundidad, y consistían en una colisión frontal que determinaba el máximo de bajas en la primera media hora de combate. La formación que se veía empujada hacia atrás y obligada de este modo a abandonar a sus propios muertos y heridos en el terreno ganado por el adversario había perdido la jornada campal: solicitaba entonces una tregua y negociaba la restitución de los muertos y de los prisioneros, así como las condiciones de paz válidas hasta el combate siguiente. En una situación semejante el papel del comandante era muy limitado en el plano estratégico. Su importancia era grande solamente en el aspecto táctico y psicológico, porque él se alineaba en primer término, a la derecha de la primera línea, teniendo su ejemplo un efecto de arrastre.

Es también probable que Clístenes, al dictar su constitución, pensara en una especie de rivalidad de émulos entre cada uno de los estrategos en el campo de batalla para afirmar cada uno su propia excelencia y la de la propia unidad con respecto a los otros. Pero sobre este asunto volveremos más adelante.

Lo que importa subrayar ahora es que los ordenamientos promulgados en 508 a.C. (es ésta la fecha de la reforma de Clístenes) estaban basados en el sufragio universal, en el sorteo de los cargos (para evitar casos de corrupción) y en el equilibrio de todas las clases sociales en la gestión de la cosa pública. Para ser elegidos para los cargos de gobierno, en efecto, no eran necesarios ni el blasón de una noble estirpe ni una determinada clase de renta, sino únicamente estar en posesión de la ciudadanía, requisito indispensable para todos los varones en condiciones de demostrar su ascendencia ateniense de por lo menos tres generaciones. Estaban excluidas del voto las mujeres, obviamente los esclavos, y los residentes extranjeros llamados metecos (*metoikoi*) que, sin embargo, podían ejercer cualquier profesión. Todo ciudadano tenía garantizada la integridad física, la propiedad y la libertad personal; en cambio, se le pedía obediencia a las leyes, fidelidad a las instituciones y defensa de la patria en la lucha si era necesario. En este caso el equipamiento personal, es decir, la costosa armadura del infante de línea, corría a su cargo. Sus pertrechos estaban compuestos por un yelmo de chapa de bronce con celada o con visera y babera y por una coraza de bronce, de cuero o de lino plegado (que consistía en acoplar varias capas como en los chalecos antibalas) reforzado mediante placas metálicas.

Las corazas metálicas estaban compuestas de peto y espaldar; tenían a menudo forma anatómica y se ataban en los costados con correas o fíbulas; las de cuero o de lino plegado colgaban a menudo de dos espaldarcetes atados en su parte delantera a unas arandelas que asomaban del pectoral. El hoplita, además, protegía su abdomen con unos faldones de cuero reforzados con láminas metálicas, que permitían sin embargo el movimiento: aseguraban cierta protección contra los golpes terciados, pero no mucha contra los golpes de punta. Las piernas se hallaban protegidas por unas grebas de forma anatómica que iban del tobillo hasta la rodilla y, en ocasiones (pero más raramente), por musleras siempre atadas por su parte posterior. El escudo estaba considerado el arma (*oplon*) por excelencia. Redondo u ovalado, cubría desde el mentón hasta las rodillas y era embrazado con el brazo izquierdo de manera que en la batalla protegía también el flanco derecho del compañero de fila. Estaba a menudo adornado con imágenes e insignias heráldicas que evocaban el rango del guerrero que lo embrazaba. Las armas ofensivas eran la lanza de ataque y la espada.

El progreso, aunque sólo fuera con respecto a la constitución de Solón, que en muchos aspectos permaneció de todos modos vigente, era enorme. Quedaba todavía un obstáculo para alcanzar la plena democracia: el acceso de las clases más bajas a los cargos más elevados y la superación de la gratuidad de los cargos públicos. En efecto, nadie que se ganara la vida con su propio trabajo podía permitirse asumir un cargo público, porque hubiera tenido que renunciar a su propia renta y no habría sabido qué hacer para salir adelante. Se trataba, por lo tanto, de un derecho sobre el papel que no a todo el mundo le era posible ejercer.

Como es obvio, de una sociedad de aquella época no cabía esperar el voto para las mujeres: la plenitud de los derechos derivaba de la plenitud de los deberes, ante todo del deber de defensa de la comunidad, honor y carga privativos de los aristócratas, primero, y del resto de los ciudadanos después, pero de ningún modo de las mujeres. Si hoy las mujeres pueden manejar sin esfuerzo las mismas armas mortíferas que los varones, o bien apretar el botón que lanza un misil, en aquellos tiempos hubiera sido impensable que se batieran con lanza y escudo en campo abierto al ser la división de los papeles (defensa para el varón, reproducción para la hembra) sumamente rígida. El mito de las amazonas, al que nos hemos referido ya, estaba relegado a la noche de los tiempos y, en cualquier caso, detalle interesante, aquellas mujeres guerreras eran casi siempre representadas como combatientes a caballo y con armamento ligero, arco y escudo de medialuna, y nunca como combatientes de infantería pesada.

Paradójicamente, las mujeres eran más autónomas y más libres en la sociedad cerrada y militarista de Esparta que en la democracia de Atenas. En aquélla las muchachas se ejercitaban en la palestra con el corto quitón militar («exhibicionistas de muslos» las llamaban, no sin cierto escándalo, los demás griegos) o danzaban desnudas en determinadas festividades; como mujeres casadas podían moverse libremente en público y poseer y transmitir patrimonios igual que los varones; a ellas correspondía el honor de oficiar la solemne ceremonia de la entrega de los escudos a los hijos que partían para la guerra pronunciando la tremenda recomendación: «[vuelve] con esto o encima de esto» (o sea: es preferible que mueras antes que abandonar tu puesto de combate). Los guerreros caídos o heridos eran, en efecto, traídos sobre sus escudos en cuyas asas sus compañeros ensartaban las astas de las lanzas a modo de angarillas.

Esparta contaba incluso con una sabiduría tradicional de signo femenino, cosa más antigua que rara en una sociedad patriarcal, transmitida en parte por Plutarco en una obra titulada *Dichos de mujeres espartanas*. Un episodio resulta especialmente esclarecedor respecto a la condición femenina en Esparta. Cuando los delegados de los griegos de Jonia fueron a solicitar ayuda militar al rey de Esparta, Cleómenes, le encontraron caminando a cuatro patas con su hijita Gorgo a caballo encima de él. Al ver sus expresiones de asombro el rey explicó: «Ya sé que no son maneras de recibir a unos huéspedes extranjeros, pero si sois padres me comprenderéis». Lo que hace pensar que en Esparta las niñas eran queridas y mimadas por sus padres, sin duda más que los varones, que ya en su tierna edad tenían que dejar su familia para ingresar en la vida castrense. Tenemos noticias de mujeres espartanas titulares de cuadras de caballos de carreras, cuyas cuadrigas habían tomado parte en las Olimpiadas, un poco como hoy cuando determinados purasangres ingleses compiten en Ascot con los colores de las cuadras de la reina o de damas de la aristocracia británica.

La reforma de Clístenes hizo irreversible el proceso democrático y la tiranía propiamente dicha no volvió nunca más a Atenas. Para evitar que volviera a producirse, los atenienses se dotaron de un procedimiento radical y en cierto modo profundamente injusto: el ostracismo, atribuido también a la obra constituyente de Clístenes. Cuando un ciudadano se volvía demasiado poderoso y en cierto modo su liderazgo corría el riesgo de convertirse en una amenaza para la democracia, la Asamblea de los ciudadanos podía aceptar una moción tendente a enviarlo al destierro. Se procedía a la votación y cada uno escribía el nombre del personaje en cuestión grabándolo sobre el barniz negro de una tejuela de cerámica (*ostrakon*), el papel para borrador de los antiguos griegos. Si, tras el recuento, las tejuelas favorables a la moción alcanzaban el *quorum*, el hombre se veía obligado a abandonar la ciudad so pena de muerte y no regresar a ella durante diez años, a menos que fuera oficialmente reclamado con el oportuno decreto. De este modo Atenas se privó a menudo de sus mejores hombres e incluso, en tiempos de demagogia, el ostracismo se convirtió para algunos en una cómoda arma para desembarazarse de sus contrincantes políticos.

Una anécdota, de corte conservador, resulta también esclarecedora sobre dicho problema. Se cuenta que cuando los atenienses se reunieron en asamblea para votar el ostracismo de Arístides —el adversario político de Temístocles—, un labriego, que no le había reconocido, se acercó a él y le preguntó si le podía escribir el nombre de Arístides ya que era analfabeto. Arístides, sin inmutarse, escribió su propio nombre y volvió a entregar la tejuela a su desconocido adversario. Se limitó a preguntarle:

—Pero ¿qué mal te ha hecho ese Arístides para que quieras mandarle al destierro?

Y el labriego le contestó:

—Nada. Sólo que estoy harto de oírle llamar «el justo».

La anécdota fue claramente difundida para desacreditar la democracia y demostrar que aquel sistema, en manos de ignorantes e incompetentes, era un arma peligrosa y perjudicial; en cualquier caso, lo cierto es que el ostracismo era una condena cruel impuesta a partir de una mera presunción, lo que hoy en día llamaríamos un juicio de intenciones. Pero del radicalismo de ciertos aspectos de la democracia ateniense habría mucho que hablar. Lo asombroso es que un aristócrata como Clístenes, miembro de una familia que siempre había amado el poder, consiguiera crear un sistema político destinado a convertirse en el modelo de convivencia civil de los pueblos de todo el planeta y que veinticinco siglos después no ha sido sustancialmente superado. Es cierto que la constitución de Clístenes fue nada más que el corolario de un largo proceso iniciado con Solón y, paradójicamente, también con Pisístrato, quien puso las bases económicas y sociales sobre las cuales la democracia iba a poder asentarse. No hay que olvidar, en efecto, que el reconocimiento de los derechos civiles a todos los ciudadanos de una misma comunidad sigue siendo letra muerta si no se les ofrece la posibilidad de ejercerlos, y que esta posibilidad sólo existe cuando las condiciones de vida son por lo menos decorosas para la mayor parte de ellos.

Liberada de la tiranía, la ciudad reanudó el camino de su desarrollo expandiéndose también desde el punto de vista democrático. Poco o nada sabemos de cómo se desarrolló el «rodaje» de las nuevas instituciones, de cómo la gente del campo se convenció de que debía dejar sus propias ocupaciones para tomar parte en la Asamblea en la colina de la Pnyx ni cuál fue la reacción de los nobles. Es cierto que su prestigio permaneció intacto dentro de las fratrías y tal vez continuaron teniendo un notable influjo también dentro de las nuevas instituciones; el Areópago, que reunía a todos los ex arcontes en una asamblea vitalicia, conservó, en cualquier caso, una gran parte de su prestigio. Lo que muchos se preguntan es cómo pudo producirse esa especie de milagro por el que los ciudadanos inferiores por rango, posición social y censo, más que reagruparse en torno a los nobles a fin de buscar su protección y patronazgo (como sucedería más tarde en Roma con el sistema del clientelismo), se mantuvieron en gran parte autónomos optando por una vida de hombres libres. La respuesta más probable es que se dieron cuenta de la fuerza del voto y del concepto de «mayoría» intrínseco a la democracia. Los más en número pesaban y contaban más, aunque fueran más pobres y humildes.

En el frente internacional, el horizonte iba cargándose de nubarrones tempestuosos. En el año 499 a.C. el rey Darío de Persia emprendió una expedición a Europa contra las tribus escitas de la actual Ucrania. Hizo construir un puente sobre el Danubio y dejó de guardia en él al tirano de Mileto y a su sátrapa, Histieo, quien, a su vez, había dejado en Mileto a Aristágoras. La expedición tuvo un mal fin: al igual que sus epígonos rusos con Napoleón veintitrés siglos después, los escitas se retiraron al interior de su interminable país dejando detrás de sí nada más que tierra quemada y Darío tuvo que emprender una difícil retirada. Durante algún tiempo no se supo nada de su ejército, y el noble Milcíades, que desde los tiempos de Pisístrato habitaba en una fortaleza de su propiedad en la península de Gallipoli, se reunió con Histieo con el fin de convencerle de que cortara el puente y entregara a Darío a su suerte.

Entretanto en Mileto, Aristágoras había tenido la idea de atacar la isla de Naxos para anexionarla a la satrapía persa que Histieo le había confiado y ganar así méritos a los ojos del Gran Rey, pero la expedición fue un desastre: los naxios rechazaron el ataque infligiendo a Aristágoras grandes bajas de las que, no cabía duda, iba a tener que dar cuenta a Darío cuando regresase. El hombre tuvo entonces la idea de proclamar la rebelión de los griegos de Jonia (la costa oeste de Anatolia) contra los persas y de ponerse a su cabeza. Por lo menos ésta es la interpretación de Heródoto, que retrata a Aristágoras como si se tratara de un aventurero oportunista y con pocos escrúpulos. Sea como fuere, no cabe duda de que Aristágoras se daba cuenta de que las posibilidades de ofrecer resistencia a Darío cuando volviera eran bastante escasas sin la ayuda de los griegos de la madre patria. Se dirigió, pues, en misión a Esparta al palacio del rey Cleómenes, al que encontró, como hemos ya contado, a gatas, jugando con su hijita Gorgo, una niña por cierto bastante impertinente.

El rey le hospedó, pero Aristágoras se encontró muy incómodo, helándose de frío en aquella residencia donde, como en cualquier otra casa de la ciudad, estaba prohibido por ley, durante el invierno, encender el fuego antes de la caída del sol. Era tal el frío que Aristágoras tenía que mantener todo el tiempo las manos debajo del manto y se hacía atar los zapatos por un esclavo. Lo cual, a los ojos de un espartano, era tan extraño ¡que la pequeña Gorgo llegó al convencimiento de que el huésped era manco de ambas manos!

Aristágoras iba preparado; se había llevado con él incluso un mapa grabado en una mesa de bronce en la que estaba representado buena parte del imperio persa. Dijo que si los espartanos aceptaban unirse a él, los persas serían arrollados y podrían llegar incluso hasta la capital, Susa. Cleómenes se le quedó mirando perplejo, echó una ojeada de soslayo al mapa y preguntó a cuánta distancia del mar se hallaba aquella ciudad, Susa, de la que había hablado. Contestó Aristágoras que estaba a tres meses de marcha del mar.

—Huésped —replicó entonces Cleómenes—, no les deseas nada bueno a los espartanos si lo que quieres es llevarles a tres meses de marcha por el mar.

Es evidente que la expedición de Jenofonte y de sus «Diez Mil», y más la empresa de Alejandro, no eran en aquel tiempo siquiera imaginables. El resultado fue una cortés pero tajante negativa. Parece ser que Aristágoras hizo otros intentos, entre ellos el de ofrecer presentes y dinero, pero sin ningún resultado, por lo que decidió dirigirse a los atenienses.

Por más que aguerrido, el ejército ateniense no era el espartano, tan temible que eran muy pocos los que se atrevían a enfrentarse a él en campo abierto, y quien lo hacía salía casi siempre malparado; no obstante, existía una ventaja: Atenas era la metrópolis (o sea, la «ciudad madre») de Mileto y por lo tanto no podía permanecer sorda a la llamada de la sangre. Y así fue: el arrebato oratorio de Aristágoras hizo mella en la Asamblea, que votó el envío de un contingente de cerca de cinco mil hombres y de una veintena de naves. «Y ésta —comenta Heródoto— es la prueba de que es más fácil convencer a mucha gente de una sola vez que a uno solo». Eretria, una ciudad de la isla de Eubea, aliada de Atenas, envió otras cincuenta naves con un millar de guerreros. Era una decisión de verdaderos inconscientes: con aquella medida Atenas declaraba de hecho la guerra al resto de la ecúmene, en vista de que el Imperio persa se había extendido sobre todos los potentados del mundo civil entonces conocido, que limitaba en Occidente con el territorio de Cartago y en Oriente con los principados del valle del Indo y de las montañas del Tíbet.

Y, presumiblemente, en esta ocasión Aristágoras se guardó mucho de enseñar a los atenienses el mapa que, con resultados tan negativos, había mostrado a Cleómenes de Esparta.

En la primavera del año 494 a.C., las fuerzas conjuntas de los rebeldes jonios y de las dos ciudades griegas atacaron Sardes, la capital de la satrapía de Lidia, otrora sede de Creso, y la saquearon. La Acrópolis, defendida por la guardia persa, no pudo ser conquistada, pero, aunque los griegos negaron siempre toda responsabilidad, el templo de la Gran Madre de los dioses fue reducido a cenizas. Era un santuario venerable y aquella acción impía despertó gran escándalo e inquietud.

«Aquel fue el principio de todos los males», dice Heródoto, que, hijo de padre griego y de madre asiática, era persona de mente abierta para comprender también las razones de quien no hablaba griego y no veneraba a los doce dioses del Olimpo. Mientras tanto el Gran Rey había conseguido, con un ejército bastante maltrecho, volver a ganar la orilla meridional del Danubio guardada por el leal Histieo y se acercaba a marchas forzadas para castigar al traidor Aristágoras y sofocar la rebelión de los jonios. El choque decisivo se produjo en el mar, en las aguas de la islita de Lades, enfrente de la bahía de Mileto, y concluyó con un desastre para los aliados. Heródoto parece burlarse sarcásticamente de los burgueses y mercaderes de Mileto que, sentados a los remos, se vieron enseguida con las manos llenas de ampollas y no fueron capaces de mantener el ritmo de la boga.

La ciudad fue tomada y entregada a las llamas sin piedad, los responsables de la rebelión pasados por las armas, las más hermosas doncellas fueron destinadas al harén del Gran Rey, los efebos más hermosos castrados para convertirlos en eunucos con igual destino y la población entera fue deportada al interior de Asia. Cuando todo hubo terminado, Darío preguntó quién había alentado a sus súbditos a rebelarse contra su autoridad.

—Los atenienses, rey —fue la respuesta.

—¿Y quién son estos atenienses? —debió de preguntar Darío indignado y asombrado al mismo tiempo.

Pregunta más bien improbable, dado que en la corte se albergaba uno de ellos, el ex tirano de la ciudad, Hipias, que hacía todo lo posible para poder regresar con plenos poderes, incluso con el calificativo de sátrapa persa. En cualquier caso, siempre en opinión de Heródoto, Darío habría ordenado a un subordinado suyo que todos los días le susurrase al oído: «Rey, recuerda a los atenienses», una manera como otra cualquiera de decir que Darío se había tomado muy mal la intervención ateniense en Asia y que la consideraba una injerencia intolerable en sus asuntos internos, injerencia que debía ser castigada sin pérdida de tiempo. Envió entonces un ejército a Tracia con el apoyo de una flota para intentar una invasión por el norte. Verdad es que la noticia corrió como un reguero de pólvora a Atenas y con ella debió de extenderse también el miedo. Algún tiempo antes un joven político de nombre Temístocles, que no tardaría en dar que hablar, propuso a la Asamblea votar las disposiciones necesarias para fortificar el Pireo, que se prestaba mucho mejor a ser defendido que la amplia y desguarnecida bahía del Falero. Los ciudadanos aprobaron la propuesta y no iban a tener que arrepentirse de ello.

Estamos en 492, año en que un dramaturgo llamado Frínico puso en escena una tragedia titulada *La toma de Mileto*, en la que se escenificaba el martirio de la ciudad jónica a manos de los persas. El impacto sobre el público, no habituado tal vez a ver tragedias que representasen hechos realmente acaecidos, fue impresionante, hasta el punto de que las autoridades concedieron el primer premio al autor, pero le multaron «por haber recordado a los ciudadanos cosas poco gratas» y prohibieron repetir el espectáculo tanto en Atenas como en todo el Ática. Es un ejemplo de censura aplicada por un régimen democrático, que da que pensar: resulta evidente que las autoridades atenienses temían sobre todo el peligro que podían suponer los comportamientos irracionales de la opinión pública, más que problemas de orden moral, como sucede en las democracias modernas. La pornografía, por ejemplo, o incluso la simple representación de la sexualidad o del desnudo, rígidamente reguladas por nuestras administraciones, parece que no preocuparon en absoluto a los antiguos atenienses. Precisamente en este período, la pintura en cerámica nos muestra escenas de simposio muy audaces con prácticas de una sexualidad de lo más desenfrenada, por no decir extrema. Hay quien interpreta dicho fenómeno como una forma de compensación para los aristócratas que buscaban en la esfera privada la satisfacción que se les negaba en la pública por las nuevas instituciones democráticas, pero es probable que fuera precisamente la democracia la que propiciara la libertad de los artistas también en este campo.

Afortunadamente para los griegos, el ejército persa fue diezmado por los tracios y la flota naufragó en los escollos del monte Athos. El bochorno fue muy grande y Darío decidió volver a intentarlo dos años después con una expedición por vía marítima que desembarcase directamente el contingente invasor en el suelo del Ática.

La expedición partió en la primavera del año 490 a.C. al mando del almirante persa Datis, sembrando la muerte y la destrucción a su paso. Eretria fue tomada por sorpresa y arrasada; luego, la flota puso proa hacia el sur en dirección al Ática y atracó en un lugar semidesértico que la gente conocía como «el campo del hinojo salvaje» y que había de hacerse famoso durante milenios como símbolo de la lucha de unos hombres libres contra la tiranía del invasor extranjero: Maratón. Era el mismo lugar en el que había desembarcado con éxito muchos años antes Pisístrato de regreso de su destierro en Eubea, y casi puede tenerse la seguridad de que fue Hipias, presente en la expedición, quien aconsejó a los persas aquella localidad para el desembarco.

Hoy se alza en aquel lugar una pequeña ciudad, un centro termal muy frecuentado, y el antiguo túmulo de los atenienses caídos en la batalla está rodeado por un parque, hoteles y restaurantes; pero en aquella lejana primavera de 490 a.C. era una playa semidesierta salpicada, aquí y allá, de casas de humildes pescadores. El ejército persa echó el ancla; los infantes desembarcaron y vararon las naves, tras lo cual levantaron el campamento y allí se quedaron, aparentemente sin ninguna intención de moverse. Tal vez Datis no tenía ningunas ganas de adentrarse en el territorio montañoso del interior para no exponerse inútilmente a emboscadas: la experiencia de la desafortunada expedición terrestre del año 492 aún escocía, por lo que era mejor esperar a que fueran los atenienses quienes hicieran el primer movimiento.

Entretanto éstos tenía ya noticia del lamentable final sufrido por los eretrienses y sabían que el cuerpo de ejército persa estaba acampado en su territorio, a dos jornadas de marcha de la ciudad. Inmediatamente pidieron ayuda a todas las ciudades vecinas. A Esparta enviaron un famoso corredor, llamado Fidípides, quien cubrió en tan sólo dos días la distancia entre las dos ciudades llevando la desesperada petición de ayuda de su patria en peligro. Los espartanos respondieron que acudirían, pero no antes de haber celebrado las fiestas de Ártemis Orthia, para las cuales había que esperar al plenilunio. Desconsolado, Fidípides regresó refiriendo la descorazonadora respuesta de la más poderosa ciudad de Grecia y contó también una extraña historia: se le había aparecido, mientras corría hacia Esparta, el dios Pan. ¿Fue, quizá, una alucinación causada por el tremendo esfuerzo realizado o se trató, tal vez, de un velludo pastor entrevisto en las cercanías de la fuente? Nunca lo sabremos. Sin embargo, los atenienses levantaron bajo la Acrópolis un pequeño santuario al dios Pan en recuerdo del acontecimiento.

Atenas estaba sola: únicamente la pequeña Platea, ciudad limítrofe con territorio beocio, respondió a la llamada formando a dos mil guerreros al lado de los diez mil atenienses. Considerando que hubiera un hombre válido por cada cuatro habitantes, y que para la protección de Atenas hubieran permanecido allí otros seis o siete mil hombres, podemos deducir que Atenas y el Ática contaban con un total de setenta u ochenta mil habitantes: nada comparado con los treinta o cuarenta millones que con toda probabilidad poblaban el inmenso imperio persa, única superpotencia del mundo en aquel entonces, que además había entablado contactos en Occidente con los cartagineses y tal vez también con los etruscos, que a continuación se convertirían en sus aliados.

El arconte polemarco (responsable de las actividades militares) Calímaco reunió el Colegio de los estrategos. Cabe creer que se presentaron armados hasta los dientes, como se acostumbraba a hacer en caso de máxima alerta, para oír las propuestas del gobierno de la ciudad y para decir lo que pensaban. Entre ellos estaba Milcíades, vuelto del Quersoneso tracio tras la derrota de los pisistrátidas, el único que sabía algo de los persas y de su forma de combatir. Era un noble, un señor que dominaba un principado suyo en Tracia, lo que viene a demostrar que, incluso después de la promulgación de la constitución de Clístenes, los aristócratas gozaban todavía de gran predicamento y prestigio en caso de guerra. Al fin y al cabo era él quien le había sugerido a Histieo cortar el puente sobre el Danubio y librar al Gran Rey a su suerte en las inmensas estepas de la Escitia.

Milcíades tenía las ideas claras: en su opinión había que llegar inmediatamente a Maratón y acampar frente a los persas, para detener sus movimientos e impedir que se avituallaran en el territorio. Su determinación pareció tal que el resto de los generales renunció a su turno de mando periódico a fin de que su colega tuviera la posibilidad de desarrollar su plan de combate.

Las tropas atenienses llegaron a la llanura de Maratón, acamparon a cerca de media milla de distancia del ejército persa y allí permanecieron los dos ejércitos, el uno enfrente del otro, estudiándose sin atreverse a tomar la iniciativa. Los atenienses y los platenses eran unos doce mil en total, los persas cien mil, según Heródoto, pero casi nadie cree que pudieran transportar por vía marítima un contingente de fuerzas semejante: un dato razonable podría ser que fueran de treinta a cuarenta mil hombres, una superioridad aplastante en cualquier caso.

Milcíades, preocupado por la dificultad de avituallar a su ejército, que tenía a sus espaldas las montañas, y sin esperanza, de todos modos, de que los espartanos pudiesen llegar a tiempo, decidió tomar la iniciativa. Reunió a su Estado Mayor y explicó lo que tenía en mente: una idea de locos. Sabía que el punto fuerte del ejército enemigo eran sus numerosísimos arqueros, armados con arcos de doble curvatura capaces de lanzar en parábola una verdadera lluvia de flechas de mortífera punta de hierro. Si a los persas alineados los tenían a tiro un tiempo lo suficientemente largo, las bajas serían cuantiosas: únicamente menos de la mitad de los guerreros llegarían a entrar en contacto físico con el enemigo. Por ello era absolutamente necesario cubrir a la carrera el espacio crítico del alcance de los arcos enemigos, de suerte que el tiempo de exposición al masacrante disparo de barrera de los arqueros persas quedara reducido al mínimo.

Es fácil decirlo. Pero en realidad significaba superar doscientos metros a la carrera con toda la armadura (cerca de treinta y cinco kilos de hierro, cuero y bronce), sin descomponer las filas, llegar sin resuello a establecer contacto con el enemigo, esperando no haber agotado las mejores energías en aquella loca carrera, y acto seguido entablar un cuerpo a cuerpo que se anunciaba furibundo. En general los hoplitas atenienses y griegos estaban habituados a practicar el *hoplodromos* (la carrera con el escudo), una especialidad atlética que se disputaba también en las Olimpiadas y que tenía por finalidad adiestrar a los jóvenes para soportar el peso del gran escudo, que era una carga en el brazo izquierdo y desequilibraba el centro de gravedad del guerrero en esa dirección.

Es probable que Milcíades tuviera en primera línea únicamente a los hombres que estaban en la plenitud de su vigor y de sus fuerzas, mientras que había dejado a los de mayor edad defendiendo las murallas de la ciudad; por lo tanto, podía contar con el frescor atlético necesario para la iniciativa que tenía en mente. Bien sabía que la infantería persa daba lo mejor de sí en la lucha a distancia, pero que en el cuerpo a cuerpo no soportaría el impacto de la avalancha de bronce y hierro de la falange hoplita. Y así, al amanecer del octavo día, los centinelas despertaron a los guerreros a voces y haciendo correr la consigna, sin toques de trompa. Todos se tomaron de pie su almuerzo y seguidamente fueron a ocupar sus puestos en las filas. La contraseña pasó de hombre a hombre, de fila en fila; las miradas de todos se clavaron en el brazo levantado del comandante en jefe esperando la señal de ataque durante aquellos interminables segundos en los que cada uno de ellos pensaba en su mujer e hijos y hacía acopio de toda su energía física y psíquica para enfrentarse cara a cara con la muerte.

Dada la señal, la falange se puso en movimiento al paso hasta que, llegada a doscientos metros del enemigo, se lanzó a la carrera, una carrera cada vez más rápida, mientras el aire se llenaba del estruendo de las armas. El impacto fue espantoso: la muralla de escudos metálicos chocó contra la formación persa con extrema violencia y la empujó hacia atrás. El armamento ligero de los iránicos, que empleaban escudos de mimbre y corseletes de cuero, no pudo resistir el choque contra el pesado armamento de los hoplitas atenienses y platenses, y las tropas de Datis comenzaron a retroceder hacia la costa dejando el terreno sembrado de cadáveres y de heridos; luego, temblando de pánico, buscaron salvación en las naves.

Heródoto refiere actos de un heroísmo increíble, como el de un guerrero ateniense llamado Cinegiro que, asido a la popa de una nave, trataba de subir a bordo. Un hachazo le cercenó la mano, pero aun así consiguió saltar a la nave y arrojar al mar a los enemigos golpeándoles con el escudo. El arconte polemarco Calímaco murió en combate juntamente con otros ciento noventa y uno de sus soldados, pero el precio de sangre pagado por los persas fue bastante mayor. En aquel punto Datis pensó en una acción de contraataque y dio orden de alzar velas rumbo al Pireo. La ciudad estaba defendida por unas pocas tropas de la reserva, mientras que el grueso de las fuerzas se hallaba todavía en Maratón y, además, al ver aparecer la flota persa, los atenienses debieron de pensar sin duda que la batalla estaba perdida, que su juventud había sido segada y que convenía rendirse.

Milcíades se dio cuenta inmediatamente de que el gran resultado de su victoria podía acabar en nada por la hábil contraofensiva del enemigo si el gobierno no era advertido. Llamó a Fidípides, el corredor, y le mandó que se llegara a la ciudad para dar aviso de que no se rindieran bajo ningún concepto, ya que su victorioso ejército estaba a punto de llegar.

Fidípides, tras haber combatido con sus compañeros hasta avanzada la jornada, dejó las armas y se lanzó a la carrera camino de Atenas. La mayor parte del trayecto la constituían impracticables y ásperos senderos en pendiente, pero el joven sabía que estaba en juego la salvación de la ciudad. Llegó a la caída de la tarde gritando con sus últimas fuerzas: *Nike! Nike!* (¡Victoria! ¡Victoria!) y se desplomó en tierra sin vida, roto por el inmenso esfuerzo. La ciudad cerró las puertas a cal y canto y reforzó los cuerpos de guardia, y cuando la flota de Datis se presentó en la rada se hizo enseguida patente para el almirante persa que la ventaja de la sorpresa con que contaba se había desvanecido. Los atenienses sabían que habían vencido y estaban preparados para repeler cualquier ataque. A los persas no les quedó más remedio que volver sobre sus pasos y afrontar la cólera de su soberano. Los espartanos llegaron una vez terminada la batalla y se retiraron sin haber tenido siquiera que echar mano a la espada. Fidípides había recorrido en pocas horas más de cuarenta kilómetros: su sacrificio es recordado cada cuatro años en las Olimpiadas modernas cuando atletas de todas las partes del mundo compiten sobre la misma distancia recorrida por él para ganarse el reconocimiento más codiciado y más prestigioso, el de los corredores «del maratón».

4 de julio de 1999

—¿Sabes que yo estaba en Maratón cuando Marinatos excavó el túmulo de los platenses?

Kostas se ha emocionado al leer la batalla de Maratón y ha recuperado una vieja edición suya de Heródoto, que utilizaba en el instituto.

—¿Y qué hacías tú en Maratón si puede saberse?

—El ayuntamiento de Atenas estaba muy interesado en esas nuevas excavaciones. También yo había pensado que los platenses caídos tenían que haber sido sepultados en las cercanías de aquel lugar. Y tú, ¿has estado en Maratón?

—La primera vez que estuve allí fue el año en que nos conocimos y volví hará unos ocho o diez años, no recuerdo con exactitud, para ver la excavación de Marinatos, justamente.

—Marinatos murió, ¿no es así?

—Sí, y también Andronikos nos ha dejado, el arqueólogo que excavó la tumba de Filipo en Vergina. Dos grandes arqueólogos, dignos de ser comparados con los más grandes del pasado.

—¿Qué sentís cuando tocáis los huesos de hombres que hicieron historia?

—Depende. Los arqueólogos son como el resto de los investigadores. Algunos piensan sobre todo en la vuelta, en el prestigio, la carrera, el reconocimiento internacional; en cambio, otros se sienten dominados por emociones muy fuertes. Recuerdo haber visto a un colega llorar de emoción; pero son pocos. Es preciso mantenerse joven y en cierto modo ingenuo para sentir emociones. Muchos piensan que un verdadero científico no se deja dominar por los sentimientos, pero, si quieres saber lo que yo pienso, te diré que esas actitudes esconden nada más que pobreza de espíritu.

—También yo lo creo así. ¿Sabes que mi albanesa se ha ido?

—¿Ido, adónde?

—No lo sé. A su casa, probablemente.

—¿Estás solo? ¿Necesitas algo?

—No. Antes de irse encontró a una sustituta, una muchacha kosovar bastante buena. ¿Sabes una cosa? Hoy pensaba en aquella marca de zapatos de deporte...

—Nike.

—Exactamente. La han tomado del grito de Fidípides.

—Sin duda. Pero la pronuncian «Naiki», a la americana.

—Si es por eso, también los griegos la pronuncian así.

—Como también los italianos. A eso se le llama colonización cultural. La palabra es nuestra, pero a nosotros nos parece digna de ser pronunciada sólo si vuelve deformada y distorsionada en una lengua extranjera que, sin embargo, suena más prestigiosa, más internacional...

—Naiki... Pobre Fidípides.

—Pues sí. Pobre Fidípides. Ciao, Kostaki.

5

Salamina

COMO SE HA HECHO SIEMPRE ante la inminencia de una empresa considerada imposible, también los atenienses hicieron votos a su diosa protectora: si vencían en la batalla contra los persas le sacrificarían una cabra por cada enemigo caído. De modo que, al no poder encontrar tantos miles de cabras, decidieron aplazar su deuda con la diosa y durante cierto período le sacrificaron quinientas cabras al año con ocasión de una fiesta especial; así enmendaron también la falta de consideración hacia el velludo dios Pan, que se había quejado a Fidípides, y le erigieron un templo en la Acrópolis.

La batalla de Maratón se convirtió en un acontecimiento memorable, y el valor de sus combatientes en paradigmático. No es difícil imaginar cómo debieron de ser recibidos a su regreso a la ciudad por sus conciudadanos, por sus tribus, por sus fratrías, por sus propias familias. Cada uno de ellos se convirtió en un héroe y hemos recordado ya cómo el poeta Esquilo, que combatió en primera línea contra los persas, quiso que se recordara en su estela funeraria más su participación en aquella jornada decisiva que su gloria de excelso dramaturgo.

Una sola ciudad había humillado en campo abierto a las fuerzas del mayor imperio de todos los tiempos, que se extendía, de hecho, desde Macedonia hasta el Indo. Cabe pensar, ciertamente, que Darío infravaloró la determinación y el valor de sus enemigos, pero el resultado no cambia en nada.

Los ciento noventa y dos atenienses caídos fueron quemados *in situ*, un altísimo honor que era raramente concedido, y sobre sus cenizas se alzó un túmulo que pueden ver aún nuestros ojos. Otro tanto se hizo con los caídos platenses; su túmulo fue excavado hace algunos años por el arqueólogo griego Marinatos. Milcíades pidió al gobierno de la ciudad que se le erigiera una estela de mármol en recuerdo de su victoria contra los persas. Se le respondió que así se haría cuando hubiera vencido él solo a los enemigos: una respuesta que da a entender lo mucho que el espíritu igualitario típico de las democracias había arraigado en la sociedad ateniense. Pero Milcíades era y seguía siendo un aristócrata y buscó otro camino para afirmar su prestigio: pidió y obtuvo una flota para llevar a cabo una expedición contra Paros con objeto de hacerse con el botín. Petición esta que no encontró ninguna objeción. Se trataba de un acto de piratería oficializado, por más que es posible reconocer en la expedición de Milcíades el propósito de castigar a las islas que habían aceptado una guarnición persa convirtiéndose así en una amenaza para la población del Ática.

La empresa fue un verdadero fracaso: tal vez se echó en falta la sorpresa o tal vez la experiencia en las técnicas de asedio; el hecho es que al cabo de seis semanas Milcíades fue herido y se vio obligado a abandonar el sitio. De vuelta a la ciudad herido, fue sometido a un proceso y condenado a pagar una multa enorme: cincuenta talentos. Para hacerse una idea de semejante despropósito, basta pensar que el tesoro ateniense, en los tiempos del máximo esplendor de la ciudad —cuando estaba a la cabeza de la liga de Delos—, ascendía a cuatrocientos talentos.

No consiguió pagarla a pesar de sus dominios en Quersoneso y de ser yerno de un rey tracio, Oloro. Por lo tanto, fue condenado a prisión, donde murió, quizá como consecuencia de las heridas recibidas. No sabemos la verdadera causa de un trato tan duro y severo, pero es posible que el pueblo ateniense conociera detalles de su expedición que nosotros ignoramos. El hijo de Milcíades, Cimón, era tan sólo un muchacho cuando heredó aquella deuda enorme, y trató de ocuparse como pudo de su hermana Elpinice, pero era tan pobre que no pudo proporcionarle una dote adecuada. La muchacha era hermosísima y su convivencia suscitó murmuraciones malévolas; se dijo que eran amantes, y Plutarco llega a referir incluso que, según ciertos testimonios, Elpinice, al no poder casarse de acuerdo con la dignidad exigida por su rango, habría preferido casarse oficialmente con su hermano, cosa por otra parte permitida por la ley ateniense.

Tanto una como otra noticia parecen poco fidedignas: lo que en cambio sí es más digno de crédito es que ambos eran seres dotados de una gran capacidad de seducción. Cimón, de modales bruscos pero francos, era alto y atlético y lucía una gran cabellera negra y ondulada; le gustaban las mujeres, con las que tenía un éxito notable. Al final se casó con Isódice, sobrina segunda de Clístenes, y emparentó así con los Alcmeónidas. Se trató, según parece, de un gran amor que le hundió en la más profunda desesperación al faltarle su esposa. Según otras indiscreciones referidas por fuentes antiguas, Elpinice habría sido la amante de Polignoto, el más grande de los pintores de la época, y acaso también su modelo. Según las habladurías, el rostro de una de las heroínas de la guerra de Troya representada por Polignoto en el pórtico Pécile («adorno») era en realidad el de Elpinice.

En este período se produjeron en la ciudad grandes cambios. La producción cerámica conoció una expansión extraordinaria y se consolidaron pintores ceramistas de excelso nivel como Smikros y Eufronio; en sus creaciones siguen existiendo indicios de su rivalidad: una serie de alusiones y pullas satíricas, expresadas con pequeñas frases atribuidas a los personajes pintados en las vasijas, a modo de cómics. El arte del modelado conoció modificaciones significativas: se abandonaron los modelos estáticos de época arcaica por composiciones más dinámicas. El *Efebo* de Critio, por ejemplo, a pesar de conservar la arcaica corona de rizos iguales en torno a la frente, presenta un modelado de las masas musculares suave y matizado, y el apoyo sobre la pierna izquierda confiere a su cuerpo una sinuosidad llena de gracia, completamente nueva con respecto a la tradición de los *kouroi*, representados siempre según una visión frontal y caracterizados por los brazos rígidos y caídos a lo largo del cuerpo, los puños cerrados, una sonrisa estereotipada en los labios y los ojos exageradamente dilatados.

Cesó asimismo, en este período, la costumbre de los aristócratas de construir imponentes y costosas estatuas para las tumbas de sus caídos, y también ésta podría haber sido una consecuencia de la introducción de la democracia. Los rostros de las estatuas comenzaron a expresar sentimientos verdaderos, como ocurre en el caso de los semblantes de los guerreros esculpidos en el frontón oriental del templo de Afaya, en Egina. Quien haya visto estos grupos escultóricos en la Glyptothek de Munich no podrá olvidar jamás la expresión de extenuado dolor en el rostro del guerrero moribundo del fondo, en el lado derecho del frontón oriental, o la dramática postura de su compañero que en la pared opuesta se apoya, agonizante, en su escudo. Son representaciones de una intensa y doliente conciencia de la muerte, que por un lado entroncan con la tradición heroica y aristocrática por los temas tratados y, por otro, reproducen la individualidad humana con un énfasis hasta aquel momento desconocido, signo también de una evolución civil que se expresaba de muchas maneras y con medios distintos, pero que tendía inequívocamente al desarrollo de la dignidad y de la personalidad del individuo.

Es cierto que nuestra visión de la escultura antigua en mármol está notablemente falseada por el hecho de que estamos habituados a verla en blanco, mientras que originariamente estaba pintada de colores muy vivos. No podía ser de otro modo: el resplandor de la fuerte luz mediterránea sobre unas superficies blancas habría creado un reflejo cegador que hubiera difuminado los volúmenes y las formas. No obstante, un observador moderno, habituado ahora al blanco del mármol en la luz discreta de los museos y a la fascinación del fragmento, se quedaría tal vez sorprendido al ver las estatuas del frontón de un templo griego en todo el esplendor de sus colores originales. Pero hemos de confiar en el gusto de los griegos y aceptar la idea de que aquellos santuarios eran bellísimos tal como sus creadores los realizaron.

También el teatro conoció un notable desarrollo en este período. La tragedia evolucionó hacia formas más complejas, con un mayor número de actores en escena y con representaciones de gran intensidad emocional, y al propio tiempo se consolidó un género destinado a tener gran acogida entre el público y un gran impacto en la vida política: la comedia. Los orígenes del nombre son controvertidos. Hay quien piensa que proviene de *komodia* («canto del pueblo»); otros, en cambio, que procede de «canto del *komos*», es decir, de la danza ritual dionisíaca, cosa bastante más probable si tenemos en cuenta que las representaciones se llevaban a cabo sobre todo durante las Grandes Dionisias, las fiestas en honor del dios Dioniso, al que estaba consagrado un hermoso teatro en la pendiente meridional de la Acrópolis. En cualquier caso, la comedia tenía como rasgo propio un carácter obsceno, tanto en el diálogo como en la actitud de los actores, cosa que por otra parte no escandalizaba en absoluto a los sacerdotes del dios sentados en primera fila. De todos modos, este carácter cáustico se prestaba muy bien a la sátira política, por lo que muchos jefes políticos de primer orden tuvieron que resignarse a verse escarnecidos en escena, sin que interviniese nunca a este respecto ningún tipo de censura ni de presión, salvo en algunos casos aislados.

La pasión de los atenienses por el teatro se tornó muy fuerte: durante las Dionisias los espectáculos comenzaban por la mañana y terminaban al atardecer durante días y días casi sin interrupción, y la gente se llevaba el almuerzo y a veces incluso la cena para comer en las graderías. No se ha encontrado rastro de urinarios en los teatros griegos (como, por lo demás, tampoco en los anfiteatros romanos, de mucha mayor capacidad), por lo que se supone que los espectadores salían de vez en cuanto del teatro para hacer sus necesidades. Las características de la representación teatral serían posteriormente teorizadas por los filósofos: su función pedagógica y meramente política fue en todo caso perfectamente percibida por las autoridades y los políticos más avisados. Eran ellos quienes financiaban los ensayos, quienes nombraban a los maestros para los coros y para la elaboración del reparto de los actores, y ni que decir tiene que tuvieron también cierta influencia en la redacción de los textos y en la creación de las escenografías: a fin de cuentas eran algo muy parecido a nuestros productores actuales.

Los actores sólo podían contar con su voz y con la mímica corporal, pero no con la facial, pues llevaban el rostro tapado por una máscara que recordaba los rasgos del personaje representado. Para nosotros, hombres modernos habituados a escrutar hasta la más mínima expresión en el rostro de los actores cinematográficos, aumentado de modo desmesurado en la pantalla, esta costumbre se nos antoja inconcebible, hasta el punto de que cuando se reponen dramas antiguos en los teatros clásicos los actores no llevan nunca máscara; sin embargo, en la Antigüedad los espectadores habrían considerado absurdo que personajes consagrados por la leyenda épica, como podían ser Hércules o Teseo, cambiaran de rostro (con el cambio de los actores) en cada representación o que un actor prestara su rostro a personajes distintos. Un brillante ejemplo de la psicología popular a este respecto nos la proporciona el escritor García Márquez en *Cien años de soledad*, donde se describe el escándalo de los espectadores al ver «revivir» en una película a un individuo que habían visto morir en otra. Pero también hoy los productores tratan de asegurarse siempre el mismo actor para interpretar a un personaje que aparece en una serie y, a veces, la desaparición del actor determina la muerte también del personaje, porque el público se niega a aceptar un rostro distinto de aquel al que está acostumbrado.

La alegría y el orgullo de haber derrotado, prácticamente solos, a los persas en Maratón iba a ser objeto durante muchos años por parte de los atenienses de propaganda política entre los demás griegos; a pesar de ello, en los primeros años después del acontecimiento se esperaba de un momento a otro una segunda invasión. Si Darío había reprimido con tanta dureza la rebelión jónica, ¿por qué iba a tragarse un sapo de aquellas proporciones sin la menor reacción? Egina seguía constituyendo en cualquier caso una amenaza, en vista de que había hecho entrega de tierras y agua a los embajadores persas en señal de subordinación, en 490, y tenía una posición estratégica precisamente en el centro del golfo Sarónico.

Se habían dado cuenta de ello hasta en la misma Esparta, donde el rey Cleómenes trató de convencer al gobierno de que enviara una expedición de castigo contra los eginetas. Probablemente le escocía la fracasada intentona en Maratón y trataba de lavar a ojos de los griegos la imagen de Esparta como potencia protectora y hegemónica. A esta propuesta se opuso duramente su colega Demarato; Cleómenes corrompió entonces a la Pitia Periala, que vaticinó que su colega era bastardo, o sea, hijo de una relación adúltera de la madre, y por lo tanto no podía reinar. Demarato partió para el destierro y fue a refugiarse, como en su tiempo lo había hecho ya Hipias, en la corte del Gran Rey. Pero el engaño de Cleómenes se descubrió. Llamado acto seguido para que volviera, por temor a que organizara una entrada *manu militari*, fue posteriormente arrestado por orden de los éforos con la excusa de que se había dado inmoderadamente a la bebida de vino puro «a la manera de los bárbaros» y que esta costumbre le había vuelto loco.

Los éforos dieron orden de que fuera encadenado a un cipo en una de las plazas de la ciudad y vigilado por un ilota. El final del valeroso espartano fue horripilante: una mañana, al amanecer, sorprendió al ilota medio dormido, le arrebató el cuchillo del cinto y se desgarró las piernas desde los tobillos hasta la ingle; acto seguido se abrió el vientre y cayó muerto en medio de un charco de sangre. Una muerte sobre la que no se ha reflexionado lo bastante y que esconde sin duda algún misterioso ritual (tan extrañamente semejante a un *harakiri*) con el que el rey quiso derramar su propia sangre de cara a su ciudad. Le sucedió su hermanastro Leónidas, mientras que el puesto de Demarato fue ocupado por Leotíquidas.

Tampoco en Atenas faltaron las preocupaciones internas: Heródoto nos da noticia de que en esos años se produjeron los primeros ostracismos de algunos personajes considerados «amigos de los tiranos», lo que haría pensar que Hipias estaba todavía vivo. Si es cierto que en Maratón escupió un diente con la sola fuerza de un estornudo, sin duda debía de ser ya de edad avanzada y estar bastante achacoso. El mismo riesgo corrió el propio Temístocles, por quien se celebró una votación, aunque sin alcanzar el *quorum*. Un buen número de tejuelas de fondo negro con su nombre y patronímico grabados («Temístocles, hijo de Neocles») han sido recuperadas por las excavaciones arqueológicas realizadas en el ágora. Es evidente que su carrera política había sido fulminante y que su poder había crecido con tanta rapidez como para provocar una reacción de semejante calibre.

Los trabajos de fortificación del puerto y de la dársena del Pireo proseguían mientras tanto, aunque sólo fuera por la amenaza que suponía la vecina Egina.

El rey Darío no tuvo la posibilidad de poner remedio al bochorno sufrido porque hubo de ocuparse de una gran revuelta que había estallado en Egipto en 486 y cuando, poco después, sintió próximo su fin, parece que en el lecho de muerte le susurró a su hijo Jerjes con el último aliento de vida que le quedaba: «Acuérdate de los atenienses».

Y Jerjes bien que se acordó. Tan pronto como hubo terminado de sofocar otra rebelión, esta vez de babilonios, armó la mayor expedición que nunca se había visto. Heródoto habla de cinco millones de hombres y de mil naves, cifras sin duda exageradas; sin embargo, muchos consideran verosímil una cifra de trescientos mil combatientes, que, en cualquier caso, para la época, es una enormidad. Escarmentado por el desastre de Mardonio, el general que había mandado el primer intento de invasión en 492, el emperador hizo abrir un canal en la península del monte Athos a fin de que la flota pudiera sortear los escollos y ordenó construir un puente a través del Bósforo para permitir el paso de su gigantesco ejército. El primer intento fue un desastre: parece que Jerjes empleó dos equipos distintos de ingenieros y de obreros, los unos fenicios, los otros egipcios. La técnica no era otra que la del puente de barcas, que pronto se revelaría útil en muchas travesías fluviales en el interior del imperio persa. Probablemente halaron los dos cabos guía de una orilla a la otra a remolque de unas naves de guerra y luego los unieron con las arganas a través de las gargantas de cuatro poleas, dos en Asia y dos en Europa, y los anclaron al suelo. A los dos cabos tensados y paralelos aseguraron las balsas, que cubrieron de fajina y luego con una capa de mantillo. Pero una marejada se abatió sobre el puente. El cabo de cáñamo fabricado por los fenicios, al mojarse, se contrajo mucho más que el cabo de papiro fabricado por los egipcios, que, sin embargo, se empapó mucho más que el de cáñamo. La estructura entera se desequilibró y fue destruida en poco rato por el fuerte oleaje del mar.

Jerjes hizo decapitar a los ingenieros a fin de que sus sucesores hicieran mejor los cálculos y mandó azotar el mar mientras se declamaban estas palabras:

> Agua amarga, este castigo te impone nuestro Gran Rey porque le ofendiste sin haber recibido de él ofensa alguna. El rey Jerjes te atravesará quieras o no. Con razón nadie te ofrece sacrificios, oh despreciable corriente, pues eres turbia y salada.

Luego, se reanudaron los trabajos. Esta vez se estudió la tendencia de las corrientes —muy fuertes en el Bósforo— y se colocaron dos cabos dobles por cada lado, uno de papiro y el otro de cáñamo, para que el equilibrio de los empujes fuera perfecto; al comienzo de la primavera el inmenso ejército comenzó a desfilar ante los ojos del Gran Rey: persas y medos, babilonios, ciseos y sacas, escitas, corasmios, indios, egipcios, frigios, lidios, etíopes, cólquidos, bitinios y mosinos, un ejército como nadie había visto jamás. Pasaron a Europa y los ríos se desaguaban a su paso, las ciudades se privaban de todo para alimentarles: el relato de Heródoto alcanza tonos verdaderamente épicos al describir cómo Asia entera se derrama como una riada sobre la pequeña Grecia.

Atenienses y espartanos convocaron entonces un congreso de las ciudades griegas en Corinto, al que se adhirieron en esta ocasión también los viejos enemigos de Atenas, megarenses y eginetas, para deliberar acerca de lo que convenía hacer. Mientras, tanto unos como otros consultaron el oráculo de Delfos para saber qué les aguardaba; la respuesta fue aterradora: a los atenienses se les dijo que huyeran y se escondieran, porque la fuerza invencible de los medos les arrollaría y la Pitia ya veía los templos de los dioses chorrear de sudor a causa del terror de verse destruidos y entregados a las llamas.

Fue tal la desesperación que los delegados no se atrevían a volver a Atenas para contarlo y permanecían sentados en las escalinatas del templo, presas del pánico y del desconsuelo. Alguien que pasaba por allí les preguntó qué les sucedía y, tras haber recibido la respuesta, les aconsejó que volvieran dentro y amenazaran con ayunar hasta la muerte si el dios no les daba una respuesta mejor. Y la respuesta llegó: quedaba una esperanza de salvación si los atenienses erigían para su defensa una empalizada de madera. Heródoto refiere también que en la última parte de la respuesta se hacía referencia a Salamina, pero esto resulta difícil de creer y se diría una versión difundida por el oráculo a toro pasado, o sea, tras la victoria en las aguas de la isla. La respuesta a los espartanos fue la siguiente: «A vosotros, habitantes de Esparta, la de largas calles: o la gran fortaleza excelsa es conquistada por los hombres persas o, si ello no ocurre, habréis de llorar la muerte de un rey de la estirpe de Heracles». Que es como decir: los persas conquistarán vuestra ciudad o bien deberéis lamentar de todas formas la pérdida de uno de vuestros reyes.

También en este caso la primera parte del oráculo es la más verosímil, mientras que la segunda parece haber sido difundida tras la muerte de Leónidas en las Termópilas. Lo cierto e indudable es que el oráculo de Apolo no animaba en absoluto a la resistencia contra los persas. En otras palabras, estaba de su lado. El Consejo que controlaba el santuario estaba compuesto, sobre todo, por representantes de los pequeños estados tribales de la Grecia central, los más expuestos a una invasión persa, y no hay que descartar que en secreto le hubieran comunicado ya al Gran Rey su buena disposición a llegar a un acuerdo.

Esta actitud del oráculo constituía un obstáculo formidable, bastante difícil de eludir. En Atenas, si hemos de creer a Heródoto, Temístocles resolvió brillantemente el problema al interpretar la absurda respuesta délfica como una exhortación a construir una flota (la empalizada de madera) y había conseguido convencer a la Asamblea para que votase la utilización de los beneficios de las minas de plata del Laurión para armar cien trirremes: navíos rostrados de tres órdenes de remeros inventados por los corintios, de enorme ligereza: lo mejor que existía en el campo de la tecnología militar naval de la época.

Pero ¿cómo convencer a los griegos de que lucharan contra los persas en contra de la voluntad del dios Apolo? La única solución posible consistía en separar las responsabilidades del Consejo anfictiónico de la voluntad del dios y fue probablemente también Temístocles quien concibió una obra maestra política: los confederados juraron que, una vez ganada la guerra, aquellos que «pese a ser griegos, medizaban [es decir, estaban de parte de los medas, es decir, de los persas] serían pasados por las armas en honor del dios de Delfos».

El mensaje era muy claro: por un lado desenmascaraba a los estados que disimulaban su propia connivencia con el invasor detrás de las palabras del oráculo; por el otro ratificaba la fidelidad de los confederados al dios de Delfos, a quien se prometía la décima parte de todo lo que se arrebatara a los traidores. Por entonces, los focenses, locrenses y dorios, que poseían el control de la Anfictionía, estaban completamente divididos y se vieron en la obligación de tener que justificarse. Respondieron con un movimiento no menos hábil: mandaron decir que estaban dispuestos a combatir al lado de los confederados, pero que no podían hacerlo solos; si los aliados venían a defender los pasos entre Macedonia y Tesalia, se alinearían encantados a su lado.

Sabían que no era posible y que ni siquiera los rayos de Zeus tonante hubieran conseguido mover a los espartanos de las inmediaciones del Peloponeso. Los confederados tuvieron que fingir que por lo menos lo intentaban y mandaron un pequeño contingente, prácticamente una comisión de reconocimiento, que no pudo hacer otra cosa que levantar acta de la imposibilidad de defender los pasos situados al norte de Tesalia.

Pero los problemas no habían acabado ahí. Cuando se trató de establecer la línea defensiva, los espartanos se mantuvieron en sus trece: no tenían la menor intención de retirar un solo hombre del istmo de Corinto, la delgada franja de tierra que unía su «isla» con el continente helénico, convencidos de que ninguna fuerza del mundo podría hundir su barrera y que desde allí podría reiniciarse la reconquista. Temístocles tuvo que llegar poco menos que hasta la amenaza, sugiriendo la idea de que si los atenienses se veían en una situación desesperada podían tener en cuenta otras opciones.

El espantajo surtió efecto y los espartanos aceptaron establecer la línea defensiva en las Termópilas, un estrecho desfiladero entre el monte Eta y el mar, en la Grecia central, entre Beocia y Tesalia. En la actualidad el lugar resultaría irreconocible de no ser por el monumento que sufragaron, en los años cincuenta, trescientos espartanos emigrados a Estados Unidos. El río Sperkhios, con sus sedimentos, ha hecho retroceder la costa casi un kilómetro. Quedan en cambio las fuentes termales que dieron nombre ya en el pasado al desfiladero (literalmente: «las puertas calientes»).

En realidad los espartanos continuaron atrincherados en el istmo y destinaron a las Termópilas nada más que trescientos guerreros. Es cierto que se trataba de una unidad de élite que servía como guardia real, pero no dejaba de ser al fin y al cabo un puñado de hombres. A ellos se sumaron setecientos tespienses y cerca de siete mil aliados peloponesios y de otros lugares.

Para lograr este, por cierto nada exaltante, resultado, Temístocles sacrificó el mando supremo de la flota en favor del navarca espartano Euribíades, pero de hecho él seguía siendo el verdadero comandante, dado que las siete octavas partes de la escuadra aliada estaban compuestas por naves atenienses. Asimismo se solicitó la ayuda de los griegos de las colonias, en especial de los siracusanos, que tenían una flota numerosa. Pero su tirano, Gelón, dijo que aceptaría sólo en caso de que se le confiriera el mando supremo de la flota confederada, por lo que la cosa acabó en nada.

La flota fue a alinearse en el canal de Euripo, entre Eubea y la costa griega, para cubrirle la espalda a Leónidas por mar, e hizo entrar allí en combate a la flota persa, resolviendo con éxito un primer choque en las proximidades del promontorio de Artemisio.

El resto del relato de Heródoto es poco menos que un poema épico, hasta el punto de que la peripecia de los trescientos en las Termópilas ha sido fuente de inspiración para la literatura occidental durante veinticinco siglos. El rey de Esparta mantuvo heroicamente su posición durante días y días contra la marea del ejército enemigo, hasta que un traidor, un tal Efialtes, les indicó a los persas un sendero que subía por la montaña para descender del otro lado por la espalda de los griegos.

Cuando se dio cuenta de que estaba a punto de ser bloqueado por todas partes, Leónidas licenció a los aliados y se quedó con sus trescientos, a los cuales se sumaron los setecientos tespienses, que se negaron a entregar al rey de Esparta a su suerte. Parece que Temístocles envió aquella noche una chalupa para ofrecer una escapatoria por mar a sus aliados, pero Leónidas se negó a ello: sus órdenes eran conservar el desfiladero y no pensaba moverse de allí. Se limitó a enviar a Esparta a dos guerreros (Heródoto nos ha transmitido sus nombres: Euritos y Aristodemos) con un misterioso mensaje, cuyo contenido nunca se supo. Únicamente sabemos que corrió la voz de que habían intrigado para lograr aquel encargo y salvar su vida y que fueron vilipendiados con nombres infamantes y rechazados por todos como si fueran apestados. Uno de ellos se ahorcó de desesperación colgándose de una viga de su casa y el otro desapareció para volver a aparecer al año siguiente en el campo de batalla de Platea, buscar su muerte y lavar así su honor a ojos de sus compañeros.

Cuando los persas se asomaron al paso vieron a los espartanos ocupados en peinarse, un rito con el que se preparaban para morir. Pero aun rodeados por todas partes, los guerreros lacedemonios, formados en cuadro en lo alto de una loma, hicieron pagar cara su muerte; tanto fue así que al final Jerjes ordenó a la infantería retroceder y mandó avanzar a los arqueros, que dispararon al pequeño contingente hasta que el último de los soldados de Leónidas cayó asaeteado. El cuerpo del rey fue decapitado y crucificado, y seguidamente el ejército de Jerjes se extendió por la Grecia central.

Esparta había pagado un precio muy alto a la causa común sacrificando a uno de sus reyes y a trescientos de sus mejores guerreros: ahora podía concentrarse en la defensa del istmo y los atenienses del mar debían cumplir con su papel. Es difícil decir si Leónidas y los suyos fueron sacrificados a sabiendas desde un buen principio, pero no puede descartarse enteramente. Cuenta Plutarco que cuando Leónidas partió para la misión le dijo a su mujer, Gorgo (la misma a la que vimos jugar de niña con su padre Cleómenes): «Cásate con un hombre honrado y trae al mundo unos buenos hijos».

Sobre la tumba de los trescientos se puso luego una inscripción para todos, pero en particular para Esparta, que decía:

> Forastero, anuncia a los espartanos
> que aquí caímos,
> obedientes a sus leyes.

Según Cicerón este epitafio fue obra del poeta Simónides, el mismo que compuso a continuación en su honor un elogio fúnebre de intensa y vibrante emoción.

Poco tiempo después de la masacre de las Termópilas, se convocó la Asamblea de los atenienses con objeto de ratificar una propuesta dramática. Temístocles, consciente de que la ciudad no iba a poder resistir el asedio a que sería sometida por tierra y por mar, pidió a sus conciudadanos que abandonasen sus casas, se embarcasen en la flota y buscasen cobijo en la isla de Salamina, para hacer entrar en combate en sus aguas a la flota persa. El debate debió de ser dramáticamente intenso: la joven democracia se enfrentaba por vez primera a la posibilidad de la destrucción de la patria, teniendo que decidir si de verdad convenía jugarse el todo por el todo a una única carta, a un tiempo tremenda y aleatoria: una batalla naval.

Los atenienses mandaron a las mujeres y a los niños a Trecén, en la Argólida (no por casualidad, Trecén era la ciudad donde Teseo había pasado la infancia, junto a su abuelo Piteo), y se embarcaron: abandonaron las casas en que habían nacido y los templos de los dioses a los que habían ofrecido sacrificios los días de fiesta, y pusieron proa hacia Salamina. Todos, aristócratas y mercaderes, artesanos y braceros. Cimón, que entre los aristócratas era tal vez el más ligado a las tradiciones, subió a la Acrópolis y dedicó a la diosa las bridas y el bocado de su caballo: un gesto de extraordinario significado. Aquellos objetos eran el símbolo mismo de la aristocracia y se enterraban con el difunto cuando se daba sepultura a sus cenizas. Dedicándolos a la diosa quería dar a entender que desde aquel momento no había ya «caballeros» y pueblo, sino solamente pueblo, y que todos estaban llamados a luchar por la supervivencia de una patria que ahora se identificaba ya tan sólo con sus ciudadanos. Luego se embarcó también él, dejando probablemente libre a su caballo en los campos para que no se muriera de hambre. Y dejó libre asimismo a su perro que, sin embargo, no quiso abandonar a su amo: cuando le vio alejarse en un trirreme se puso a nadar atravesando todo el brazo de mar que separaba el Ática de Salamina y le alcanzó, extenuado, en aquella franja de tierra pedregosa convertida en el último baluarte de libertad. El episodio, narrado por Heródoto, debió de conmover a los prófugos así como al mismo tiempo infundirles ánimos: en Atenas ni los mismos perros estaban dispuestos a soportar el dominio del invasor.

Desde los escollos de Salamina los atenienses vieron alzarse las llamas en su ciudad, densas volutas de humo y destellos siniestros que iluminaron la noche. Vieron los templos de los dioses arder cual antorchas contra el cielo negro del Ática. Para Jerjes significaba la venganza por el templo de la Gran Madre de los dioses quemado en Sardes por los jonios y los atenienses. Para estos últimos era el colmo de la humillación que podía causárseles.

Hacia finales de los años cincuenta un investigador norteamericano publicó una inscripción hallada en Trecén que contenía el decreto de Temístocles para la evacuación de la ciudad de Atenas; se demostró a continuación que no era más que una falsificación elaborada hacia mediados del siglo IV a.C. con objeto de plantear en clave antimacedónica la lucha de los atenienses contra los bárbaros. Pero debido al cuidado con que fue preparada y a su verosimilitud, que engañaron incluso a investigadores ilustres, vale la pena reproducirla aquí. Así podemos hacernos una idea de cómo afrontó Atenas la emergencia con las medidas más adecuadas.

> El Consejo y el pueblo han dispuesto, a propuesta de Temístocles, hijo de Neocles, del demo de Frearras, que se confíe la ciudad a Atenea, protectora de Atenas, y a todos los restantes dioses a fin de que la protejan y mantengan al bárbaro alejado del país; que todos los atenienses y extranjeros residentes en Atenas pongan a salvo a sus hijos y mujeres en Trecén bajo la protección de Piteo, héroe fundador del país, y que los ancianos y bienes muebles sean puestos a continuación en lugar seguro en Salamina. También, que los tesoreros y las sacerdotisas permanezcan en la Acrópolis guardando cuanto es propiedad de los dioses, y que todos los demás, atenienses y extranjeros en la flor de la edad, se embarquen en las doscientas naves preparadas y luchen contra el bárbaro en defensa de la libertad propia y del resto de los griegos, juntamente con los espartanos, corintios y eginetas y todos los otros que quieran compartir la peligrosa empresa.

Que los estrategos designen a doscientos comandantes de trirreme, uno por cada una de las naves, a partir del día de mañana, entre los residentes en Atenas que posean propiedades inmobiliarias, tengan hijos legítimos y no pasen de los cincuenta años, y sorteen entre ellos las naves. Que luego alisten a tres infantes de marina por cada nave entre aquellos que están entre los veinte y los treinta años, así como a cuatro arqueros; y sorteen también los marinos destinados a la maniobra de cada una de las naves al tiempo que designan por sorteo a los comandantes de trirreme. Y que los estrategos inscriban también al resto de los hombres de la tripulación, nave por nave, en unas tablillas blancas, remitiéndose para los atenienses a los registros en que se hallan inscritos los ciudadanos, y para los extranjeros a los nombres registrados ante el polemarco; y que sean inscritos en doscientas naves, dividiéndoles, tripulación por tripulación, en grupos de cien, y que encima de cada una de las tripulaciones escriban el nombre del trirreme y el del comandante, así como el de los marinos destinados a la maniobra, para que cada dotación sepa en qué trirreme debe embarcarse.

Y que una vez que hayan sido distribuidas todas las tripulaciones y asignados por sorteo a los trirremes, el Consejo y los estrategos completen los cuadros de las doscientas naves tras haber hecho un sacrificio propiciatorio a Zeus Omnipotente, a Atenea, a Nike y a Poseidón Protector. Que una vez completado el equipamiento de las naves, se acuda con cien de ellas a proteger el Artemisio de Eubea, y que con las otras cien se pare cerca de Salamina y la restante costa de Ática para vigilar el territorio, a fin de que luego, conjuntamente, todos los atenienses luchen contra el bárbaro. Que aquellos que han estado desterrados durante diez años se trasladen a Salamina y permanezcan allí en espera de que el pueblo tome una decisión respecto a ellos.

Entretanto, una vez doblado el cabo Sunion, la flota persa, formada por navíos egipcios, fenicios y también jonios, se presentó en el golfo Sarónico desplegando toda su aplastante superioridad: cerca de quinientas naves de guerra contra las trescientas de los confederados. Temístocles había llevado su flota al estrecho de Salamina, a sabiendas de que en mar abierto no iba a tener la menor posibilidad de vencer a la inmensa flota enemiga, pero sus tripulaciones, al verla, se quedaron enormemente impresionadas. La escuadra persa se detuvo en mar abierto ante el peligro de adentrarse en aquel estrecho brazo de mar: debió de celebrarse una reunión del Estado Mayor a bordo de la nave capitana para deliberar acerca de la estrategia que convenía adoptar. Temístocles estaba seguro de lo que hacía, pero entre los oficiales del alto mando cundía el temor: permanecer en aquel lugar significaría quedar bloqueados y no poder ya salir. Se tomó finalmente la decisión de desplazarse hacia el norte para buscar una salida por el canal de Mégara. Entonces Temístocles, para hacer prevalecer a toda costa su plan, mandó en secreto una chalupa con el fin de advertir al mando persa de que los griegos querían huir hacia el istmo de Corinto para evitar así el enfrentamiento; el comandante destacó inmediatamente la escuadra egipcia, que rodeó la isla por el oeste y fue a cerrar en el norte el paso del canal de Mégara, mientras que el resto de la flota avanzó para bloquear el estrecho paso entre la costa ática y la islita de Psitalea.

Allí los persas esperaron, anclados toda la noche, sin que nada especial sucediera. Tal vez ni siquiera se percataron de que se produjo una deserción: un capitán de Jonia llamado Panecio, de la isla de Tenos, se pasó con su nave al bando griego al amparo de la oscuridad, y Heródoto, treinta años después, leyó su nombre en el trípode que los confederados dedicaron a Delfos tras el final de la guerra con los nombres de todos aquellos que habían combatido contra los bárbaros.

Otro personaje fue anunciado en el corazón de la noche en la nave capitana de la escuadra ateniense: era Arístides «el Justo», que había sido enviado al destierro. Venía de Egina y, dejando de lado los viejos rencores, contó que la flota persa había bloqueado las dos entradas del canal de Salamina. Aquello sonaba a música celestial a oídos de Temístocles, que no estaba esperando otra cosa e impartió todas las disposiciones pertinentes.

El emperador Jerjes se había hecho construir aquel mismo día un trono en la cima del monte Egaleo, actual Skaramangá, para observar al día siguiente la victoria de su armada.

Al rayar el día los jefes griegos tenían clara la situación, es decir, el hecho de no tener otra elección que combatir, y el alto mando se reunió para escuchar el plan de batalla de Temístocles: una obra maestra de estrategia coordinada por un complejo sistema de señales entre la nave capitana y varios puntos de la costa. Tras disolverse la reunión, los oficiales se reunieron con sus respectivas unidades de combate y esperaron la señal de partida. Su flota, que estaba alineada en la costa frente al este, levó anclas a la salida del sol y se situó en medio del canal, pero los megarenses y los eginetas se apostaron al acecho un poco más al sur, dentro de la bahía de Ambelaki, donde permanecieron ocultos por el promontorio de Cinosura, que la cierra por el sur. Los corintios, con una escuadra de cincuenta naves, se dirigieron al norte a velas desplegadas para proteger la espalda del resto de la flota, por si los egipcios enfilaban por el canal de Mégara. Probablemente esto convenció más aún a los persas de que los griegos no tenían voluntad de combatir: ante la proximidad de una batalla las tripulaciones desarbolaban siempre sus naves para hacerlas más veloces y ligeras.

El almirante fenicio que mandaba a los persas no tuvo ya dudas y ordenó a su flota adentrarse por el canal. La trampa de Temístocles estaba a punto de dispararse. Los eginetas y los megarenses, a una señal convenida de la nave capitana, salieron de su escondite obligando a entrar en combate a la escuadra jonia, que se vio forzada a separarse del resto de la flota y a avanzar hacia el oeste. Los otros, entretanto, continuaron avanzando en persecución de la flota griega que retrocedía con dirección norte hasta encontrarse en el punto más estrecho del canal, entre la costa ática y la islita de Farmakonisi.

Entonces, Temístocles, dio la señal: se alzó un estandarte de la nave capitana y toques de trompa resonaron de una nave a otra; los griegos invirtieron el rumbo y se lanzaron hacia adelante a toda vela, alcanzando posiblemente una velocidad de unos nueve o diez nudos. El enfrentamiento fue espantoso y quiso la fortuna que la suerte se decantase del lado de los griegos haciendo que el almirante fenicio cayera entre los primeros. Al darse cuenta de que la situación era desfavorable para ellos en aquellas aguas y que estaban privados de mando, los fenicios trataron de retroceder hasta aguas más abiertas, pero se toparon con las restantes naves persas, que avanzaban por el sur, creando una espantosa confusión; la situación se vio agravada por el hecho de que en aquel momento se desencadenó un fuerte siroco que empujó a las naves de la retaguardia persa contra las fenicias, que trataban de retroceder.

Los trirremes de Temístocles, bajos y raudos, se lanzaron en medio de aquella confusión como lobos entre un rebaño de ovejas, espoleando uno a uno a los pesados navíos enemigos. Al ver aquello, los jonios arrojaron al mar a los comandantes persas y se pasaron en masa al bando de sus hermanos griegos. A la caída del sol el canal estaba lleno de restos de naves desventradas, de náufragos, de cadáveres que la deriva empujaba lentamente hacia las riberas del Ática, defendidas aún por sus compañeros. Desde el trono de la montaña, Jerjes asistió impotente a la derrota de su armada y tal vez el viento llevó a sus oídos el eco del peán que se alzaba de las naves helénicas victoriosas.

15 de agosto de 1999

Estoy en casa solo y espero a los amigos para la tradicional cena de ferragosto. *Me viene a la mente que en Atenas debe de hacer un calor infernal y que en el apartamento de Larisis 20 no hay aire acondicionado. He decidido llamar a Kostas por teléfono y, a pesar de todo, le he encontrado en vena de hablar.*

—¿Cómo se atreven a sostener que ese decreto de evacuación de la ciudad es falso? Pues a mí me parece absolutamente auténtico. Y me parece también un documento excepcional.

—No cabe ninguna duda de que se trata de un documento excepcional y te diré también que no falta quien defiende su autenticidad a capa y espada.

—Y tú, ¿qué piensas?

—Pues lo mismo que los que opinan que es falso. Mira, es una cuestión un tanto complicada: existen razones de carácter filológico, conceptual e histórico. Es demasiado lineal, está todo demasiado bien organizado. Contiene ideas, como la de eleutheria *(libertad), que no existían por aquel entonces y que tuvieron su pleno desarrollo en el curso del siglo* IV. *Esa referencia a los corintios, megarenses y espartanos suena como una invitación a una alianza de tipo particular. Si la inscripción fuera de época se mencionaría a todos los aliados, no sólo a tres de ellos. Y además, en la inscripción, la evacuación aparece como una cosa perfectamente prevista y organizada, como una elección estratégica, en vez de como una dolorosa necesidad que es lo que en realidad fue. Pero existen todavía otros indicios...*

—Pues yo le doy crédito. ¿Por qué razón, entonces, hacer una falsificación?

—¿Sabes?, cosas de ese tipo eran elementos importantes de propaganda: eran expuestos en lugares públicos, la gente los veía, los leía. Ahora bien, si, por ejemplo, Atenas se preparaba para resistir al ejército macedonio durante una de las muchas guerras que siguieron a la muerte de Alejandro, era natural inventarse un documento en el que se representaba una antigua alianza victoriosa contra un invasor precedente como garantía de victoria también en la situación presente. No sé si me explico.

—Lo he comprendido perfectamente. Sería interesante saber si documentos de esa clase contaban de veras en la opinión pública.

—Cuando los preparaban de forma tan cuidadosa y verosímil es que contaban. Nadie trabaja de balde. No tenían televisión,

radio, prensa; probablemente el impacto de una inscripción pública era mucho mayor de lo que nosotros podamos imaginar.

—Me ha venido también a la cabeza aquella vez que tú y tu amigo acabasteis en un polígono de tiro en el Skaramangá para ver el lugar del trono de Jerjes.

—Poco faltó para que nos disparasen. Quién sabe dónde estará a estas horas ese joven teniente que nos sacó fuera y nos regaló una botella de Metaxa. Ojalá haya llegado a general. ¿Cómo se dice «general» en griego moderno?

—Estrategòs.

—Obviamente. Ciao Kostaki. Nos llamamos.

—Ciao. Saludos para todos.

6

La liga naval

LA EXULTACIÓN POR LA VICTORIA FUE GRANDE y no tardaron en comenzar a difundirse los relatos más sorprendentes sobre quién había hundido el mayor número de naves enemigas o quién había sido el primero en establecer contacto con la flota persa, pero también sobre quién había tratado de ponerse a salvo y había llegado al campo de batalla una vez terminado todo. Contábase que un comandante ático que estaba persiguiendo a una nave enemiga vio que ésta se lanzaba sobre una nave persa y la mandaba a pique. Entonces el perseguidor volvió atrás pensando que aquélla debía de ser una de las naves jonias que habían desertado para pasarse a continuación al bando contrario, cuando en cambio se trataba de una nave aliada de los persas, un navío mandado por Artemisia, mujer de un dinasta de Caria, aliada de Jerjes y su amante. Con esa estratagema consiguió escapar a su captura, pero los atenienses pusieron precio a su cabeza porque no soportaban la idea de que una mujer hubiera osado atacarles en una acción militar. Artemisia pudo reunirse con el resto de la flota persa, que se había refugiado en la bahía del Falero, y encontrar al Gran Rey, abatido y trastornado por la inesperada derrota.

Estaba al caer el otoño y había que tomar una decisión: Jerjes dejó la mayor parte de su ejército en sus cuarteles de invierno en

Tesalia y se dirigió hacia los estrechos, antes de que a los griegos se les ocurriese cortar el puente. Era una idea que ya había tenido Temístocles, pero que no encontró el favor del alto mando espartano, que, por el contrario, juzgó oportuno, como diríamos hoy, poner al enemigo que huye puente de plata. Temístocles, entonces, había mandado un mensajero al Gran Rey para informarle de que había sido él quien había convencido a los griegos de que no cortaran el puente, de modo que en un futuro se considerase en deuda con él por no haber caído en una trampa en la península helénica.

Este testimonio de Heródoto tiene visos de ser una maldad, pero no son pocos quienes así lo creen: Temístocles había enviado ya al Gran Rey un mensaje que, visto desde el lado persa, podía parecer auténtico: ¿por qué no iba a parecerlo también éste? En el fondo el caudillo ateniense sabía lo aleatoria que era la fortuna en su ciudad y lo fácil que era caer en desgracia. La posibilidad de encontrar un día hospitalidad en la corte del poderoso señor de Asia debía de parecer una buena garantía contra cualquier infortunio. Pero es posible también que esta noticia fuera inventada a posteriori cuando Temístocles, exiliado, encontró hospitalidad en la corte del rey Jerjes.

En realidad, ya una tempestad se había encargado de destruir el puente, señal de que la estructura era de todas formas inadecuada para la situación climática de aquel trecho de mar y para la peligrosa fuerza de las corrientes. Jerjes atravesó los Dardanelos con naves de guerra, pero los cabos del puente fueron dejados en Europa bajo la guarda y custodia del sátrapa Artaozos por si había que volver a intentar la empresa.

Los atenienses, entretanto, volvieron a su ciudad, donde les esperaba un espectáculo lamentable: las casas saqueadas y destruidas, los templos de los dioses arrasados por las llamas, despojados y profanados, las estatuas abatidas y hechas pedazos o desfiguradas; las más valiosas, robadas. Entre éstas, el grupo en bronce de Antenor que representaba a Armodio y Aristogitón, los dos tiranicidas. Un siglo y medio más tarde, Alejandro Magno lo encontró en el palacio real de Susa y lo reexpidió a Atenas en uno de sus típicos gestos de excepcional valor propagandístico. Los atenienses, más tarde, encargaron otro, probablemente al escultor Critio, que fue inaugurado tres años después: una copia suya en mármol puede verse en el Museo Arqueológico Nacional de Nápoles, pero la posición de las dos figuras, resultado de una restauración dieciochesca, sigue siendo muy dudosa.

No es fácil imaginar cómo debieron de encontrarse a su vuelta: tuvieron que restaurar las casas como mejor pudieron, aunque sólo fuera para poder pasar el invierno, pero los talleres y las tiendas habían sido destruidos o saqueados, los campos arrasados y los animales domésticos robados y sacrificados para alimentar al ejército enemigo; el aceite, el vino, el trigo: todo había desaparecido. Quizá se recurrió a préstamos y compras en los mercados limítrofes que no se habían visto afectados por la guerra, quizá una buena parte de los géneros alimentarios habían sido embarcados para Salamina en el momento de la evacuación. Comoquiera que fuese, la gente se arremangó para volver a partir prácticamente de cero. Lo cual debe considerarse ya de por sí un acto de valor y de confianza increíble toda vez que en Beocia permanecía todavía un poderoso ejército persa. Las estatuas de los dioses y de los héroes de la Acrópolis profanadas por los persas fueron sepultadas en una fosa sagrada.

Lo que para los atenienses era una obra de profanación, para los persas significaba la destrucción de las estatuas de los demonios (*daiwa*) y Jerjes se vanaglorió de ello en una inscripción en las paredes de su harén de Persépolis, vanagloria que sería castigada a su vez duramente por Alejandro Magno con la destrucción del propio palacio y de toda la capital.

Hacia comienzos del otoño Temístocles envió una embajada a Esparta para pedir que el ejército confederado se desplegase entre el Ática y Beocia, pero obtuvo una negativa. Exhaustos y desalentados, los atenienses no se sintieron con fuerzas para enfrentarse de nuevo, solos como en Maratón, al ejército persa y, cuando el ejército enemigo se trasladó hacia el sur contando con el apoyo de los traidores tebanos, abandonaron de nuevo la ciudad para refugiarse en Salamina. Los persas trataron entonces de convencerles de que se pasaran a su lado, pero obtuvieron una negativa desdeñosa: los guerreros que en Maratón tenían veinte años contaban ahora treinta y no aceptarían una deshonra por nada del mundo, ni siquiera ante la actitud obtusa de los espartanos. Prosiguieron las negociaciones hasta que alguien hizo entender a los recalcitrantes lacedemonios que sería inútil atrincherarse en el istmo de Corinto si la flota ateniense no defendía las costas y controlaba el mar. No convenía, pues, tirar demasiado de la cuerda. Finalmente los espartanos se convencieron y los persas, por prudencia, se retiraron al norte, a Tesalia, para pasar allí el invierno.

El hijo de Leónidas, Plistoanacte, era todavía un niño y el gobierno nombró por lo tanto a un regente en la persona de Pausanias, mientras que, como hemos visto, a Demarato le había sucedido Leotíquidas. Los correos de los reyes macedonios recorrieron la Grecia libre convocando a los guerreros de toda ciudad y nación helénica para la batalla definitiva contra el bárbaro, y la respuesta fue impresionante. En la primavera siguiente formó en Platea el mayor ejército griego de todos los tiempos: cuarenta mil hoplitas de pesada armadura, amén de sesenta mil hombres de infantería ligera y pequeñas unidades de caballería. En la práctica, casi la totalidad de los hombres válidos disponibles al sur del desfiladero de las Termópilas: ni siquiera Alejandro llegaría a tanto.

El ejército persa, llegado de Tesalia en perfecta formación de combate bajo el mando de Mardonio, acampó a escasa distancia de la frontera con el Ática, mientras que grupos de jinetes batían el campo con continuas maniobras de distracción: Pausanias, que acaso había confiado en exceso en el formidable conglomerado reunido bajo sus estandartes, debió de darse cuenta enseguida de que avanzar en campo abierto no había sido una buena idea.

Por si fuera poco los persas emponzoñaron la fuente Gargafia privando a los griegos del aprovisionamiento de agua potable. El regente espartano tomó entonces una decisión muy peligrosa:

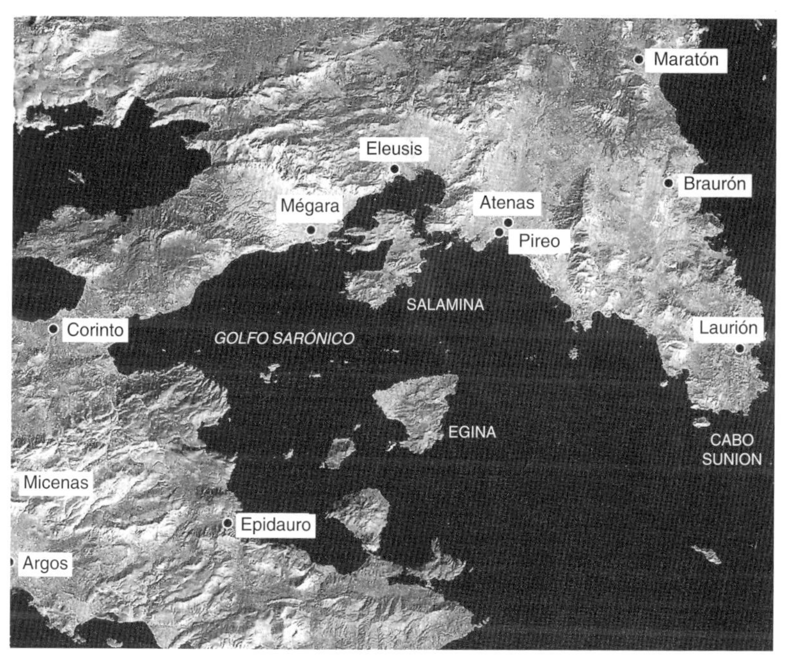

El Ática y el golfo Sarónico. Mapa obtenido por satélite.

Teseo y el Minotauro, grupo escultórico de mármol.

Crátera corintia que representa escenas de simposio y de una carrera de caballos.

Ánfora de figuras negras con Aquiles y Áyax jugando a los dados.

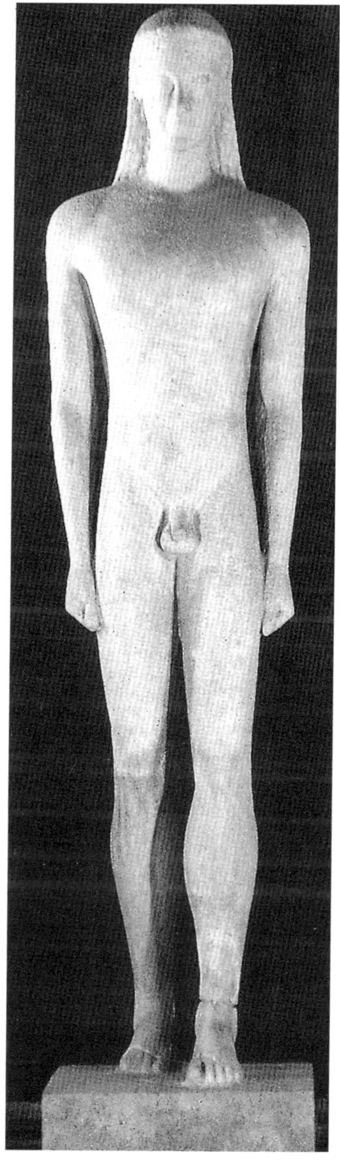

El *kouros de Milo*, ejemplo de escultura arcaica del siglo VI a.C.

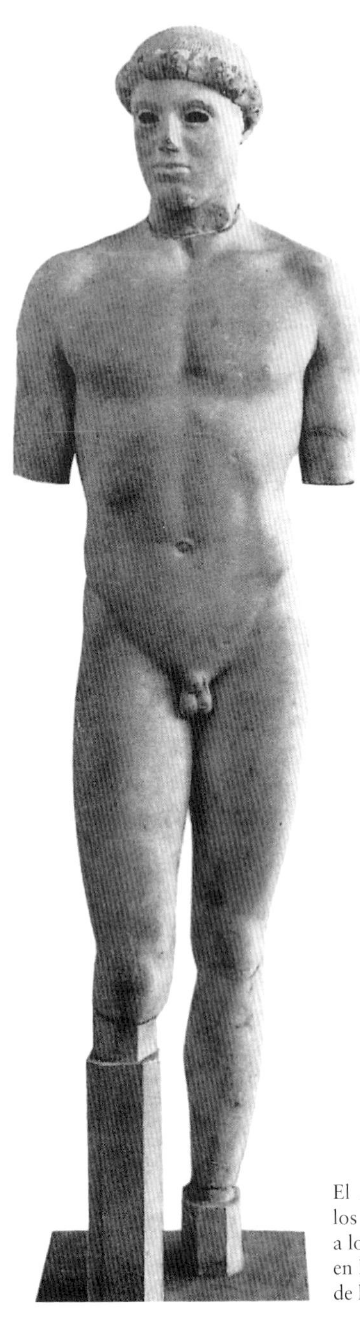

El *Efebo* de Critio. La escultura presenta ya los signos de una notable evolución respecto a los *kouroi* arcaicos, tanto en el modelado como en la soltura del planteamiento (Atenas, Museo de la Acrópolis).

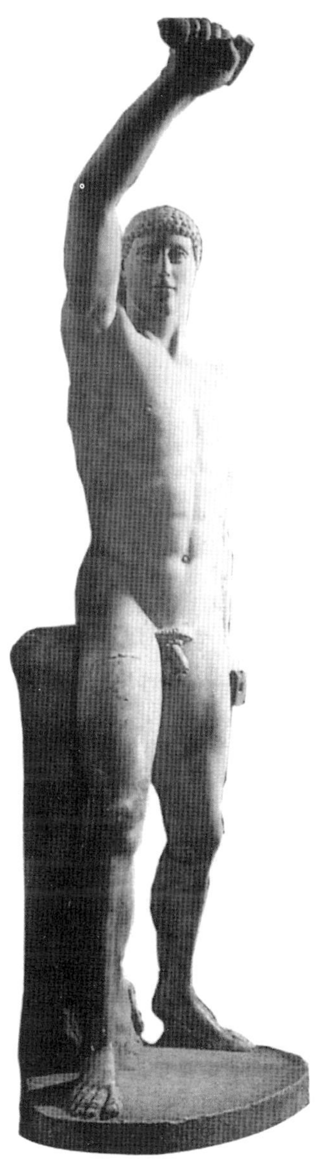

Los tiranicidas. En los tiempos de la batalla de Salamina, los persas se llevaron de Atenas el grupo en bronce que representaba a Armodio y Aristogitón, obra de Antenor. Los atenienses a continuación encargaron uno análogo al escultor Critio. Copia en mármol conservada en el Museo Arqueológico Nacional de Nápoles.

La colina de la Pnyx, en la que se reunía la Asamblea del pueblo. Al fondo, la Acrópolis (foto de Walter Leonardi).

El túmulo de los caídos en Maratón. Sólo en muy pocos casos se concedía la sepultura en el campo de batalla; de ordinario los cadáveres eran llevados a la ciudad donde se procedía a las exequias (foto de Walter Leonardi).

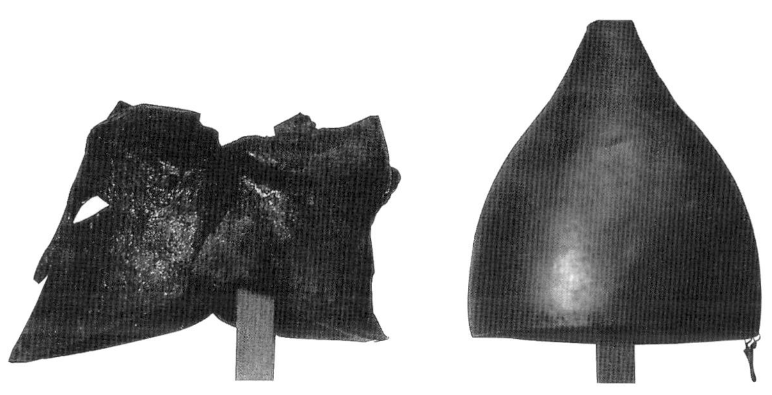

Un yelmo persa y un yelmo griego procedentes de Maratón. En el borde del yelmo griego hay grabada una dedicatoria de Milicíades (Olimpia, Museo Arqueológico Nacional).

La estatua de Leónidas en el desfiladero de las Termópilas.

El santuario de Apolo en Delfos, sede del famoso oráculo.

Reconstrucción del trirreme *Olympias* navegando por el Egeo (foto de Massimo Cappon).

Un arquero y un lancero persas.

Un guerrero ateniense y un guerrero espartano.

Copia en mármol del *Discóbolo* de Mirón (Roma, Museo Nacional de las Termas).

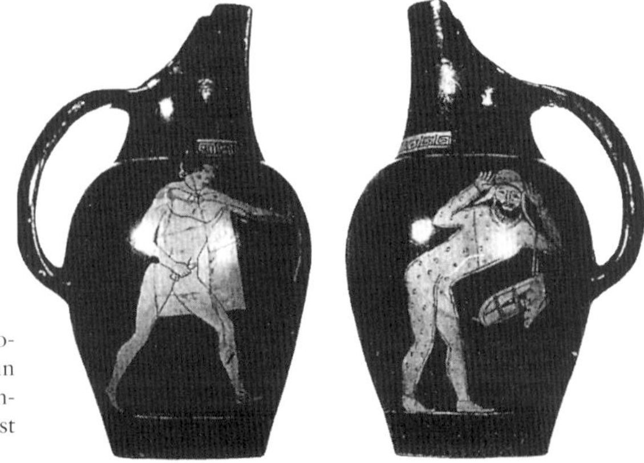

Jarra ática con figuras rojas que representan a un griego y a un persa (Hamburgo, Museum für Kunst und Gewerbe).

El teatro de Dioniso en Atenas (foto de Walter Leonardi).

Fachada occidental del Partenón.

Los propileos.

La Acrópolis.

Cabeza de Atenea Lemnia atribuida a Fidias (Bolonia, Museo Arqueológico).

El Erecteion: pórtico de las cariátides.

Restos del templo arcaico de Apolo en Corinto (foto de Walter Leonardi).

El templo no urbano de Segesta (foto de Walter Leonardi).

Siracusa: el templo de Apolo (foto de Walter Leonardi).

Vista aérea de la Ortigia: a la derecha el pequeño puerto, a la izquierda el gran puerto.

La isla de Esfacteria y la bahía de Navarino, en el Peloponeso. Mapa obtenido por satélite.

Las Latomías de Siracusa: entrada a la Oreja de Dioniso (*arriba*). Busto de Sócrates de un original de Lisipo (Roma, Museos Capitolinos) (*derecha*).

ordenó a su ejército retroceder hacia Platea para asegurarse una posición más favorable. Éste se puso en movimiento de noche, pero cuando el sol asomó en el horizonte, los persas no tardaron en darse cuenta de lo que había sucedido y lanzaron su caballería, que cayó sobre el ejército en marcha cubriéndolo de dardos. Las tropas griegas se vieron de nuevo en dificultades. El primer contingente consiguió de todas formas hacerse fuerte cerca de las ruinas del templo de Hera en Platea, mientras que el grueso de las fuerzas de Pausanias se veía obligado a detenerse y a formar en línea de combate para detener el goteo de bajas causado por los ataques de la caballería enemiga, muy móvil y precisa en su ofensiva. El regente espartano mandó una petición urgente a la gruesa sección «platense» de sus fuerzas para que se reuniera con él, pero ésta respondió que no pensaba moverse; quienes sí lo hicieron, en cambio, fueron los otros, que estaban al descubierto en una posición peligrosa y se unieron a ellos en las cercanías del *heraion*.

Sin embargo, Pausanias no podía ya moverse porque estaba alineado enfrente del enemigo y volver a ponerse en línea de marcha hubiera equivalido a un suicidio. Persuadido de tener ya la victoria bien aferrada, Mardonio se preparó para asestar el golpe definitivo. Bajo un sol de justicia que volvía candentes las armaduras, el ejército panhelénico cerró filas y abatió las pesadas astas de fresno. Atenienses y espartanos, tegeos y corintios, megarenses y sicionios formaron un compacto bloque impenetrable oponiendo una muralla de escudos al asalto enemigo. Mardonio había olvidado, o alejado de su mente, Maratón y las Termópilas, y tal vez no sabía que las madres espartanas hubieran aceptado a un hijo muerto pero no fugitivo; no se daba cuenta de que los atenienses no soportarían ver por tercera vez su ciudad invadida y profanada.

Si el comandante persa hubiera mantenido una táctica de movilidad utilizando sobre todo la caballería con lanzamientos a distancia, debilitando y desangrando así lentamente las fuerzas adversarias, habría vencido. Se dejó tentar, en cambio, por el enfrentamiento de cerca y por el cuerpo a cuerpo y su, no obstante, valerosa infantería se estrelló contra la barrera impenetrable de escudos y lanzas. Se dice que reapareció en aquel trance uno de los dos supervivientes espartanos de las Termópilas, cuyo rastro se había perdido, y que lavó su honor cayendo en el campo de batalla después de haber llevado a cabo «acciones dignas de ser recordadas».

Mardonio en persona fue herido de muerte mientras trataba de arrastrar a sus hombres al ataque, y su fin sumió al ejército persa en el desánimo. Las tropas griegas alineadas cerca del Heraion de Platea se movieron entonces en una acción de refuerzo, mientras que la caballería persa, que era la única que se había mantenido en una posición de fuerza, no sabía ya cómo reaccionar al cambio de tornas.

Antes de la caída del sol los restos de lo que había sido el ejército más grande de todos los tiempos se retiraban presa del pánico hacia los desfiladeros del norte, antes de que el ambiguo rey Alejandro II de Macedonia, que inicialmente había parecido dispuesto a colaborar con los persas, decidiera recuperar la estima de los griegos atacándoles por el camino de regreso.

Pausanias entró en la tienda de Mardonio con los oficiales de su estado mayor y se hizo servir la cena por los cocineros persas olvidando por una vez la austeridad lacedomonia, y Heródoto afirma que quedó profundamente impresionado: «A esto se llama vivir», habría exclamado.

Expulsados los persas del suelo helénico, se recurrió a una ceremonia solemne y tremenda: en todas las ciudades que habían estado en poder de los enemigos se apagó el fuego sagrado que ardía de forma permanente en la acrópolis, ese mismo fuego que los colonos que partían para tierras lejanas se llevaban con ellos con el fin de fundar nuevas ciudades, el mismo fuego que en la imaginación popular había sido encendido en los orígenes de la vida de la comunidad, un don de Prometeo, que se lo había robado a los dioses. Una tradición, la del fuego sagrado, que hundía sus raíces en los remotos tiempos del Paleolítico, cuando el fuego representaba la supervivencia del grupo humano, y su extinción, la muerte o la dispersión. Apagar aquel fuego significaba en cierto modo anular la historia y hacerla remontarse a los inicios. Y un nuevo fuego fue consagrado en todas las ciudades, encendido por la llama que ardía al abrigo del dios de Delfos. Se le dedicó al Apolo délfico un trípode de bronce, fundido a base de las armas arrebatadas a los persas en Platea, con los nombres de todas las ciudades que habían formado parte de la liga sagrada grabados en él. Descansaba sobre tres serpientes enroscadas que formaban una especie de columna, la cual se dividía en lo alto extendiendo hacia fuera las cabezas a fin de sostener el quemador.

Aquel trípode, casi ocho siglos después, fue llevado por Constantino, junto con otras gloriosas reliquias como el *Paladio* de Troya y los clavos de la cruz de Cristo, a Constantinopla y puesto en el centro de la *spina* en el hipódromo. De él no queda hoy más que la parte inferior en forma de columna en espiral en el centro de la plaza de Sultan Ahmet, en Estambul. Aquella columna, que es poco menos que el símbolo de la identidad de Occidente en su primer enfrentamiento con Asia, está expuesta sin ninguna protección a la intemperie de toda estación, y corre el riesgo de sufrir daños irreparables.

Jerjes no se había dado ciertamente por vencido y una nueva flota se estaba reuniendo en las riberas de Asia Menor, tanto para mantener bajo control a los griegos de las colonias como para retomar las hostilidades a gran escala. La flota panhelénica, bajo el mando del otro rey de Esparta, Leotíquidas, pero compuesta en su mayor parte por navíos atenienses, se presentó con todas sus fuerzas ante el promontorio de Micale, donde los persas, temerosos de un enfrentamiento en mar abierto, habían varado sus naves y atrincherado la infantería en la playa.

Cuenta Heródoto que una nave de Leotíquidas pasó por delante de la costa al alcance de la voz y que un heraldo gritó en griego a los jonios que recordasen, en el momento del ataque, su origen y sus dioses comunes. La contraseña sería: *Hera kài Nike!* («¡Hera y Victoria!»). Luego, el rey de Esparta dio la orden de ataque. Debió de tratarse de una auténtica operación de desembarco, con miles de infantes de marina, que descendieron al agua desde los trirremes, atacaron las posiciones persas y prendieron fuego a sus naves varadas. Los jonios se pasaron en masa al bando griego y la batalla se decidió en breve tiempo. Toda Jonia se alzó en armas expulsando a las guarniciones persas y el Egeo se convirtió, por primera vez desde los tiempos de la talasocracia micénica, en un lago griego. Era el comienzo del verano del año 479 a.C. Las guerras persas habían terminado. Al finalizar el verano los atenienses recuperaron el dominio de sus ciudades, y esta vez para siempre.

La labor más apremiante parecía la reconstrucción de las murallas, a lo que, extrañamente, los espartanos se opusieron. Dijeron que la única fortaleza inexpugnable en Grecia era el Peloponeso defendido por sus ejércitos, que cualquier otro recinto amurallado de la península podía ser utilizado por los persas y que, por lo tanto, no debía reconstruirse ningún recinto amurallado. Temístocles se dirigió personalmente a Esparta para discutir el asunto; en realidad lo que hizo fue ganar tiempo mediante estratagemas hasta que tuvo noticia de que sus conciudadanos, todos, hombres y mujeres, viejos, niños y esclavos, trabajaban día y noche realizando turnos demoledores: utilizando estatuas y estelas funerarias, columnas, cipos y toda clase de material disponible, habían devuelto a las murallas su altura original en la imponente extensión de unos seis kilómetros. Una empresa que se hubiera dicho imposible para cualquiera si se piensa que debió de tratarse de una restauración más que de una reconstrucción *ex novo*. Tampoco los persas debieron de tener tiempo ni ganas de asolar el recinto, amurallado hasta sus cimientos.

Entonces Temístocles puso a los espartanos frente al hecho consumado y ellos no tuvieron más remedio que aguantarse; dijeron que en ningún momento su intención había sido intimidar ni imponer nada, sino tan sólo dar unos consejos. Mentían: era evidente que se mantenían firmes en su posición de estado guía de los griegos, y tal vez la fuerza y el prestigio de Atenas, que crecían tan rápidamente, les desconcertaron.

Los atenienses, entretanto, se preocupaban también de su aprovisionamiento de trigo. Durante las guerras persas, cuando los estrechos estaban en manos enemigas, habían tenido que interrumpir su avituallamiento desde Crimea y se habían dirigido a otro mercado, al paduano, en el Adriático, donde habían establecido una relación privilegiada tanto con los venecianos como con los etruscos de Spina, una ciudad levantada a base de madera en una islita del delta del Po. Probablemente habían delegado en ella las operaciones de policía de aquel mar infestado de piratas. A cambio de trigo y caballos exportaban sus más hermosas cerámicas, vasijas de estupenda factura y de gran firma que fueron encontradas por los arqueólogos italianos a partir de los años veinte cuando comenzaron a excavar en los terrenos desecados de los valles de Comacchio y sacaron a la luz las necrópolis de Spina. Pero había que reiniciar asimismo la navegación en los estrechos, y así una escuadra ateniense bajo el mando de Jántipo desembarcó un cuerpo de ejército en Sesto —en la península de Gallipoli— y conquistó la ciudad que controlaba la entrada de los Dardanelos.

No muy lejos, en el presidio persa que estaba bajo el mando del sátrapa Artaozos, se guardaban en un almacén los cabos de tracción del gran puente de barcas que Jerjes había arrojado al Helesponto, probablemente recuperados tras la tempestad que había destrozado su estructura. El sátrapa, aparte de estar a cargo de la custodia de aquel material estratégico, era, a ojos de los griegos, culpable de sacrilegio por haber profanado el santuario de Protesilao, personaje de la épica homérica del que se decía que había sido el primero en poner el pie en Asia al llevar a cabo los aqueos su expedición contra Troya, y que había caído allí, traspasado por un dardo enemigo. El desventurado oficial persa fue capturado y clavado vivo en una mesa de madera a fin de que su terrible castigo aplacara a la enfurecida sombra del héroe Protesilao. Luego, la escuadra invirtió el rumbo y regresó a sus bases en el Ática antes de que el tiempo empeorara.

Quedaba en manos persas todavía la entrada del Bósforo y la primavera siguiente una nueva flota confederada, esta vez al mando de Pausanias, se dirigió primero a Chipre para desembarazarla de las guarniciones defensivas persas y luego a Bizancio, que capituló. Pausanias tomó posesión como comandante de la plaza, pero su modo de ejercer el poder irritó a los aliados jonios, que no estaban acostumbrados a tanta arrogancia. Los espartanos le reclamaron para someterle a un interrogatorio, pero por esta vez Pausanias se salvó. No salió tan bien parado en una segunda cuando un ex amante suyo, un joven de nombre Argheilos, le hizo caer en una trampa citándolo en un lugar apartado donde se habían escondido unos espías del gobierno: allí le indujo a hablar de sus contactos secretos con la corte persa. Es cierto que el muchacho, desilusionado, quería vengarse y probablemente Pausanias tenía demasiados enemigos incluso en su propia ciudad. En cualquier caso, fue arrestado y emparedado vivo en el templo de Atenas de la «Casa de Bronce» y sólo cuando estaba a punto de expirar lo sacaron del santuario para que su cadáver no lo contaminase. No fue arrojado, como de ordinario se hacía con los cuerpos de los traidores, al torrente Keadas: le fue concedida sepultura, porque no dejaba de ser, pese a todo, el vencedor de Platea, pero su fantasma continuó durante años perturbando las noches de los espartanos.

Estos acontecimientos, obviamente, contribuyeron a que se resquebrajaran las relaciones en el seno de la confederación, y el contingente del Peloponeso (espartanos y aliados) se separó del grueso de la flota. El pronunciamiento provocó casi la hilaridad de los aliados: las naves peloponésicas eran un par de docenas frente a las más de doscientas de los confederados ático-jonios, pero el desaire dejaría sus poco gratas secuelas. Acabó en agua de borrajas, por ejemplo, la idea de crear una especie de cuerpo de ejército panhelénico con mando unificado como estructura permanente de defensa común y las diferencias entre Esparta, potencia continental, y Atenas fueron acentuándose cada vez más.

Poco o nada sabemos de lo que se dijo y se discutió en las asambleas populares de Atenas en tan crucial período: lo cierto es que la euforia por la victoria debía de estar en su apogeo y que la ciudad en su conjunto hubo de tomar conciencia de golpe de su papel de gran potencia —al menos a nivel regional—, así como de las consecuencias que esto comportaba tanto con respecto a los aliados como a la superpotencia persa, derrotada, pero sin duda no domada y tampoco intimidada. Y también en Susa, en la capital imperial, se debió de llegar a la conclusión de un fracaso sin apelación. En veinte años de enfrentamientos sangrientos por tierra y por mar nunca los persas habían logrado imponerse a los griegos del continente.

Al año siguiente, 477 a.C., a iniciativa de Arístides se reunieron en la isla de Delos los representantes de cierto número de ciudades de Jonia, de las islas Cícladas y de los estrechos, defendidas por los representantes del gobierno ateniense, y estipularon una alianza jurando con la fórmula: «Tus enemigos serán mis enemigos, tus amigos serán mis amigos», que todavía sobrevive, ligeramente modificada, en ciertas sociedades secretas, incluso delictivas, del área mediterránea, para testimoniar su origen antiquísimo. La finalidad era mantener el control del Egeo con una marina de guerra en servicio permanente. Cada ciudad debería proporcionar cierto número de naves, de remeros y de guerreros embarcados, pero muy pronto algunas de ellas, y luego casi todas, optaron por realizar contribuciones en metálico a los atenienses, quedando libres así para sus actividades económicas y comerciales.

Atenas, que probablemente se había lanzado a esta aventura con un notable grado de inconsciencia, aceptó el cambio, que acabó por transformar, al cabo de algunos años, la liga en un imperio. En efecto, quien contribuye a una alianza con una unidad armada siempre puede retirarla debilitando a la alianza y reforzándose al propio tiempo; en cambio, quien lo hace en metálico se pone políticamente en manos de quien posee la fuerza. Hasta aquel momento ningún estado, ni siquiera el imperio persa, habían mantenido una marina militar permanente: se trataba de una empresa difícil y arriesgada. Las naves de guerra eran incómodas, con escasísimo espacio para la carga, y era imposible descansar o refugiarse tanto de la intemperie como del sol abrasador. Un reducido rasel en la proa y un pequeño pañol en popa permitían conservar agua potable y una mínima cantidad de víveres. La nave tenía además una gran longitud para poder albergar un número suficiente de remeros, pero esto creaba problemas hidromecánicos, especialmente en un mar de olas cortas y fuertes como es el Mediterráneo. El único modelo a escala 1:1 en condiciones de navegar que nunca haya sido construido, el trirreme *Olympias*, sufrió hace algunos años la rotura de la sobrequilla después de algunas salidas a mar abierto.

Una flota permanente tenía necesidad, por otra parte, de muchas bases situadas a escasa distancia la una de la otra, así como de ingentes recursos financieros para las construcciones y las reparaciones en el astillero, para el estipendio y los víveres de los remeros y de las tripulaciones, y para el mantenimiento de la infantería de marina. Cuando Alejandro, tras haber invadido Asia, se vio en la necesidad de tener que pagar a las tripulaciones de la marina ateniense, aliada suya, prefirió licenciar a la flota antes que sufrir una sangría con los gastos de mantenimiento. En los tiempos de la liga de Delos se calcula que éstos ascendieron a cuatrocientos o quinientos talentos por estación, cerca de seis meses si tenemos en cuenta que durante el invierno la flota regresaba a sus bases tanto por necesidades de manutención como por las adversas condiciones climáticas.

La flota, sin embargo, generaba puestos de trabajo, y Aristófanes, unos cuarenta años después, ironizaba en una de sus comedias sobre las actitudes partidarias de la guerra de los tetos (la clase de los braceros sin bienes) «siempre dispuestos a sirgar las naves para ganarse los dos óbolos al día (un tercio de dracma) del salario». Aumentaban obviamente también los pedidos para los astilleros del Pireo y para las fábricas de armas. Un famoso orador ateniense de la época de Pericles, Lisias, vivía espléndidamente con las ganancias de una fábrica de escudos. Los tetos, además, podían ser sustituidos por esclavos, que afluían cada vez en mayor número. Algunos de ellos eran empleados incluso en operaciones de policía, probablemente a causa de la escasez de hombres válidos, ocupados en las acciones bélicas.

La estrella de Temístocles parece haberse eclipsado en ese momento. De él sabemos que patrocinó una tragedia inspirada en las guerras con los persas, escrita por el dramaturgo Frínico; asimismo sabemos que promovió la construcción de una doble muralla (las llamadas «Largas Murallas») que unía las fortificaciones del Pireo con el recinto amurallado ateniense: esto iba a permitir a la ciudad recibir siempre provisiones por mar en caso de un conflicto en tierra firme.

No obstante esto, vemos que la escena es ocupada por Cimón, sin duda menos brillante que Temístocles, menos astuto, más guerrero y menos político, pero apuesto, carismático, gran combatiente y amante fogoso de mujeres bellísimas, un verdadero encantador de mujeres. Continuó limpiando el Egeo de presidios persas y puso sitio a Eyón, una ciudad tracio-macedonia situada en la desembocadura del río Estrimón. El comandante persa de la plaza, en vista de la imposibilidad de resistir, arrojó al río el tesoro de la ciudad y luego se quemó vivo sobre una pira con sus mujeres y sus hijos. Heródoto, que conocía bien las costumbres de los persas, habla de ello con asombro y admiración.

Poco después, un oráculo de Delfos ordenó a Cimón traer a Atenas los huesos de Teseo, el héroe nacional de la ciudad y del Ática. El general se puso a buscar en Esciros, la isla en que, según la leyenda, Teseo había sido asesinado, y excavó en el punto en que había visto a un águila rascar el terreno con sus garras. Tuvo suerte: el pico descubrió la tumba de un guerrero de la Edad del Bronce, lo suficientemente grande para poder asemejarse a Teseo, y, quién sabe, muy probablemente próximo a él en cuanto a época, admitiendo que Teseo haya existido nunca. Los huesos fueron llevados con gran pompa y luego en solemne procesión al templo construido al efecto en el ágora que pasó a llamarse precisamente Teseion.

Cimón estaba convencido de que había que mantener buenas relaciones con los espartanos, mientras que Temístocles ya pensaba que Atenas debía tener la mira puesta en un liderazgo absoluto, aun al precio de llegar a un acuerdo, o incluso aliarse, con los persas con el fin de dominar Grecia y aplastar a su rival. Tal vez había acumulado un cierto resentimiento en el período en que había tenido que recibir órdenes de unos almirantes espartanos con escasos conocimientos marinos. El choque entre ambos políticos iba a convertirse a la larga en inevitable.

La victoria sobre los persas y el mando de una gran liga naval transformó Atenas de forma profunda. Desde un punto de vista psicológico sus ciudadanos se llenaron de orgullo y de patriotismo, sentimientos que iban a verse incrementados también por el bienestar creciente, por un auténtico desarrollo económico. Los astilleros, la enorme obra de las Largas Murallas, las estructuras y las necesidades del avituallamiento inherentes a una gran flota operativa determinaron no sólo un gran aflujo de dinero, de bienes y de servicios, sino también una gran corriente inducida. Arquitectos e ingenieros, maestros de obras, aseguradores de expediciones y cambistas instalaron en Atenas y en el Pireo sus empresas y oficinas.

También la construcción civil aumentó sensiblemente y para proyectar los nuevos barrios del Pireo se llamó a un arquitecto ya famoso, Hipódamo de Mileto, hombre de gran valía que sin embargo adoptaba unas actitudes y una vestimenta excéntricas que daban pábulo a habladurías y chismorreos, un poco como los creativos de nuestros días. El crecimiento económico tuvo también cierto impacto ambiental. Los bosques del Himeto fueron destruidos y la montaña, desmoronada por la erosión, quedó reducida a la desnuda roca, aspecto que sigue teniendo en nuestros días. Con el tiempo, también los bosques del Ática se vieron gravemente afectados.

Aumentó el número de esclavos y el de residentes extranjeros; Atenas, sin embargo, seguía siendo una ciudad pequeña para los estándares modernos, alcanzando tal vez los cien mil habitantes. Esto le permitía mantener una identidad cultural y política muy acusada, y los residentes extranjeros, a pesar de verse privados de voto, disfrutaban de las garantías y de la protección de la ley. Para el despacho de sus asuntos, comerciales o legales, se remitían a una institución bastante parecida a nuestras oficinas consulares, cuyo representante era un ciudadano ateniense que mantenía especiales relaciones con la ciudad de origen.

Desde un punto de vista ideológico, el tema de la guerra contra los persas se mantuvo vivo tanto en los máximos niveles de la actividad publicística y del teatro como, al parecer, a nivel más modesto, en la pintura de las vasijas, que aporta el testimonio de escenas bastante similares a las viñetas satíricas.

En una jarra con figuras rojas conservada en el Museo de Hamburgo, un griego, desnudo y con el pene erecto cogido con la mano, corre hacia un persa (reconocible por su indumentaria oriental y por la forma de la barba) que, doblado en dos, muestra las nalgas con cómica y resignada expresión. Es la transposición figurativa de los chistes maliciosos que con toda seguridad circulaban entre las tripulaciones de la flota y las unidades del ejército y que son habituales todavía hoy en esos ambientes.

En los más altos niveles, incluso excelsos, conviene recordar en cambio la preparación y la puesta en escena de *Los persas* de Esquilo, patrocinada en 472 por un muchacho de poco más de veinte años, un joven aristócrata del clan de los Alcmeónidas, que pronto iba a dar mucho que hablar: Pericles. Hoy en día una obra semejante cabría asimilarla a una gran película de guerra por su fuerte carga ideológica, pero no hay que olvidar que para los griegos, y sobre todo para los atenienses, la tragedia tenía también un valor sagrado. Esquilo respeta a los enemigos derrotados, describe la angustia de la derrota desde el lado de los persas y en particular de la Reina Madre Atosa, pero pone asimismo de relieve el concepto de la *hybris*, la arrogancia de quien rechaza sus limitaciones humanas, algo fundamental en la ética de los griegos.

El Gran Rey había sido castigado con la derrota por haber violado los límites puestos por la naturaleza a su poder, por haber sojuzgado al mar y malherido la tierra llevando a cabo acciones prepotentes. De este modo la tragedia tenía también una función edificante sobre el público, que seguía las representaciones con extraordinaria pasión. Y, sin embargo, también Atenas se vería un día mancillada por una jactancia semejante, embriagada por su éxito y su poderío. Entre sus hombres de estado había personajes de gran ambición, de gran inteligencia y también de gran arrogancia, como Temístocles, que pensaban que no existían límites para el atrevimiento. Y había hombres moderados, como Cimón, que creían más en el equilibrio: si funcionaba entre los diferentes poderes del estado y los distintos integrantes de la sociedad, también debía funcionar en la política extranjera, entre los diferentes potentados de Grecia.

Como veremos, la ciudad decidió recorrer hasta sus últimas consecuencias el camino de una gran potencia, y las invitaciones a la prudencia de los más avisados no iban a ser suficientes para detener su carrera. De todas formas, un cierto pesimismo típico de la naturaleza griega alimentaba el convencimiento fatalista de que las ciudades, al igual que los hombres, tenían un destino marcado. Las palabras que Heródoto pone en boca de un oficial persa en el momento de la invasión del año 480 expresan, en realidad, un convencimiento profundo del propio autor: «Es difícil para el hombre cambiar el sentido de aquello que ha de suceder por voluntad de los dioses. Y la peor de las penas humanas es precisamente ésta: el prever muchas cosas y no tener ningún poder sobre ellas».

15 de septiembre de 1999

He telefoneado a Atenas, como tengo ya por costumbre. La voz de Kostas es considerablemente más débil y temblorosa y cuando transcribo nuestras conversaciones de la grabadora tengo a menudo que rebobinar la cinta repetidas veces para comprender qué es lo que dice. Y, sin embargo, su ingenio viene siempre en su ayuda.

—Me ha divertido la historia de esa jarra con el griego que corre detrás del persa con el pájaro en la mano y el otro que le pone las nalgas.

—Lo hubiera jurado. Por otra parte, es una manera de hacer comprender también aquello que decía y hacía la gente común. No vamos a estar siempre hablando únicamente de Temístocles y de Cimón.

—Claro que sí. Y la gente corriente decía precisamente lo mismo que decimos nosotros: «A esos persas les meteremos en un puño».

—Más o menos.

—¿Y qué me dices de la historia de ese trirreme que fue reconstruido tal cual?

—¿El Olympias*?*

—Sí, ése. ¿Tú lo has visto? ¿Tan potentes eran esas naves?

—Ya lo creo. No sólo lo he visto, sino que incluso he subido a bordo. Una experiencia fantástica, con el cómitre que gritaba: Two in, three out! *(¡Dos dentro, tres fuera!), marcando el orden de los remos. En cierta ocasión, en una travesía de prueba, lograron alcanzar los doce nudos de velocidad: es algo extraordinario para una nave de ese género. Se forjaron trescientos mil clavos de cobre, todos ellos hechos a mano, para mantenerla unida, y en los bancos se puso a bogadores profesionales. Verlo navegar fue increíblemente emocionante. Era como estar en Salamina; más, teniendo lugar las pruebas en ese mismo mar.*

—¿Y ahora qué ha sido de él?

—Está estropeado. Se le rompió la sobrequilla en una de sus salidas y no creo que tengan ninguna intención de repararla. Una verdadera lástima, pues acabará por pudrirse. Piensa que es el único modelo a escala de 1:1 capaz de funcionar que haya sido construido nunca. En cierta ocasión, me parece, lo intentó Napoleón *III, pero fue un auténtico fiasco: creo que ni siquiera consiguió moverse. En cambio, éste ha hecho varias salidas después de todo.*

—Pero ¿es seguro que estaban construidos así? ¿Con tres órdenes de remos superpuestos?

—¿Has visto la foto que te mandé?

—Sí. Aunque no distingo muy bien los detalles. Veo poco, ya sabes.

—Es prácticamente seguro que tenían tres órdenes de remos superpuestos.

—¿Y cómo puedes asegurarlo?

—Bueno, hay pinturas de vasijas, frescos de época posterior y luego hay un verso de Aristófanes *que no deja dudas al respecto.*

—¿Por qué?

—Porque se deduce de él que los remeros del segundo orden tenían las posaderas a la altura de la boca de los del tercero, con las consecuencias que puedes perfectamente imaginarte.

Le oigo reírse al otro lado de la línea telefónica. Los chascarrillos le producen siempre risa.

—¿Qué es lo que te ha impresionado más de este capítulo?

—La conclusión: esa frase de Heródoto *contiene todo el pesimismo político y existencial que pueda uno imaginarse.*

—Él, sin embargo, la pone en boca de un persa.

—No creo que cambie mucho la cosa. Es lo ineluctable del destino lo que pesa y el hombre nada puede hacer contra ello. Y el prever los reveses que pueden suceder no es ciertamente de ningún consuelo.

—Ah, olvida eso: Aristófanes *es más divertido; estoy leyendo* Los acarnienses *porque me servirá más adelante y es fantás-*

tica. ¿Recuerdas esa vez que la vimos en el Odeón de Herodes Ático?

—Por supuesto. Y estaban también todos tus amigos. Os moríais de risa.

Y ríe de nuevo. Creo que Aristófanes le hace bien.

7

Pericles

La victoria de Salamina continuó ocupando el escenario cultural y propagandístico de Atenas y de Grecia por un largo período. También la tragedia de Frínico *Las fenicias* hablaba de la derrota de los persas; se iniciaba con una escena ambientada en el palacio de Jerjes, donde un servidor preparaba los asientos para los notables del imperio. Es de presumir que la popularidad del vencedor sería proporcional al prestigio de aquella victoria. En 470 Temístocles se presentó en Olimpia para asistir a los Juegos haciendo levantar, como alojamiento propio, una tienda más bien llamativa y un poco de nuevo rico, que despertó los comentarios salaces de los aristócratas. No obstante, a su entrada en el estadio fue aclamado más que los propios atletas vencedores de las competiciones.

Actualmente, un acontecimiento semejante no asombra ya a nadie porque la televisión difunde en todos los hogares del mundo la imagen de los personajes importantes de tal forma que resultan reconocibles a primera vista, pero en la Antigüedad la circulación de las imágenes de las personas se producía únicamente a través de las estatuas y de los retratos. Es evidente que aquellos que le reconocieron en primer lugar hicieron correr la voz a través de las filas de los espectadores como una exhalación.

En aquel mismo año Temístocles fue víctima del ostracismo y el hecho de resultar tan fácilmente reconocible a primera vista puede haber influido también en su apartamiento. El gran caudillo huyó a Argos y a continuación vagó por varias localidades del Peloponeso durante todo el año siguiente, mientras que Cimón, a la cabeza de la flota confederada, obtenía el mayor éxito de su vida: avanzando a lo largo de la costa meridional de Anatolia, en la desembocadura del río Eurimedonte, en Panfilia, entabló batalla con la flota persa y la derrotó; luego, desembarcó e infligió una gran derrota al ejército de tierra. Cuando apareció una flota fenicia de refuerzo le hizo frente de nuevo por mar, entabló una segunda batalla naval y dispersó a la escuadra enemiga. Doscientos trirremes fueron destruidos, siendo capturados en número mayor, y veinte mil soldados enemigos hechos prisioneros fueron vendidos como esclavos. Luego, Cimón se volvió contra Chipre.

Con el dinero del botín y las ganancias obtenidas de la venta de los esclavos se financió con recursos frescos la construcción de las Largas Murallas.

La gloria de Cimón estaba en su apogeo, tanto más cuanto que las tristes peripecias de Pausanias en Esparta habían permitido a los éforos examinar su correspondencia y encontrar en ella documentos gravemente comprometedores también para Temístocles. Los éforos pidieron a los atenienses que condenaran a muerte a Temístocles. Éste, que había humillado en el campo de batalla al Rey de Reyes, tuvo que huir, siendo buscado por todas partes, primero en Epiro, luego en Corfú y por último en Asia Menor, donde fue recibido benévolamente por el sucesor de Jerjes, Artajerjes. Parecía evidente que esta acción, en la que estuvieron implicados agentes atenienses y espartanos en misión conjunta, deja traslucir una *entente cordiale* entre las dos ciudades y la política de Cimón, que tendía a un reparto de las esferas de influencia —marítima para Atenas, continental para Esparta—, política que Temístocles había aborrecido enormemente. Estando así las cosas no cabe excluir tampoco que las misivas encontradas en el archivo secreto de Pausanias fueran más o menos inventadas: por desgracia, a falta de elementos fidedignos, hemos de movernos en el terreno de las especulaciones.

Es cierto que Temístocles estaba al corriente de estrategias reservadas y de datos de primera importancia en el ámbito militar y económico, y por eso mismo el Gran Rey Artajerjes le dispensó un trato principesco asignándole la renta de tres ciudades enteras, típica costumbre persa que encontramos varias veces también en la *Anábasis* de Jenofonte. Tal vez beneficiaran al fugitivo las misivas que había escrito en el pasado, si es que las escribió, y en todo caso le beneficiaron sin duda los conocimientos que tenía y que podían convenir mucho al enemigo. Nuestras fuentes, sin embargo, refieren que cuando el rey persa le pidió que le ayudara contra Atenas y contra los griegos, él, por una parte afligido debido a que no podía demostrar gratitud por la hospitalidad recibida, y por otra no queriendo traicionar a su pueblo, prefirió darse muerte. Murió en Magnesia con tan sólo sesenta años, tras haberse despedido de los amigos uno por uno con un apretón de manos, ingiriendo un veneno de acción instantánea. Dejó muchos hijos e hijas, de las que, curiosamente, una se llamaba Italia y otra Asia. Plutarco vio su tumba casi seis siglos después en la plaza principal de Magnesia.

Mientras Cimón se hallaba ocupado con Chipre, la ciudad de Tasos, situada en la isla del mismo nombre, abandonó la liga tomando una decisión unilateral; el general ateniense respondió con el bloqueo naval de la isla y el sitio de la ciudad, que requirió sin embargo de unos dos años para ser llevado a término. El motivo del enfrentamiento entre Atenas y Tasos eran las minas de oro del monte Pangeo y la ambición ateniense de controlar con una colonia el paso del río Estrimón en una localidad conocida como de los «nueve caminos». El intento acabó en derramamiento de sangre cuando los colonos que se habían lanzado al interior fueron aniquilados por los tracios edones en la localidad de Drabesco.

Como hemos dicho, se mantuvo el sitio de Tasos, hasta el punto de que los habitantes de la ciudad mandaron un mensaje a Esparta para pedirle que invadiera el Ática con el objeto de obligar así a los atenienses a retirarse de la isla para defender su territorio. Tucídides —el gran historiador que continúa la labor de Heródoto, pero con una metodología original que goza de reconocimiento todavía en nuestros días—, cuenta que los espartanos estaban listos para marchar cuando se produjo un espantoso cataclismo: un terremoto de devastadora potencia arrasó la ciudad, dejando en pie, según la tradición, tan sólo un edificio.

Cimón, que había regresado a Atenas, fue acusado ante la Asamblea por sus adversarios políticos, principalmente por Efialtes y, en menor medida, por Pericles, los cuales habían recogido el testigo de la política antiespartana de Temístocles. Habladurías que corrieron por aquel entonces, y que han llegado hasta nosotros gracias a la pluma de Plutarco, refieren que la hermana de Cimón, una tal Elpinice, habría ido a ver a Pericles en privado, con el fin de inducirle a retirar la moción contra su hermano. Pericles le habría respondido displicente: «Vieja estás, Elpinice, vieja estás para este tipo de cosas». Es probable que Elpinice fuera aún una bella mujer, pero acaso sobrevaloraba su capacidad de seducción, admitiendo que se tratara de esto.

Se acusaba a Cimón de haber aceptado oro de parte del rey Alejandro de Macedonia para no avanzar hacia el interior con el propósito de ocupar todo el territorio que los tasios poseían en tierra firme. Cimón habría respondido que en Atenas él era el proxeno (es decir, el «representante consular») de los espartanos, que eran pobres, no de los tesalios o de los jonios, que eran ricos. El tribunal le absolvió y él reanudó su política de equilibrio entre las dos grandes potencias de Grecia.

De haber estado en aquel momento Temístocles en Atenas, la historia habría seguido unos derroteros muy distintos porque probablemente él no habría dejado escapar la oportunidad de hacerle doblar la rodilla a su rival, y de este modo habría cambiado por completo el escenario para el futuro del helenismo; pero, como es obvio, no cabe plantear una hipótesis semejante en el contexto de unas simples especulaciones. Ya pensaron, de todos modos, los ilotas en golpear sin vacilación: se levantaron en masa y atacaron la ciudad. Fueron rechazados por el valor del joven rey Plutarco, pero ellos, en vez de someterse, emprendieron viaje hacia su patria ancestral, Mesenia, y se atrincheraron entre las ruinas de su antigua capital, Itome, un lúgubre lugar sobre el que corrían siniestras leyendas. Decíase que el último de sus defensores, el rey Aristodemos, como en otro tiempo Agamenón en Áulide, había sacrificado a su propia hija con el fin de obtener la victoria contra los espartanos.

Ahora los lejanos epígonos de aquellos antiguos combatientes se pusieron a restaurar las murallas y las casas preparándose para un largo sitio por parte de las tropas espartanas.

Cimón, que se habría podido contentar con una posición neutral, convenció por el contrario a la Asamblea para que votase el envío de cuatro mil hoplitas con el fin de ayudar al ejército espartano en apuros. El reducido ejército partió entre las fuertes protestas de la oposición, contraria a la idea de que la democracia ateniense mandara un cuerpo de ejército para apoyar a un gobierno de oligarcas resuelto a someter bajo su yugo a un pueblo largamente oprimido pero digno de la mayor estima por no haber olvidado jamás sus propias raíces de nación libre y valerosa.

La llegada de los atenienses, sin embargo, no hizo avanzar ni un ápice las operaciones e, incluso, llegó a provocar la desconfianza e irritación de los espartanos. Quizá las tropas áticas no escondían su simpatía por los ilotas sitiados, quizá algún oficial ateniense dijera alguna palabra de más. El caso es que los espartanos en un determinado momento licenciaron a los atenienses, afirmando no tener ya necesidad de ellos. Aquel gesto fue tomado como una afrenta sangrante y provocó una reacción durísima: Pericles y Efialtes estaban en inmejorables condiciones para acusar a Cimón y solicitar su ostracismo. El gran caudillo, el héroe del Eurimedonte, tuvo que abandonar la patria sin haber constituido nunca un peligro para las instituciones, más bien, todo lo contrario. Cimón veía a Esparta y a Atenas como una yunta de bueyes que debían tirar del arado de la política griega conjuntamente y en plena concordia; pensaba que sin una de las dos ciudades Grecia estaría «coja» y estaba totalmente convencido de que los enemigos de los griegos eran los persas.

El hecho de que Cimón y quienes le secundaban quedaran en minoría permitió a Efialtes llevar a cabo otro ajuste institucional hacia la plena democracia: hizo votar una moción que privaba al Areópago de todas las atribuciones políticas fuera de su antigua competencia en materia de delitos de sangre. El último baluarte de la aristocracia era desmantelado con una operación de ingeniería institucional que tan sólo puede encontrar equivalente en nuestros días en la desautorización de la Cámara de los Lores en Inglaterra por parte del gobierno de Tony Blair. Únicamente faltaba un corolario para la plena soberanía popular: la retribución pública de los cargos que permitiera a quien vivía de su propio trabajo dejarlo para ponerse al servicio de su país. Una medida que tomaría el mismo Pericles durante el período en que ocupó sin interrupción el cargo de estratego, desde 449 hasta 429 a.C.

En ese mismo año Esquilo representó la *Orestíada*, la monumental trilogía (*Agamenón, Las coéforas, Las Euménides*) que le consagraría como uno de los máximos genios universales. Los tres dramas, que alguien ha definido como el punto más alto jamás alcanzado por la mente humana, cuentan una de las historias más sangrientas del mito griego, el epílogo de una espantosa cadena de venganzas. Atreo, rey de Micenas y padre de Agamenón, tiene noticia de que Tiestes ha seducido a su mujer; para vengarse le invita a cenar, le sirve las carnes de sus hijos muertos y al final de esa comida monstruosa le revela lo que ha comido. El hijo superviviente de Tiestes, Egisto, seduce a la mujer de Agamenón, Clitemnestra, y la convence de que mate a su marido a su regreso de la guerra de Troya. También Clitemnestra tiene motivos para vengarse ya que Agamenón ha sacrificado a su hija Ifigenia para hacer propicia la expedición a Troya.

Pero Orestes, hijo de Agamenón, no puede a su vez dejar de vengar a su padre, aunque ello suponga matar a su madre. Es una escena de altísima emoción dramática aquella en que Clitemnestra desnuda su pecho delante del hijo gritando: «¡Hiere, si eres capaz, este pecho que te ha alimentado!». Y Orestes la hiere de muerte. La escena se desarrolla prácticamente delante mismo de los espectadores y puede imaginarse uno el impacto que debió de producir sobre las personas que, con el aliento en suspenso, asistían a la representación. Y podemos imaginarnos al público: casi sin ninguna duda en la gradería estaban sentados Pericles y Efialtes, que acababan de poner en marcha la gran reforma, y también los miembros del Areópago. Tal vez estaba Mirón, un joven artista que revolucionaría el arte de la escultura, y quizá estaba Fidias, que legaría a la eternidad en forma plástica el espíritu mismo de su ciudad: probablemente en aquel momento se disponía ya a realizar una obra que le había de dar fama eterna.

Se discute si las mujeres podían asistir a las representaciones escénicas, pero si así era, como sostienen algunos, quizá estuviera también Elpinice, la hermana de Cimón. Y es muy probable asimismo que estuviera el cantero Sofronisco con su mujer Fenárete, una comadrona que había dado a luz hacía poco a un niño, sano pero nada bonito, que un día conquistaría fama inmortal. Le había puesto por nombre Sócrates.

Muerta la madre, Orestes es perseguido por sus Erinias, las espantosas divinidades de la venganza: sus ojos derramaban lágrimas de sangre, su piel emanaba un insoportable hedor a putrefacción, sus cabellos estaban empañados de sangre y hormigueaban de sierpes venenosas. Divinidades de la violencia ancestral, de la justicia privada más cruel e implacable, desencadenaron en el ánimo de Orestes una contradicción incurable. Él, que había dado muerte a su madre para vengar a su padre, había asumido en ese mismo instante la obligación imposible de vengar a la madre. Al final, perseguido por las Erinias, el joven llega a Atenas, donde se somete al tribunal del Areópago, que con la ayuda de Atenea pone arreglo a la desgarradora dicotomía.

Captada su atención por una acción escénica de absorbente poder, arrastrados en el torbellino de pasiones o de *pathos* extremo, los espectadores llegan a un desenlace en el que una interminable cadena de arcaicas venganzas se rompía por el veredicto de un órgano institucional de su ciudad. Era el triunfo de la ley sobre la arbitrariedad, de la norma sobre el caos, del derecho público sobre el tomarse la justicia por propia mano. Era la consagración del paso del mundo arcaico de los aristócratas, basado en las venganzas personales, al mundo moderno de las instituciones urbanas.

La elección de un desenlace de esta naturaleza no podía darse más que desde una óptica de glorificación de la ciudad, con todos sus componentes sociales y políticos armónicamente fundidos. El Areópago era celebrado por un lado como asamblea de los aristócratas, y por otro como institución devuelta por las reformas recientes a su función primigenia de tribunal que entendía de los delitos de sangre. Un tribunal que Esquilo exaltaba como finalmente «libre de todo aditamento que, como fango, enturbia el agua». Y no es, por cierto, una simple casualidad que precisamente en esta trilogía aparezca por primera vez la expresión «gobierno del pueblo», o sea, democracia.

La ciudad estaba ya lanzada hacia su irresistible ascensión, guiada por el genio del joven Pericles, que había tomado las riendas del partido democrático radical tras el asesinato, todavía irresuelto, de su maestro Efialtes. El Pireo era un hervidero de navíos, las plazas rebosaban de todo género de mercancías: la presencia, atestiguada por las fuentes, de hortalizas y fruta fresca en pleno invierno en los mercados atenienses demuestra que existía una clientela capaz de pagar su precio y que las naves mercantes estaban en condiciones de traerlas de Chipre, de Egipto o de Siria en tan breve tiempo como para que no se viera afectada su frescura. Igual que los míticos higos de Cartago repartidos por Catón el Viejo entre sus colegas del Senado de Roma.

En 460, según figura en una inscripción publicada en 1936, Fidias, recién cumplidos los treinta años (había nacido probablemente en el año de la batalla de Maratón), recibió el encargo de esculpir en bronce una estatua de Atenea para ser colocada en la Acrópolis. De nueve metros de alto, fue el primer coloso jamás realizado en Occidente (el último es la estatua de la Libertad de

Nueva York) y la punta chapada de oro de su lanza refulgía a gran distancia y era visible desde el mar para los navíos que entraban en el Pireo. Con la mano izquierda sostenía un gran escudo historiado, realizado por el broncista Mys (un nombre más bien curioso, que significa «topo») a partir de unos bocetos de un pintor de Éfeso tan bueno como presuntuoso y arrogante: Parrasio.

Éste se hacía llamar «el hombre del dulce vivir» o también «el príncipe de los pintores». Pero parece que en realidad no era sino un prodigio de artista de una habilidad excepcional, sobre todo en lo que se refiere al trazo y al dibujo (sus carboncillos eran vendidos todavía por cifras desorbitantes por los anticuarios romanos en los siglos I y II d.C.). Más difícil de comprender es a qué se refiere ese «dulce vivir», pero sabemos que uno de sus pasatiempos consistía en pintar cuadritos de un erotismo subido de tono que podrían explicar precisamente el epíteto.

Abandonada la política proespartana, Atenas se alineó con sus enemigos, los argivos y los tesalios, llevando a cabo una elección sin vuelta atrás que la llevaría antes o después a enfrentarse con la rival. Se alineó hasta con Mégara, su sempiterna enemiga, porque en aquel momento estaba en guerra contra Corinto, aliada de Esparta. A semejanza de cuanto los atenienses estaban haciendo entre el Pireo y Atenas, los megarenses construyeron un sistema de «largas murallas» que unía la ciudad con su puerto, en el golfo Sarónico, de suerte que, si el otro puerto de Nisa, en el golfo de Corinto, se veía amenazado o sometido a bloqueo, la ciudad siempre podría ser avituallada por el este. Siguió un período de duro enfrentamiento con Esparta, incluso armado, durante el cual los atenienses combatieron (y vencieron), al lado de los argivos, a los espartanos en Énoe, en el Peloponeso.

Siguieron otros enfrentamientos muy violentos y en varios frentes: en la isla de Egina y en Mégara, donde se libró una violenta batalla contra los corintios, de resultado incierto. En aquel mismo año, tras cerca de un lustro de sitio, los espartanos vencieron la resistencia de los ilotas en Itome, pero los atenienses consiguieron evitar una matanza, gracias en parte a la intervención del oráculo de Delfos, que emitió un vaticinio muy explícito: «Liberad a los que suplican a Zeus Itometa».

Se hacía referencia en él al santuario de Zeus situado intramuros de la ciudad sitiada, y el oráculo seguía sin tener fácil explicación toda vez que en aquel período el santuario estaba decididamente del lado de Esparta. Los espartanos permitieron a los ilotas alejarse y los atenienses los afincaron en Naupacto, libres por vez primera desde su nacimiento, pero de este modo se aseguraron también una base amiga precisamente a la entrada del golfo de Corinto.

Atenas estaba ahora comprometida en varios frentes y aquel año se había reanudado la ofensiva contra Chipre para apartar definitivamente la gran isla del control persa. Mientras tanto en Egipto, que era también provincia persa, había estallado una rebelión capitaneada por un príncipe líbico de nombre Inaro, el cual pidió la ayuda ateniense para poder resistir la contraofensiva de los persas. Aquella petición significaba que Atenas había alcanzado el nivel de gran potencia internacional y que su estructura militar era considerada capaz de plantar cara al ejército imperial. Además, para los atenienses representaba una oportunidad extraordinaria. Egipto era un lugar de fábula, un Eldorado del que se contaban maravillas, pero era también, y más concretamente, el mayor productor de trigo del mundo, el único productor de papiro, la tierra en que había custodiadas inmensas riquezas, enormes cantidades de oro. Fue aparejada inmediatamente una flota que remontó el Nilo y desembarcó un cuerpo de expedición para ocupar la capital, Menfis, pero la guarnición defensiva persa resistió en su fortaleza y la guerra entró en una situación de tablas.

En los restantes frentes se siguió combatiendo contra los espartanos y sus aliados en Tanagra, pero sin fortuna. Dos meses después, sin embargo, los atenienses, en absoluto intimidados, reanudaron las hostilidades contra los beocios, que estaban ahora solos; les infligieron una dura derrota en Enofita, extendiendo su hegemonía sobre Beocia y sobre Fócide. La alianza con los focenses era crucial porque condujo al control del santuario de Delfos. Se trataba de una jugada maestra, ya que el oráculo délfico gozaba de un prestigio y de una autoridad sin parangón: nadie podía desafiarlo ni tampoco nadie podía permitirse hacer caso omiso de él. Por si fuera poco el santuario tenía un peso económico enorme debido a la inmensa cantidad de tesoros dedicados como exvoto que se conservaban dentro del recinto sagrado. Aquella montaña de oro y de plata, si se utilizaba de modo apropiado, podía transformarse en una fuerza de excepcional impacto. Pero poner las manos sobre Delfos era como ponerlas dentro de un avispero, porque el santuario era garantía de equilibrios supranacionales que nadie podía impunemente subvertir ni tampoco alterar. Precisamente por eso era de prever que habría reacciones violentas, como en efecto las hubo.

Poco tiempo después Egina se rindió: Atenas impuso la demolición de las murallas, la entrega de la flota y el pago anual de un tributo. Resulta chocante el contraste en este período entre las acciones de gran aliento que la ciudad llevó a cabo fuera de Grecia, desde Egipto hasta Chipre, desde los Dardanelos hasta Libia, con acciones no solo militares sino también diplomáticas que se extienden hasta Italia y Sicilia, y las estrecheces de la situación en la península helénica, donde la acumulación de tantas entidades de fuerte personalidad y la ruptura de los equilibrios perseguidos por Cimón causaba una conflictividad continua y casi endémica. Aunque referidas a un período posterior en algunos años, son impresionantes las palabras que los corintios pronunciaron sobre los atenienses: «No están nunca en paz y no dejan tampoco en paz a nadie».

En 456 se ultimó definitivamente la construcción de las Largas Murallas, un doble pasillo fortificado que, reuniendo en un único sistema defensivo el recinto amurallado urbano de Atenas y el Pireo, unía la ciudad con el puerto y la hacía de hecho inexpugnable mediante asedio, mientras su flota dominara el mar. Precisamente para afianzar de forma inequívoca su dominio del mar, Atenas envió una flota a circumnavegar el Peloponeso en aquel mismo año. Se trató más que nada de una exhibición de fuerza que no obtuvo grandes resultados aparte de la destrucción de los arsenales de Gythion, la base naval de los espartanos. La flota regresó a Patrás e infligió una dura derrota a los habitantes de Sición, aliados también de Esparta, antes de retornar por la misma vía.

Mientras tanto la situación en Egipto iba deteriorándose cada vez más. En un primer momento el Gran Rey había tratado de quitar de en medio al contingente ateniense convenciendo a los espartanos de que invadieran el Ática y había enviado a este fin a un emisario suyo con una fuerte suma de dinero. La diplomacia persa había comprendido enseguida que atacar frontalmente a los griegos, ya fuesen atenienses o espartanos, no era algo conveniente; el único resultado que se obtendría con ello sería unirlos aún más y la derrota en campo abierto sería poco menos que segura. Era mucho mejor indisponerlos unos contra otros, explotando las diferencias y rivalidades entre cada una de las polis. Por otra parte, ya los mismos atenienses habían entablado autónomamente negociaciones con Persia sin resultado.

Según una reconstrucción cronológica que a nosotros nos parece creíble, la batalla del Eurimedonte habría tenido lugar entre 466-65. E inmediatamente después, en 465, habría sido enviada la embajada ateniense encabezada por el alcmeónida Calias, al que el Gran Rey Artajerjes aceptó recibir por temor a perder Chipre. La misión diplomática no surtió ningún efecto, pero en el curso del siglo IV los círculos moderados atenienses, nostálgicos de la política de Cimón y del poder del Areópago, elaboraron el texto de una presunta «paz de Calias», suscrita por el Gran Rey en 449 a.C., con la que aceptaba la supremacía ateniense en el Egeo y se comprometía a no entrar en él con su flota y a mantener sus tropas a una distancia de tres días de marcha de la costa del Asia Menor.

Es opinión bastante extendida entre los estudiosos que el texto, totalmente favorable a Atenas y de renuncia para los persas, es falso. En el tiempo en que fue elaborado no faltaban razones para meditar acerca de los efectos devastadores de las guerras fratricidas entre griegos para gran provecho de Persia, mucho antes de que Filipo y Alejandro de Macedonia obligasen por la fuerza a todos los griegos —a excepción de los espartanos— a una alianza militar contra el Imperio persa, que había de causar la destrucción de éste y el nacimiento de un imperio griego, por más que fuese efímero, que abarcaba del Adriático al océano Índico, del Danubio al Indo.

Pero volvamos a los años de la misión persa en Esparta, que probablemente deberíamos situar en torno al año 456. A decir de Tucídides, el dinero que debía convencer a los espartanos de atacar Atenas, a fin de inducirla a hacer regresar a sus tropas de Egipto, fue gastado, al menos en parte, sin que se obtuvieran especiales resultados. Tal vez el persa consiguió corromper a alguien, pero no era tan influyente como para determinar la decisión del gobierno: el hecho es que el Gran Rey decidió pasar a la acción y envió un cuerpo de ejército que aplastó a los atenienses y a sus aliados de Menfis. Éstos se atrincheraron en la islita de Prosopítide, en el delta del Nilo, donde resistieron un año y medio.

Al final, sin embargo, el comandante persa, al no conseguir desembarcar sus tropas de asalto, desvió el canal que rodeaba la isla, varó las naves atenienses e hizo cruzar al ejército por tierra firme. Superiores en número, bien alimentados y pertrechados, los persas tenían todas las de ganar contra las tropas exhaustas de la liga ateniense, que fueron derrotadas. Pero ello no bastaba: una flota ateniense de refuerzo, que probablemente llevaba víveres y tropas de refresco, desconocedora de lo que había sucedido, se acercó para atracar; pero se vio atacada frontalmente por las tropas persas de tierra y por la espalda por una flota fenicia, y fue aniquilada. Unas pocas unidades consiguieron llegar a mar abierto y llevar a Atenas la noticia de la derrota. Inaro, el organizador de la revuelta, fue apresado vivo por los persas y empalado.

Los supervivientes de aquel desastre consiguieron abrir una brecha y buscaron una escapatoria marchando a lo largo de la costa del Mediterráneo hasta Cirene. Tucídides liquida con unas pocas líneas esta empresa que debió de ser novelesca: aquel grupo de desesperados debió de marchar durante más de dos mil kilómetros a través del desierto sin víveres ni equipamiento, sembrando el terreno de muertos.

Cincuenta años después un grupo de mercenarios griegos que habían luchado en las cercanías de Babilonia a sueldo del príncipe persa Ciro, al quedarse sin mando, emprendieron la retirada remontando el Tigris y, tras atravesar las montañas de Armenia en pleno invierno, intentando también alcanzar una colonia griega, llegaron por fin al mar Negro. Iba con ellos un escritor ateniense, Jenofonte, que les haría famosos como los míticos «Diez Mil».

Cabe preguntarse cómo es que la gente común en Atenas había aceptado, tras el ostracismo de Cimón, el gravoso tributo en términos de vidas humanas que la política imperial de la ciudad les imponía. Y sin embargo, aunque pueda parecer extraño, las quejas por la política de Cimón no se manifestaron hasta mucho más tarde en los círculos conservadores: en la primera mitad del siglo IV. La democracia les hacía a todos corresponsables: no había ya un Areópago que criticar o un jefe aristocrático al que atribuir graves responsabilidades. Todos habían dado su aprobación, todos se habían considerado copartícipes de las elecciones propuestas en la Asamblea. Es cierto que había una motivación de orden tanto social como económico que pesaba muchísimo sobre este tipo de elecciones. La consolidación de Atenas, sus conquistas y la constitución de su imperio naval eran en buena medida mérito de los remeros de la flota, de su coordinación, de su «juego de equipo». Y los remeros eran tetos, o sea, gentes sin bienes, que en el servicio a bordo de las naves de guerra percibían un estipendio seguro y continuado. A muchos de ellos además se les establecía en los asentamientos militares de defensa de ultramar que los atenienses llamaban *cleruquías* (de *kleros*, suerte). En ellos recibían un lote de tierra, una vivienda y tal vez también esclavos, y por lo tanto un *status* social envidiable que tenía su raíz precisamente en el hecho de ser ciudadanos de Atenas.

Una de las consecuencias de la afirmación de la democracia radical fue, pues, el imperialismo y la proliferación de los conflictos. Todo esto, obviamente, se sublimaba en el patriotismo: cada otoño la ciudad se reunía en el momento solemne de las celebraciones, en los ritos que exaltaban el honor y el valor de aquellos que habían caído por la patria; se lamía las heridas y se preparaba para una nueva época de grandeza.

En *Las suplicantes*, Esquilo proporcionó una vez más una base mítica que justificara la nueva política ateniense de alianzas en un sentido antiespartano, volviendo a evocar la antigua fraternidad entre atenienses, argivos y tesalios en tiempos de los pelasgos, pueblo ancestral que tal vez deba ser identificado con la memoria histórica de los micénicos. Así, sentados en las graderías de piedra de su teatro, los atenienses se veían reflejados en su pasado mítico, recomponían sus contradicciones en el majestuoso ritmo de los versos de sus poetas y templaban sus convicciones.

La derrota en Egipto fue ciertamente muy amarga, no sólo por ver roto el sueño de un dominio de ultramar sobre un país increíblemente grande y rico, sino también por las grandes bajas humanas sufridas y las pérdidas económicas que supuso. Los atenienses se dieron cuenta entonces de que se encontraban en una posición difícil, expuestos tanto en el frente interior, contra Esparta, como en el frente exterior, contra Persia. Pensaron, por lo tanto, que era mejor arreglar el berenjenal griego, donde no se vislumbraba ninguna vía para sus tentativas expansionistas. Llamaron entonces del destierro a Cimón, el hombre que mejor que nadie sabía cómo tratar con los espartanos y cómo luchar contra los persas.

El héroe volvió, dócil al llamamiento de su ciudad, y negoció con los espartanos una paz de cinco años; a continuación se puso a la cabeza de una nueva flota de doscientas naves de combate y de un aguerrido cuerpo expedicionario, y puso rumbo a Chipre, donde estrechó el cerco a la ciudad de Citio; durante una acción en las cercanías de Salamina de Chipre, cayó herido y murió. La flota, entonces, levó anclas para emprender el regreso, pero fue interceptada por la flota fenicia a las órdenes del Gran Rey y tuvo que entablar batalla. El choque, reñidísimo, se decantó del lado de la escuadra ateniense, que regresó al Pireo victoriosa. El balance, sin embargo, fue al final más negativo que positivo, y comenzaba a perfilarse la necesidad de replantearse la política extranjera.

La paz quinquenal apenas firmada resistió a duras penas un año: los espartanos, a pesar de saber cuál era el enorme peso político y moral del oráculo de Delfos, mandaron un ejército a Fócide para liberar el santuario con una reserva mental típica de los griegos: oficialmente no violaban la paz porque atacaban a los focenses, no a los atenienses, pero el resultado fue idéntico.

Los atenienses contraatacaron al año siguiente (estamos en torno a 448 a.C.) y volvieron a entregar Delfos a sus aliados focenses. Al mismo tiempo trataron de potenciar con una serie de importantes iniciativas tanto litúrgicas como políticas su centro religioso más importante: el santuario de Eleusis, muy próximo a Atenas, donde se celebraban los misterios de Deméter y de Perséfone, las divinidades del otro mundo, mediante una forma de trance provocada probablemente gracias a sustancias alucinógenas. La tentativa no tuvo éxito porque el prestigio de Delfos era demasiado grande y sólido y porque la situación en Grecia central cambió de manera radical en poco tiempo. En algunas ciudades de Beocia, que estaban bajo control ateniense desde hacia casi una década, los oligarcas retomaron el poder y proclamaron la independencia, y al mismo tiempo se rebelaron los locrenses (una pequeña región de Grecia central). Atenas respondió con determinación enviando a Beocia a un general llamado Tólmides. Pero éste fue derrotado en Ceronea y tuvo que replegarse. Fócide, excluida de la coalición con Atenas, y atrapada entre la Beocia independiente y el Peloponeso reunificado bajo la hegemonía de Esparta, tuvo que volver a entrar en la órbita de esta última. Obviamente Atenas perdió alguna influencia en el gran santuario de Delfos, que recuperó, al menos nominalmente, su autonomía.

Pareció, en aquel trance, que los dioses hubiesen abandonado a la ciudad: Eubea, la gran isla muy próxima al Ática, se insurreccionó separándose de la liga de Delos, y Pericles desembarcó en ella inmediatamente con un ejército para recuperar el control. También Mégara denunció la alianza con Atenas y atacó las guarniciones atenienses acuarteladas en las fortificaciones de Nisea, uniéndose a otras ciudades del Peloponeso, cuyo mando supremo había asumido Esparta. El rey Plistoanacte, a la cabeza de las tropas de la liga peloponésica, atravesó el istmo de Corinto, ya tomado por fuerzas amigas, e invadió el Ática avanzando hasta pocos kilómetros de Atenas. Pericles, entonces, regresó precipitadamente de Eubea.

Plistoanacte quería únicamente dar una lección a los atenienses: se limitó a devastar el territorio, pero evitó, al parecer, el enfrentamiento directo con el ejército enemigo volviendo a entrar en el Peloponeso con su ejército. Pericles volvió a partir hacia Eubea y la sometió nuevamente al dominio de Atenas.

Ahora era ya evidente que el enfrentamiento con Esparta no iba a conducir más que a una guerra de desgaste tan costosa como inútil: los hechos habían demostrado lo que ya la geografía y la lógica sugerían, es decir, que Atenas podía aspirar al dominio sobre el mar mientras que no podía serle disputada a Esparta la hegemonía sobre el continente. Se llegó a estipular un armisticio treintenal y se volvió prácticamente al *statu quo* anterior. Los atenienses renunciaron a todos sus enclaves en el Peloponeso: Nisea, el puerto de Mégara en el golfo Sarónico y luego Trecén, Pegas y Acaya. En cambio Esparta no discutía el dominio ateniense sobre Eubea y la inclusión de Egina en la liga de Delos. Se establecía así una forma de equilibrio entre dos grandes potencias, cada una de las cuales estaba a la cabeza de una alianza militar: la liga de Delos y la liga peloponésica, la una predominantemente marítima, la otra sustancialmente continental.

En aquellos años se convenció a los aliados de la liga delioática para que votasen a favor del traslado del tesoro federal, por motivos de seguridad, desde la isla de Delos hasta Atenas, donde fueron amasados cuatrocientos talentos de plata.

Los artistas, entretanto, representaban una humanidad nueva, el ideal de un hombre seguro y poderoso. El bronce, que ya Fidias había fundido para erigir su *Atenea combatiente* (*Promacos*) en lo alto de la Acrópolis, permitía soluciones de una audacia inaudita. Su ductilidad y dureza juntas se hubieran dicho la metáfora del hombre ateniense, ingenioso y valiente, temerario y burlón.

Mirón, en torno a 451, esculpió su celebérrimo *Discóbolo*, un atleta en el acto de tensarse como un arco antes de realizar el lanzamiento. No nos quedan más que algunas copias en mármol de aquella fantástica obra maestra, caracterizadas, por lo tanto, todas ellas, por el antiestético puntal en forma de tronco de árbol, sin el que la estatua se rompería por las rodillas; pero el original en bronce descansaba únicamente sobre el pie izquierdo y sobre la punta del derecho: unos pocos centímetros cuadrados de apoyo ejercían de pivote y soporte a la poderosa complexión del atleta, al gran torso musculoso y a los brazos extendidos en arco, la encarnación de la energía a punto de desatarse.

El dinero acumulado en la Acrópolis fue gastado no sólo ya en las necesidades de carácter militar, sino también en el embellecimiento de Atenas. Era una facultad de la ciudad hegemónica gastar así el dinero de todos los miembros de la liga, pero dicha facultad creó uno de los más grandiosos y espectaculares monumentos de todos los tiempos, el símbolo mismo del helenismo, imitado en miles de estructuras durante decenas de siglos, el templo por antonomasia, prodigio de proporciones y de armonía, una nave de los dioses apoyada sobre la roca: ¡el Partenón!

Fue Pericles en persona quien lo quiso y para proyectarlo llamó a los arquitectos Ictino y Calícrates, ambos de escuela hipodámica. Se demolió el santuario precedente, una estructura arcaica conocida como *Ekatompedon* (cien pies) dedicada también a Atenea Partenos y decorada con terracotas polícromas. La erección del monumento, todo él de mármol pentélico, requirió quince años de trabajos así como el empleo de operarios muy escogidos. De 69,54 metros de largo y 30,87 de ancho, tenía ocho columnas dóricas en el lado más corto y diecisiete en el largo. En su interior estaba la *cella*, dividida en dos partes por una pared transversal en la que se abría el portal que daba al santuario propiamente dicho. La parte breve, una especie de atrio, estaba sostenida por cuatro columnas, probablemente de orden dórico, estando la parte más larga subdividida en cambio en tres naves de dos filas de columnas dispuestas en dos órdenes superpuestos que llegaban hasta el techo. Al fondo de la nave central se alzaba la estatua del culto que representaba a la diosa Atenea: un coloso de trece metros de alto de marfil y oro.

Para construirla se llamó a Fidias, a quien se confió la realización de los bocetos para las esculturas que debían adornar el monumento: las metopas del arquitrabe exterior con escenas de lucha entre centauros y lapitas, el friso corrido que adornaba el borde superior de la *cella* con la representación de la gran procesión de las Panateneas, la más importante de las festividades atenienses, y los grandes grupos escultóricos del frontón este y del frontón oeste. En el primero de ellos estaba representada la lucha de Poseidón y de Atenea por la posesión del Ática; en el segundo, el concilio de los dioses. Se cortaron docenas de miles de metros cúbicos de mármol de las laderas del monte Pentélico, fueron transportados con rastras hasta el pie de la Acrópolis y desde allí izados mediante arganas y palancas a lo largo de un plano inclinado hasta la inmensa explanada superior. Se trataba de bloques escuadrados o de rollos cilíndricos de los que luego se sacarían las columnas.

Algunos de los más grandes genios creativos que nuestra especie haya producido en toda su historia estuvieron presentes en aquella explanada durante el tiempo que duraron los trabajos: arquitectos, escultores, broncistas, pintores rodeados de un ejército de discípulos y ayudantes, amén de carpinteros, albañiles, artesanos, canteros y decoradores. Se montaron máquinas gigantescas para levantar y poder trabajar los bloques de varias toneladas de peso, los capiteles colosales de dieciséis metros cuadrados de ancho cada uno y, por último, las estatuas, gigantescas y muy frágiles para adornar los frontones. Lo más probable es que los bloques fueran izados cuando estaban someramente esbozados y que luego los artistas trabajasen en el acabado y pulido una vez instalados.

La ciudad entera asistía al nacimiento de aquel milagro, y aquellas formas, aquellas proporciones, aquella armonía se convirtieron en los cánones fundamentales para Grecia y para el mundo. El pueblo de los dioses y de los héroes, que adquiría forma y color día a día bajo el cielo ático en medio del fulgor cegador del sol, era el espejo de una sociedad y de un modelo de vida que el mundo añoraría y admiraría durante siglos y milenios. La obra fue, durante quince años, lugar de investigación, de estudio, de cotejo, de discusión, una poderosa manifestación de energías y talentos.

Desde aquellas escarpaduras, Fidias y Parrasio, Pericles, Calícrates e Ictino podían abarcar con la mirada su ciudad entera, ver a sus pies el recinto del teatro de Dioniso y tal vez observar las evoluciones de los coreutas y de los actores, que ensayaban bajo la mirada vigilante de dramaturgos que el mundo recordaría eternamente, como Esquilo y Sófocles. Y con ellos subieron otros genios a admirar aquella divina casa: el filósofo Anaxágoras y el historiador Heródoto, que en aquellos años trazaba el grandioso fresco de sus guerras persas.

Años después, cuando con voz rota por la emoción Pericles conmemoró a los caídos del primer año de la guerra del Peloponeso, sin duda tenía presentes estas escenas y estas imágenes exaltantes al decir:

> Amamos la belleza con mesura y rendimos culto al saber pero sin caer en la debilidad. Hacemos uso de nuestra riqueza más como medio de acción que como motivo de jactancia ... La ciudad entera es escuela de Grecia, y me parece que cada uno de nuestros hombres prefiere la independencia personal a cualquier otro tipo de ocupaciones, y con tolerancia y no sin decoro ... Y daremos ocasión de ser admirados a los hombres de hoy y también a los del futuro, sin necesitad en absoluto del elogio de un Homero.

9 de octubre de 1999

Kostas, al teléfono, me dice que le ha gustado muchísimo volver a hacer un repaso de los momentos de la grandeza ateniense, la construcción del Partenón o de la Atenea *de Fidias. Me ha dicho que se ha emocionado también al escuchar las palabras de Pericles del* Elogio fúnebre.

—Las recité por primera vez el año en que nos conocimos. Precisamente en la Acrópolis un día de abril lleno de negros nubarrones... con mi amigo.

—No nos conocíamos aún, pero yo me estaba preparando para ir a una feria en Italia y Alexandra hacía la lista de todos los vestidos que se quería comprar, los bolsos en Florencia y las blusas en Roma...

—Sí, nos conoceríamos tres semanas después, a bordo del Apollonia. *¿Cuánto hace que no subes a la Acrópolis?*

—Ah, pues debe de hacer veinte años. Uno dice: «Bueno, está allí, no se va a ir». Además, un ateniense no tiene necesidad de ir a la Acrópolis; y yo soy un plakiota: nací en Plaka y el Partenón lo veía por la ventana de mi habitación todos los días, ¿comprendes? Y además, cuando yo era chico, la ciudad no era ni por asomo como ahora, no era ni una cuarta parte de lo que es ahora. La Acrópolis era cien veces más imponente y detrás del Filopapo no había más que campos. Pasaban por allí los pastores con sus rebaños de ovejas.

Se pone de nuevo a maldecir a los coroneles y los años de la especulación salvaje durante su régimen.

—Sin embargo —prosigue—, no consigo imaginarme el Partenón de colores. Pero ¿estáis seguros de que era de colores?

—Sin la menor duda. Y de todos los colores además: azul, rojo, amarillo, ocre, hasta oro, oro en paño que se aplicaba a presión. ¿Sabes?, la gente estaba acostumbrada a los frisos antiguos en terracota coloreada, por lo que, cuando comenzaron a cons-

truir con mármol, siguieron coloreándolo igual que lo hacían con la terracota.

—Pero ¿qué sentido tiene colorear el mármol? ¿Es que acaso no es hermoso el mármol tal cual es?

—Se discute mucho sobre este problema entre los historiadores del arte. El mármol ofrecía de todos modos un fondo blanco que en ciertas partes se dejaba al descubierto y que hacía resaltar todavía más los otros colores. Pero trata de imaginarte las metopas de Fidias blancas y a pleno sol: ¿qué ves? Nada. No resaltaban los perfiles ni los claroscuros. El color era indispensable.

—¿Y la estatua que estaba dentro del Partenón? ¿Cómo se las arreglaba Fidias para unir el marfil y el oro en una misma escultura?

—Parece que se trataba de una técnica relativamente consolidada. Desde hace algunos años en el Museo de Delfos está expuesta una estatua de Apolo con partes de marfil, el rostro si no recuerdo mal, y partes en lámina de oro. No es muy grande, unos pocos centímetros nada más. Es probable que Fidias se inspirara en estas figuritas y las llevara a gran escala creando efectos que cortan la respiración. De hecho él construía primero una estatua de madera apenas esbozada y encima aplicaba las partes de marfil y de oro que habían sido esculpidas previamente o bien fundidas en unos moldes especiales. Tal vez empleaba clavos de los mismos materiales para fijarlas, o bien creaba ensamblajes a presión. En Olimpia se ha encontrado uno de esos moldes, en el taller donde trabajaba, probablemente, creando el Zeus.

—¿Qué fue de esa estatua?

—Eran objetos muy perecederos: el soporte de madera, por ejemplo, podía verse dañado por los ratones que encontraban cobijo en él; luego, todos los años, desmontaban las piezas de oro para ver si el peso seguía siendo el mismo, y también esto debía de crear a veces problemas. En cualquier caso, parece que la estatua se trasladó a Constantinopla, donde permaneció durante siglos hasta que en un determinado momento se perdió su rastro. Pero sin duda debió de ser demolida para fundir el oro o algo por el estilo, quizá en tiempos de la invasión de los cruzados.

—¿Y qué me dices de los mármoles que se llevaron los ingleses?

—Ah, ésa es otra historia. Pero no te quepa la menor duda de que no volverán. Si todos reclamasen la restitución de aquellas cosas que les fueron quitadas se armaría la de San Quintín. Si de mí dependiera, mandaría hacer unas copias en mármol absolutamente idénticas y las pondría en su lugar. Produciría un efecto grandioso y, en mi opinión, aceptable también desde el punto de vista del lenguaje estético. Al fin y al cabo, también en el Erecteion las cariátides son copias: los originales están en el Museo de la Acrópolis. ¿Por qué no hacer los mismo con los mármoles Elgin?

Mi idea no le desagrada:

—Si se hiciera algo semejante me gustaría esperar hasta que estuviera acabado y luego subir a verlo. Pero solo. Y leer el Elogio fúnebre *de Pericles, como hiciste tú. ¿Cómo dice? «Amamos la belleza pero con mesura...»*

Lo declama en griego y resulta emocionante.

8

La ciudad imperial

¿CÓMO SE VIVÍA EN ATENAS en la época de Pericles? ¿Cuáles eran las competencias del Consejo, de la Asamblea o de los militares? ¿Quién mandaba y quién obedecía? No resulta sencillo para nosotros, hombres modernos, comprender aquel tipo de sociedad en la que el sistema democrático había sido llevado, en cierto sentido, a sus últimas consecuencias. Esencialmente, el pueblo tenía el control directo de todo cuanto se refería a la vida de la ciudad: las elecciones de carácter económico, político, diplomático y militar. Cierto que es difícil para nosotros imaginar un estado que no tenga un gobierno ni un jefe de gobierno y tampoco una magistratura y en el que los representantes del pueblo no sean elegidos sino extraídos a suertes. En realidad, ésta era la situación de los atenienses.

El órgano soberano era la asamblea del pueblo que se reunía al aire libre sobre la colina de la Pnyx, cerca de la Acrópolis. Si, por ejemplo, sucedía un desastre o una calamidad, si llegaba la noticia de una derrota militar, no había un gobierno que se apropiara de la noticia, la discutiera en una reunión reservada y luego decidía qué decir y que no a la opinión pública como sucede hoy incluso en las democracias más avanzadas. Los heraldos convocaban la reunión de urgencia y los mensajeros hablaban ante el pueblo, que, inmediatamente, daba comienzo a la discusión. Obviamente había delegados que moderaban el debate, pero nada más. La actividad política y de gobierno, como diríamos hoy, consistía en convencer a los ciudadanos para que votaran una u otra moción: en esto se veía el temple de los líderes, como Efialtes o Pericles o, con anterioridad, Arístides, Temístocles y Cimón.

Estos hombres se ponían en pie, pedían la palabra y acto seguido comenzaban su discurso haciendo uso de toda su destreza oratoria, estudiando sin duda la pose, la impostación de la voz, la apariencia exterior (hoy diríamos el *look*: el corte de pelo, el modo de vestir, etc.), todos ellos elementos importantísimos para los griegos y en particular para los atenienses. Pericles, por ejemplo, era un hombre de gran apostura, pero parece que tenía la cabeza algo apepinada por atrás y por eso aparecía siempre en público con el yelmo corintio apoyado sobre la frente, lo que le daba un aire marcial y al mismo tiempo disimulaba su imperfección.

En un debate de este tipo se hacía además difícil trapacear, pues era imposible prever qué dirían los adversarios, qué contramedidas adoptarían o qué elementos de sorpresa pondrían en juego. Los líderes debían ganarse, prácticamente todos los días, la confianza de la gente o en todo caso convencer a la Asamblea de la bondad de una determinada decisión o de una determinada medida. Es cierto que el Consejo de los Quinientos deliberaba, pero sus deliberaciones debían de pasar de todas formas la criba de la Asamblea, que podía aprobarlas pero también devolverlas al remitente por ser totalmente inaceptables o bien para que fueran modificadas. Cualquier ciudadano podía levantarse también para hacer su propuesta, pero debía andarse con mucho cuidado con lo que decía, pues, en caso de hacer una propuesta necia o causar simplemente una pérdida de tiempo a la Asamblea, podía ser multado incluso con gran severidad. Esto probablemente impedía que gente no muy preparada e insignificante hiciera propuestas peregrinas o estorbase en cualquier caso los trabajos de la Asamblea. Cuando una decisión era aprobada por mayoría, el secretario redactaba el decreto, que siempre comenzaba con la fórmula: «La Ciudad y al Pueblo han decidido que...».

La contraindicación más llamativa de dicho sistema fue la que, tanto entonces como hoy, se denominaba demagogia, o sea, una especie de degeneración de la democracia: la capacidad de algunos individuos, particularmente carentes de prejuicios, de encender los ánimos de la gente a fin de explotar su lado irracional arrastrando a la Asamblea a aprobar decisiones arriesgadas o perjudiciales para el bien público.

El estado estaba presente, en cualquier caso, en la vida cotidiana por medio de inspectores, siempre elegidos a suertes, que controlaban los pesos y las medidas, la ley de las monedas o la calidad del pan y de los alimentos. Dichos inspectores ejercían también su autoridad aplicando los reglamentos urbanísticos, referidos a aspectos como la limpieza de la ciudad, la ubicación de los vertederos o el respeto por parte de los constructores de las zonas públicas y de las calles en que no estaba permitido siquiera asomarse con balcones. El estado poseía esclavos que utilizaba tanto para los trabajos de limpieza urbana como para la recogida de los cadáveres de las calles en caso de fallecimiento de algún pobre o de alguien sin hogar, que ciertamente no faltaban en la ciudad, o durante las epidemias.

Y era siempre el pueblo el encargado de administrar justicia: según la reforma de Efialtes, todos los años elegían a suertes a seis mil personas (seiscientas por cada tribu) que debían ocupar por turno un lugar en los tribunales populares de la llamada Heliea. Los requisitos para poder participar en el sorteo eran haber cumplido treinta años de edad, estar en posesión de la ciudadanía y no tener deudas con el estado.

Una vez sorteados, los miembros de la Heliea juraban respetar los decretos de la Asamblea popular y del Consejo, luchar contra todo aquel que quisiera introducir la tiranía o la oligarquía, juzgar con equidad y no dejarse corromper por regalos y donativos.

Como hemos dicho, no había magistratura y por lo tanto tampoco acción legal de oficio ni ministerio público o abogados. Era el ciudadano por sí mismo quien intentaba la acción legal contra la parte contraria cuando consideraba que había sido víctima de un atropello o que había sufrido un perjuicio de algún tipo, desde el simple robo hasta delitos más graves. El acusador era el primero en hablar; luego, tomaba la palabra el acusado. Ambos tenían a su disposición un tiempo establecido de antemano que se medía mediante una clepsidra. A veces el acusado trataba de suscitar la piedad del jurado llevando consigo a su mujer y a sus hijos, posiblemente con los ojos bañados en lágrimas, o rompiendo él mismo en sollozos; casi todos, de todas formas, se hacían escribir el discurso de acusación o el alegato de defensa por un profesional llamado logógrafo (literalmente «escritor de discursos»), que conocía la manera de presentar las argumentaciones y construir las frases efectistas para impresionar a los miembros del jurado. De uno de estos profesionales, un forastero residente llamado Lisias, nos han llegado una serie de discursos de defensa de excepcional interés que nos ofrecen una descripción de la vida ateniense del siglo V. Sobre uno de ellos volveremos a continuación para echar un vistazo al interior de la vida doméstica de una casa ateniense de la época.

Tanto el acusador como el acusado llevaban a sus propios testigos de cargo o de descargo, sobre los que pesaba la sacrosanta obligación de decir la verdad.

Tras oír los alegatos y los testimonios, el jurado emitía su voto mediante un escrutinio secreto y por mayoría simple, tras lo cual pronunciaba el veredicto, sin posibilidad de apelación. En cualquier caso, la causa concluía en una sola jornada. En los casos más serios y graves, o bien de interés público, podía ocurrir que se procediera con una sesión plenaria de los seis mil miembros de la Heliea, pero incluso la sesión de una sola sección incluía tal número de jurados que constituía de por sí una garantía contra cualquier intento de corrupción.

Indudablemente se trataba de un sistema sencillo y en conjunto eficaz, pero tampoco estaba exento de vicios, como el caso de los llamados sicofantes. La palabra es de etimología incierta y designa la figura del acusador profesional. Este tipo de individuos eran despreciados por todo el mundo, pero es evidente que la profesión resultaba lucrativa. Servían a quien, por ejemplo, quería complicar las cosas a un contrincante político o crear dificultades a un competidor en el terreno económico. El acusador profesional, tras una espléndida retribución, se encargaba de preparar la acusación, de encontrar testigos y presentar el pleito legal. Es cierto que arriesgaba, pero no tanto en definitiva. La disponibilidad de dinero probablemente le facilitaba conseguir testigos lo suficientemente convincentes. En ocasiones el sicofante actuaba también en causas muy justas, que no se hubieran planteado de no haber sido el acusado una persona de cierto relieve. Su adversario se las ingeniaba para que el denunciado no escapase a una acción legal, recurriendo a un profesional de los tribunales que hincaba los dientes en el pescuezo de su presa y no la soltaba hasta haber conseguido su objetivo.

Las penas que debían aplicarse no estaban codificadas en una jurisprudencia, que no existía, sino que eran sugeridas de vez en cuando por el acusador, que podía solicitar indemnizaciones pecuniarias o castigos propiamente dichos cuya naturaleza era sin embargo normalmente moderada. Peticiones absurdas o crueles habrían dado una mala imagen del demandante e irritado a los miembros del jurado, cosa que era preferible evitar.

Tampoco existía ni siquiera un cuerpo de policía propiamente dicho con funciones de investigación, sino únicamente con competencias relativas al orden público y a la ejecución de las sentencias. En los teatros y con ocasión de las grandes fiestas religiosas había esclavos del estado que ejercían la vigilancia o bien mercenarios escitas armados de arco. Su pronunciación tosca de la lengua ática era objeto de chistes o de burlas de todo tipo, como puede suceder también hoy con respecto a las fuerzas del orden.

Los cargos electivos eran relativamente pocos y entre ellos figuraba el más importante de todos: la estrategia, es decir, el cargo de comandante de las grandes unidades del ejército y de la marina. Los ciudadanos elegían a un estratego por cada tribu, constituyendo así un estado mayor de diez altos oficiales, que a su vez elegían al comandante en jefe. Pericles, por ejemplo, ocupó este cargo durante casi veinte años seguidos, merced sobre todo a su carisma personal y a la estima de que gozaba entre los ciudadanos, aunque luego fue objeto de feroces ataques tanto por parte de la sátira de los comediógrafos como Aristófanes como de la oposición, que trató de zaherirle indirectamente a través de las personas más próximas a él.

La carrera de Pericles sufrió una aceleración inmediatamente después de la muerte de Efialtes, que probablemente pagó con la vida la introducción de reformas tan avanzadas; el nuevo líder no sólo no se dejó intimidar por el asesinato de su predecesor, sino que incluso prosiguió con mayor determinación aún, introduciendo, como hemos visto, una dieta de dos óbolos para cada uno de los integrantes del jurado popular, una de cinco óbolos para los miembros del Consejo y una de cuatro para los arcontes. Esto permitió abrir la más prestigiosa de las magistraturas urbanas, antigua prerrogativa de la aristocracia, primero a los zeugitas, es decir, a los pequeños cultivadores, y posteriormente incluso a los tetos, esto es, a los braceros sin bienes. Se trataba de medidas totalmente inéditas que eran una plasmación concreta e integral de la constitución democrática y que permitían de hecho a todo ciudadano ateniense, incluso al más pobre, tomar parte en la gestión de la política y hacer oír su voz también en las deliberaciones más importantes.

Por eso Pericles, al conmemorar a los caídos del primer año de guerra del gran conflicto peloponésico, pudo proclamar con orgullo:

> En los asuntos privados todos tienen ante la ley iguales garantías; y es el prestigio propio de cada uno, no su adscripción a una clase, sino el mérito personal, lo que le permite el acceso a las magistraturas; como tampoco la pobreza de nadie, si es capaz de prestar un servicio a la patria, ni su oscura condición social, son un obstáculo para él...

Pero Pericles fue más allá: consciente de que la admisión de las clases más bajas en la gestión del poder podía crear también problemas, favoreció de todos modos la promoción cultural del pueblo introduciendo un subsidio de dos óbolos para aquellos que, careciendo de bienes, quisieran asistir a las representaciones teatrales y no pudieran permitirse pagar el precio de la localidad en la gradería, que era exactamente de dos óbolos. Si consideramos que esa cifra correspondía al salario diario de un trabajador o, como dijimos, a la dieta de un miembro del jurado, y teniendo en cuenta que con aquel precio el espectador podía asistir por lo menos a cinco o seis espectáculos desde la mañana hasta la caída del sol, podría calcularse que la entrada al teatro costaba más o menos lo que una entrada nuestra para el cine.

Sólo así se explica la enorme fama de que gozaron los grandes trágicos incluso en los niveles más humildes de la población. Es evidente que el estado consideraba fundamental para la educación cívica de la gente y para su formación cultural el hecho de que pudiera asistir a las representaciones teatrales. Al mismo tiempo, el acceso de miles y miles de ciudadanos a los debates de la Asamblea del Consejo y de los tribunales populares de la Heliea constituía para todos una escuela de gran oratoria política, de debate de grandes cuestiones de interés común, de discusión y de cotejo. Y hay que reconocer también el importante papel que, sobre todo desde mediados del siglo v, tuvo la comedia, cuya función de sátira hacia los grandes políticos y hacia las elecciones que se realizaban en la Asamblea representaba una garantía formidable de libertad de expresión que quizá no tuvo ya igual.

Puede decirse que todo contribuía a formar la conciencia cívica en la Atenas de Pericles: las grandes fiestas religiosas, por ejemplo, eran momentos de reunión, además de celebración. Con estas imponentes manifestaciones la ciudadanía renovaba su pacto de alianza con las divinidades de la polis como Atenea, la diosa que casi se identificaba con la ciudad.

Su estatua gigantesca vigilaba, armada con una lanza, desde lo alto de la Acrópolis, la ciudad y el puerto que se extendían a sus pies. Y otra estatua, más grande aún y obra también de Fidias, se alzaba en el interior del Partenón. Los fieles que entraban para rendirle homenaje pasaban a través de la imponente columnata dórica de la fachada, bajo la grandiosa composición inserta en el espacio triangular del tímpano frontal en el que se narraban los mitos de los orígenes, y ya mientras se acercaban al santuario percibían su armonía absoluta, las proporciones áureas que Ictino había fundamentado en el valor base pitagórico de la raíz cuadrada de cinco. Luego, una vez franqueado el pórtico de la fachada, se encontraban frente al elegante y esbelto portal jónico de la *cella* y a todo su alrededor, en la parte superior, veían el friso, que representaba la procesión de las Panateneas, con los jóvenes montados a caballo, las doncellas que llevaban el peplo entretejido y recamado por sus propias manos para ser regalado a la diosa, los sacerdotes con la cabeza ceñida por las sagradas diademas, los efebos que cantaban himnos de alegría, los magistrados y los simples ciudadanos, en un triunfo de colores y de formas armónicamente fundidos en un ritmo majestuoso y sereno. Y cuando cruzaba el umbral, los ojos apenas habituados a la luz más tenue y penumbrosa del interior, el ateniense veía refulgir, al fondo de la gran nave central, el oro de los paños, del yelmo crestado, del inmenso escudo de la diosa. Veía cómo su piel de marfil reflejaba la luz ambarina de las lámparas. Y si el sol penetraba con sus rayos por la gran lucerna del techo, la gigantesca estatua se incendiaba con fulgores cegadores que se reflejaban en las columnas y en las paredes de la *cella* en un juego de luces variables y cambiantes. Tenía físicamente la sensación de que los dioses habitaban aquella casa de mármol.

Para ejercer de marco de aquel fantástico conjunto, Pericles quiso una monumental columnata de entrada, los Propileos, y confió su realización a un arquitecto llamado Mnésicles, que casi con toda seguridad trabajó codo con codo con Calícrates, uno de los dos arquitectos del Partenón. No era una tarea sencilla: el gran atrio tenía que unir dos áreas de pronunciado desnivel, la interior de la explanada y la exterior que daba a poniente hacia el lado de pronunciado descenso de la colina. Además existía ya en el lugar una estructura de la época de Pisístrato, el *propylon*, que en cierto modo había que respetar. Pues bien, él creó una estructura empalmada con una gradería hacia el exterior, pero con una nave central que cubría la rampa que había que dejar libre para permitir el acceso de las procesiones con los carros, las literas y los jinetes. Realizó una estructura extraordinariamente armónica en la que los frontones exteriores y las columnatas horizontales que daban al este y al oeste eran de orden dórico, mientras que la rampa central estaba flanqueada por una esbelta columnata jónica que aligeraba con maravillosa elegancia la maciza estructura dórica, con columnas acanaladas de más de diez metros de alto. La nave estaba cubierta además por gigantescas vigas de mármol de seis metros de largo.

Esta enorme obra, que algunos años después sería completada con la atrevida y elegantísima estructura del Erecteion, era verdaderamente una maravillosa escuela de altísima civilización, al aire libre, a plena luz del sol. Los talleres de los artistas estaban en medio del pueblo, asomados al ágora o en el dédalo de calles que se extendían por las laderas de la roca sagrada con dirección al vasto recinto amurallado. Durante la construcción del Partenón y la realización de sus metopas, de sus frisos y de los conjuntos escultóricos del frontón, los talleres de muchos escultores debían de estar probablemente colocados en la misma explanada para evitar los riesgos de transportes dificultosos; el anecdotario clásico es rico en historias en las que el pueblo actúa conjuntamente con los artistas expresando opiniones favorables o bien críticas, exactamente igual que en la Florencia del Renacimiento italiano.

En este período se desarrolló además un conceptualismo que terminó por echar profundas raíces en la población, favoreciendo la exploración del espíritu humano pero también una especialización del intelecto en un sentido racionalista, que encontraba asimismo aplicaciones en la vida práctica. Los pensadores que difundían este nuevo tipo de saber eran conocidos como sofistas, literalmente «grandes sabios», y ofrecían sus servicios previo pago.

Se dedicaban en especial a impartir lecciones de retórica a los jóvenes que tenían el propósito de emprender la carrera política, sacando un provecho que a algunos les parecía escandaloso. Otros habían preparado manuales de mnemotécnica, y algunos también de gramática. En conjunto ofrecían a los jóvenes la técnica para conseguir el éxito, independientemente de las convicciones éticas o de la fidelidad a las instituciones. Entre ellos se distinguió Gorgias de Lentinoi, cuyos honorarios eran considerados desorbitantes y que formó parte también del entorno de Pericles, contribuyendo a crear la imagen de un círculo esnob, anticonformista e irrespetuoso de las tradiciones. No fueron nunca una escuela de pensamiento, sino que más bien produjeron, como se diría hoy, una oferta de instrucción especializada y superior de la que había una gran necesidad.

No obstante, su racionalismo a menudo exasperado y altanero, nutrido de una dialéctica irreverente y burlona que les llevaba a creer que todo era demostrable así como también su contrario, les proporcionó un éxito arrollador, sobre todo entre los jóvenes, que les veían como unos triunfadores, representantes de una mentalidad en cierto modo revolucionaria: la competencia desvinculada de la moral. Por otro lado, estaban mal vistos en los ambientes conservadores, celosos de las tradiciones y de los valores de la *paideia*, es decir, de la educación transmitida por los padres, fundada sobre el respeto a los dioses, a los ritos y a los valores patrióticos. La palabra «sofisma» se convirtió en sinónimo de razonamiento capcioso, impecable o incluso genial en el plano lógico, pero sustancialmente absurdo. Los sofistas se convirtieron en el símbolo de una tendencia, que se insinuaba ya en la sociedad ateniense, regida por la búsqueda del éxito, del dinero y del placer, por el intento de hacer carrera y por un cierto eclipse de los ideales y de la moral.

Se cuenta que un estudiante había establecido un contrato con Gorgias por el que le pagaría el coste del curso (la enormidad de cuatro talentos durante dos años de lecciones) cuando ganara su primera causa. Pero como el joven no se ocupaba nunca de ningún litigio legal, el maestro se presentó ante él exigiendo la retribución pactada, pues de lo contrario pensaba llevarle a los tribunales. El discípulo, que había aprendido bien la lección, dijo: «Perderás de todas formas, maestro. Pues si yo gano no te pagaré porque habré ganado el pleito, y si pierdo no te pagaré porque según el contrato debo pagarte solamente cuando gane».

Quien marcó el comienzo de una auténtica escuela filosófica en Atenas fue un gran sabio venido de Asia: Anaxágoras de Clazómenas, una ciudad de Jonia. Parece que había llegado hacia 480 con poco más de veinte años y no falta quien piensa que fue como consecuencia de la invasión persa de Jerjes. Sin embargo, se estableció en Atenas, donde se convirtió en el maestro y mentor de Pericles, tal vez animador y *maître à penser*, y de todos modos partícipe, del mayor *pool* de cerebros y de talentos de todo el mundo en aquel entonces. Formaban parte de él, además de Pericles en persona, el escultor Fidias, los arquitectos Ictino y Calícrates, proyectista del Partenón, el dramaturgo Sófocles, que fue colega de Pericles en la expedición a Samos de 440, muy probablemente el historiador Heródoto (que tomó parte en la expedición colonizadora organizada por Pericles en 443 para fundar la ciudad de Thurioi, en Italia, en el lugar de la antigua Síbaris) y otros grandes ensayistas, políticos y artistas.

Anaxágoras fue el primero en apartarse del materialismo de Demócrito, separando de la materia el *nous*, es decir, la inteligencia que según él movía el Cosmos. En esto remitía a una idea de su contemporáneo Empédocles de Agrigento, que había dicho: «Dios es un pensamiento que corre raudo por el Universo».

La caída de un meteorito en Egospótamos, en Tracia, en 468-67 a.C. le inspiró probablemente su teoría cosmológica, en la que parece casi posible reconocer de algún modo el concepto de gravitación universal allí donde él afirma que los cuerpos celestes no caen mientras los sostiene el movimiento de rotación. Dijo claramente que el Sol no era un dios, sino una masa de metal incandescente más grande que el Peloponeso, una afirmación que provoca nuestra sonrisa, pero que en aquel tiempo no sólo representaba una intuición notable —dado que anunciaba que el

Sol era una masa de materia incandescente de enormes dimensiones—, sino que era una afirmación peligrosa porque negaba la existencia de uno de los dioses más importantes del panteón, cosa que en efecto le había de exponer, como veremos, al riesgo de una condena a muerte. ¿De dónde había sacado Anaxágoras aquella afirmación? Probablemente había comprobado que el meteorito era de hierro y que había estado incandescente mientras atravesaba el cielo. Tal vez había calculado la proporción entre el tamaño del meteorito y el de su consistencia luminosa comparándolas con las del sol. Dicho de otro modo, si aquel cuerpo llegado del cielo era de metal también el sol debía de serlo, salvando, obviamente, las diferencias de tamaño.

En esta pléyade de ingenios extraordinarios brilló una estrella irresistiblemente luminosa y seductora: la hermosísima Aspasia, un hetaira de Mileto que se convirtió en la compañera inseparable de Pericles y en la animadora de su entorno político y cultural.

Las hetairas, como hemos ya visto, eran mujeres independientes, de condición libre, de buena educación y de gran cultura, que habían sido preparadas y adiestradas, un poco al modo de las geishas japonesas, para ser «compañeras» de los hombres en las diversiones, los simposios, las fiestas y los banquetes, donde animaban la conversación, tocaban instrumentos musicales, cantaban y hacían el amor. Eran elegantes y refinadas, y, sobre todo las que, como Aspasia, eran originarias de Jonia ostentaban tal elegancia en el vestir, en el aderezo, en el tocado y tanta capacidad de seducción en su modo de hablar, especialmente melodioso, que las mujeres atenienses difícilmente podían rivalizar con ellas.

El mismo nombre de Aspasia resultaba alusivo y seductor, al tener la misma raíz que el verbo *aspasesthai* (abrazar). Pericles, cuando la conoció, tenía ya dos hijos de un matrimonio anterior, Jántipo y Páralo, pero, insinuaba maliciosamente un poeta satírico, se enamoró de ella hasta el punto de visitarla muy a menudo, dos veces al día, y luego de convivir abiertamente con ella. Cuando Aspasia le dio un hijo, le puso por nombre Pericles y le reconoció como legítimo, aunque la ley lo prohibiera por haber nacido de una concubina, extranjera por si fuera poco. Pericles consiguió incluso hacer modificar la ley sobre la ciudadanía para que su hijo pudiera ser ateniense; probablemente, tuvo que recurrir a todo el prestigio y a toda la influencia de que gozaba entre el pueblo.

Aquél, obviamente, no fue un camino de rosas: él era un personaje tan conocido que no podía evitar ser el blanco de los dardos de la sátira. Un fragmento de una comedia de Éupolis pone en escena al mismo Pericles, que, hablando del hijo tenido con Aspasia, pregunta:

—¿Y mi bastardo vive todavía?

A lo que su interlocutor responde:

—Sería todo un hombre hace tiempo de no temer tanto a esa ramera de su madre.

Cratino, otro comediógrafo contemporáneo de Éupolis, aludiendo también a Aspasia, la llama «concubina, cara de perra».

No existe ningún indicio que haga pensar que las observaciones naturalistas de Anaxágoras influyeron en las inclinaciones culturales de un Sócrates de poco más de veinte años. Parece ser, de todos modos, que en aquel período éste asistía a las lecciones de un filósofo naturalista llamado Arquelao, un interés pasajero que dio paso, algunos años más tarde, a una profunda implicación en las cuestiones éticas que llevaría a la fundación de una filosofía moral propiamente dicha. Como veremos, Pericles marcó de todas formas su vida, toda vez que, con el estallido de la guerra del Peloponeso, también Sócrates tuvo que partir para cumplir con su deber de soldado y distinguirse en acciones de un extraordinario valor, despreciando el peligro.

Por lo que se refiere a intervenciones exteriores de las fuerzas atenienses, nuestra fuente principal, Tucídides, señala la expedición del año 440 contra Samos, que había abandonado la liga de Delos. Pericles responde con una masiva acción militar sometiendo a la isla un impenetrable bloqueo naval. Después de nueve meses de sitio, en 439, la isla se rindió. En realidad había habido otras importantes intervenciones en ultramar por parte de la metrópolis ática: la fundación de la colonia de Anfípolis, en Tracia, en el lugar llamado de los «nueve caminos», y la expedición a Italia, donde se fundó la colonia de Thurioi, la última colonia griega de Occidente, en la zona de la destruida Síbaris. En ella tomó parte Heródoto y pudo ver las señales del desvío del río Crates, que los vencedores locrenses y crotoniatas habían dirigido hacia las ruinas de la ciudad destruida para borrar hasta su mismo recuerdo. En aquel contexto se habían concertado también alianzas con Rhegion, colonia calcídica en el estrecho de Mesina, y con Leontinoi en Sicilia.

Se trataba de operaciones que se producían dentro del respeto al reconocimiento, respecto a Esparta, de las esferas de influencia sancionadas con el tratado de paz de 446; pero los atenienses, y Pericles en primer lugar, se daban ya cuenta de la evolución inevitable de su política exterior y de la contradicción entre ésta y sus ideales interiores de democracia. Los atenienses eran conscientes de que la liga era en realidad su imperio y tendían siempre a imponer regímenes democráticos en las ciudades que formaban parte de ella. Al propio tiempo era lógico que aquellas ciudades que todavía se regían con constituciones de tipo oligárquico vieran con simpatía una relación con Esparta, que seguía siendo el bastión de la oligarquía en el mundo griego.

Se ha hecho notar por parte de algunos estudiosos que lo que poco a poco iba enfrentando a la liga delio-ática con la liga del Peloponeso no eran únicamente problemas de carácter económico y territorial sino también, y quizá principalmente, de carácter ideológico. Esta contraposición llevaría antes o después al choque frontal, al conflicto más desastroso de la historia de Grecia. Los precedentes estaban, sin duda, en el expansionismo imperialista de una gran potencia democrática cuyo caudillo supremo, en cualquier caso, no conseguía ver ninguna opción al dinamismo incesante de la acción expansiva. Cuando finalmente todo acabó saliendo a la luz era ya demasiado tarde para echarse atrás: o se hacía la guerra o habría que afrontar una insurrección generalizada de los aliados, cansados de una presión fiscal ya insoportable, cuyo caudal iba destinado a financiar los más ambiciosos proyectos interiores y exteriores de la ciudad dominante. Las palabras de Tucídides atribuidas a Pericles no dejan lugar a dudas al respecto: «Porque ella poseía su ímpetu como un tirano posee su autoridad: puede parecer injusto el conseguirla, pero sin duda es peligroso renunciar a ella».

30 de octubre de 1999

Presiento que las cosas van empeorando y que Kostas se cansa más al hablar, pero yo insisto; le telefoneo bastante a menudo porque quiero hacerle compañía y porque siento, en cualquier caso, que este tipo de conversación le hace bien. Me resulta difícil entenderme con la muchacha kosovar: habla un griego peor que el mío y con un acento que lo vuelve totalmente incomprensible. Otras lenguas en común no tenemos.

—Pero ¿cómo te las arreglas para entenderla? —le pregunto.

—Tampoco hay tanto que entender. Y no es que conversemos mucho, la verdad. Ella me da las medicinas, me cambia la cama... Y ya es mucho. La cosa podría ser peor.

—No pienses en esas cosas. Volvamos a nuestra investigación. ¿Has visto que tu Acrópolis se erige como protagonista en esta parte del libro?

—Sí, y me han entrado ganas de estar allá arriba. ¿Sabes?, casi lamento no haber ido en más ocasiones a verla. Ahora que no puedo hacerlo quisiera ir, pero antes que podía no iba casi nunca.

—Es normal, Kostaki.

—¿Y sabes una cosa? Me hubiera gustado estar presente cuando estaban en curso las obras. Uno pasaba por allí y se encontraba a Calícrates con su escuadra y su compás, un poco más allá a Fidias en medio de sus ayudantes. Me lo imagino con el pelo blanco del polvo del mármol...

—*Sí, muy probablemente trabajaban con escofinas y, por lo tanto, levantaban mucho polvo.*

—*Y esos arquitrabes... ¿Seis metros, bloques de seis metros todos de una pieza y los levantaron a la altura de diez metros, de verdad?*

—*De verdad.*

—*¿Y cómo?*

—*Con rastras, arganas y poleas. Es todo cuanto tenían a su disposición, por lo que sabemos. Pero se las arreglaban para que les bastase. ¿Has visto alguna vez el traslado de los bloques de mármol en Carrara?* No, *imagino que no. Pues era algo parecido, sólo que en Carrara el bloque se baja, y allí en cambio ascendía. En cualquier caso, debajo colocaban una rastra de madera —que permitía deslizarlo sobre una superficie grasienta— de la que tiraban unos animales de tiro con cordajes, que previamente pasaban por unas poleas verticales situadas en el punto de máxima cota, arriba en la cima, a continuación a través de unas poleas horizontales y luego en torno al tambor de las arganas, una a la derecha y la otra a la izquierda de la explanada, y que eran accionados por algunas docenas de hombres y controlados por unos rieles de cremallera con un afianzador que impedía que se desenrollasen.*

Oigo un tintinear de cucharas y de vasos al otro lado de la línea telefónica. Debe de ser la hora de la medicina o tal vez del zumo de naranja.

—*¿Sabes una cosa? —dice al cabo de un poco—, no comprendo por qué todos la tienen tomada con los sofistas. He leído algunos de sus textos y estoy completamente de acuerdo con ellos: los habría podido escribir yo mismo.*

—*No es que todos la tengan tomada con los sofistas, sino que en un determinado momento Sócrates la tomó con ellos atacándoles por el lado de la honestidad intelectual y de la moral individual. Sócrates es uno de los grandes, es más, de los más grandes, y además al final incluso fue un mártir, y ésas cosas pesan. Pero yo estoy de acuerdo contigo en que el fenómeno de los sofistas es básicamente un fenómeno positivo y respondía a una demanda concreta de una sociedad en rápido desarrollo: profesionalidad, especialización, instrucción superior. Pero eso tiene indudablemente sus aspectos negativos: arribismo, cinismo, un afán desmedido por hacer carrera.*

—Todo lo que tú quieras, pero ¿acaso hoy en día nuestros abogados no actúan a diario en la Audiencia igual que los sofistas sin que nadie se escandalice por ello? En resumidas cuentas, que si yo he matado a alguien y voy a un abogado, éste tratará de demostrar del modo que sea que yo soy inocente. Y por el contrario, si van al mismo abogado los parientes del muerto, entonces tratará de demostrar que yo soy culpable. A mí me parece que los sofistas eran muy modernos.

—Claro que lo eran, y por eso tenían tanto éxito: prometían, y en cierto modo garantizaban, unos resultados prácticos. ¿Ha venido hoy el médico?

—Sí, ha venido. Y también él es un sofista: me ha dicho que me ha encontrado en forma.

—Entonces ¿te sientes bien con él?

—Es un buen muchacho.

—Mejor así. Ciao, Kostaki, saludos.

—Ciao. Llámame cuando quieras.

Por un momento me parece oír de fondo un sonido de bouzouki.

9

La gran guerra

COMO CABÍA ESPERAR, la tregua treintenal del año 446 con Esparta no resistió: la situación fue deteriorándose cada vez más hasta desembocar en guerra abierta. Esta tragedia, que para el mundo griego fue comparable a una conflagración global, en el sentido de que implicó prácticamente a todas las potencias del mundo helénico, tanto en la patria como en ultramar, tuvo un testigo de talla excepcional. Su nombre era Tucídides de Oloro y tomó parte personalmente en la guerra como oficial de alto rango. En determinado momento, por una serie de desventuras que veremos en detalle, hubo de retirarse de la escena política en una especie de forzado destierro en Tracia, donde se dedicó a la redacción de la mayor obra histórica de la Antigüedad, destinada a servir de modelo para todas las generaciones futuras. Y también esto forma parte de ese milagro ateniense que hemos tratado de evocar: la ciudad consiguió dar vida al lúcido cronista de su propia ruina, al tiempo que era admirador sincero de su grandeza y de la grandeza de su jefe político.

Ni siquiera Tucídides, que habla sin embargo a la posteridad, consigue dar fiel cuenta de los acontecimientos, y su posición de ex combatiente, y en el fondo de hombre parcial que ha tenido que aceptar un veredicto de derrota de la historia, le lleva a un análisis especialmente agudo e íntimamente doloroso, pero siempre totalmente distanciado.

Todavía hoy se preguntan los historiadores sobre aquel drama: ¿por qué los atenienses no se mostraron contentos de sus formidables éxitos? En 438 había terminado la construcción del Partenón y durante la fiesta de las Panateneas de aquel año (la que se hallaba representada en el friso de Fidias de la *cella*) se consagró con rito solemne la gigantesca estatua de marfil y oro de la diosa Atenea esculpida por Fidias: una realización imponente, técnicamente muy compleja, de enorme efecto y de gran impacto a nivel popular. En el siglo II d.C. el escritor y viajero Pausanias describió también otro coloso de Fidias, el *Zeus* de marfil y oro esculpido para el santuario del dios en Olimpia, de manera muy crítica y con una actitud sustancialmente esnob. Pero si estos gigantes de alma de madera podían de algún modo considerarse, según nuestros cánones, realizaciones del arte popular (no en el sentido, obviamente, de *pop art*), su excepcional impacto visual contribuía a consolidar aquel sentido de grandeza y de superioridad que invadía a la comunidad que los había mandado hacer.

La población estaba en expansión, la vida pública era frenética por la enorme cantidad de logros tanto en política interior como en política exterior y la riqueza de la reserva en metales preciosos era impresionante. Se calcula, como se ha dicho ya, que alcanzaba la suma de más de cuatrocientos talentos; alrededor de quince mil kilos de plata en moneda procedían de los tributos de la liga naval; la flota dominaba el Egeo con más de doscientas naves de guerra patrullando de forma permanente. En 437 Pericles entró con una flota en el mar Negro y desembarcó en Sinope, en la costa septentrional de Anatolia; derribó al gobierno de la ciudad e instauró un régimen democrático, creando un asentamiento de seiscientos ciudadanos áticos. No se entiende muy bien la utilidad de una empresa semejante, aparte de constituir una exhibición de fuerza: acaso Pericles quería hacer entender que la flota ateniense dominaba el mar y podía ir a donde quisiera y cuando quisiera, y tal vez quisiera también consolidar su control en una zona que era vital para Atenas; por ahí pasaba, en efecto, el trigo de la Rusia meridional del que tenía necesidad la ciudad.

En nuestros días la idea de que la paz es un valor irrenunciable gana cada vez mayor fuerza porque el poder ha encontrado nuevos caminos aparentemente indoloros y totalmente incruentos para afianzarse: las grandes concentraciones de capitales, las subidas de la bolsa o las fusiones de sociedades. En aquel tiempo la conciencia de ser los más fuertes implicaba inevitablemente la determinación de conservar aquella fuerza y también de hacer uso de ella cada vez que se presentara una posibilidad de expansión. Era evidente que Atenas no podía desafiar a Persia en un conflicto frontal y que una expansión posterior en Tracia y Macedonia se hallaba llena de incógnitas por la presencia de un fuerte reino macedonio y de tribus tracias muy aguerridas y agresivas. El enfrentamiento con Esparta debió de parecer ineluctable para lograr la primacía.

Hay quien ha visto, en ciertos pasajes de la *Antígona* de Sófocles, que se representaba en aquellos años, una especie de advertencia contra la tendencia de conducir la ciudad a la ruina, o quizá sólo la expresión de una conciencia doliente: «Nada prospera en la vida del hombre sin que llegue el infortunio, la maldición y la ceguera...»; y también: «El mal parece un bien a aquel a quien un dios ha vuelto ciego». Pero acaso se trata sólo de intentos de encontrar entre los pensadores contemporáneos una forma cualquiera de reacción contra aquello que a nosotros nos parece correr hacia la propia ruina.

Los ciudadanos preferían escuchar a los sofistas, identificarse con su seguridad y su desenvoltura, creer en sus pretensiones de poder enseñar cómo conseguir el éxito en cada situación. Parece que Hipias de Élide y Gorgias de Lentinoi declararon estar en condiciones de responder a cualquier pregunta que se les hiciera a voz de pronto, de cualquier naturaleza que ésta fuese y versara sobre lo que versara. Además Hipias, una especie de Pico della Mirandola *avant la lettre*, asombraba al público con sus juegos intelectuales, como hacerse recitar cincuenta nombres y repetirlos acto seguido, uno tras otro, en la misma secuencia y sin cometer el más mínimo error. Los sofistas eran gente muy inquieta: buscaban de forma incansable el contacto con el público y estaban dominados por la manía de decir siempre y en cualquier caso cosas nuevas. Para ellos la tradición no tenía prácticamente sentido. Y esta actitud terminaba por contagiarse al teatro.

El nuevo astro de la escena, Eurípides, quizá también discípulo de Anaxágoras, poseía una enorme erudición y un orgulloso sentido de la propia inteligencia. En sus tragedias rompió decididamente con la tradición representando a los dioses como moralmente inferiores a los hombres e indagó en la psicología femenina como nunca antes lo había hecho nadie. Su Alcestes, que acepta morir en lugar del marido, es un personaje inolvidable, como asimismo Medea, Hécuba, Andrómaca y Fedra, llevadas a la escena durante el sangriento conflicto peloponésico; representan el lado más oscuro e inquietante de la guerra, el del callado y cruel sufrimiento de las mujeres.

Las palabras con que Tucídides inicia la narración de dicho conflicto tiene un tono sobrio y solemne: el propio de quien es consciente de que da comienzo a la descripción de un desastre de proporciones espantosas. No expresa nunca juicios personales, no se deja tentar por lo sobrenatural, por prodigios o por oráculos: se limita a exponer los hechos descarnados y en toda su crudeza en una prosa desnuda, esencial y carente de adornos.

Su admiración por Pericles es ilimitada: le ve como un caudillo grande y generoso, como un guía iluminado para su pueblo, para el que ha deseado la máxima libertad de que puede gozar una comunidad. Le ve como un patriota que ama apasionadamente su propia ciudad y un heroico combatiente por su grandeza. Tucídides se da cuenta de que Atenas ha emprendido un camino sin retorno en una serie de extenuantes conflictos contra su rival y de que la represión de todos los intentos de los aliados de liberarse de su yugo la han transformado en ciudad-tirana y abocada al destino que aguarda a todos los tiranos: la ruina. Pero no culpa de esto a Pericles ni a su liderazgo, ni al pueblo que se reúne en la Asamblea para deliberar; cree en una suerte de componente fatal inherente a la historia y a los avatares humanos: la *tyche*, la fortuna, una variable independiente que escapa al control de los humanos y que no tiene nada que ver con la existencia o inexistencia de los dioses. En el caso en cuestión, el enfrentamiento final entre Atenas y Esparta parecía inevitable, en cierto modo estaba en la lógica de las cosas.

No todos están de acuerdo con esta visión; verdaderamente los contemporáneos de Tucídides pensaban que la guerra podía no estallar, puesto que, como ya hemos visto, las iniciativas de Atenas, tanto en Italia como en Tracia, en modo alguno podían inquietar a los espartanos, que todavía tenían un interés territorial bastante circunscrito al área del Peloponeso.

«Epidamno es una ciudad que se halla a la derecha, según se entra navegando por el golfo Jónico [mar Adriático]...»: así comienza el relato, con una distanciada anotación de carácter geográfico. Epidamno se llama actualmente Durazzo [Durréis] y es una ciudad de Albania. En aquel tiempo era una colonia de Corinto, ciudad miembro de la liga peloponésica, aliada de Esparta. Los habitantes de Epidamno habían expulsado a los oligarcas que les dominaban proclamando la democracia, pero aquéllos se había aliado con los ilirios, antepasados de los modernos albaneses, y le habían puesto sitio.

Los habitantes de Epidamno, asustados, pidieron ayuda a Corcira; pero al no obtener ninguna respuesta recurrieron a Corinto, metrópolis (es decir, madre patria) de Corcira, que había aceptado, en cambio, ayudarles enviando a Epidamno un pequeño cuerpo de ejército que forzó el bloqueo (probablemente bastante relajado) de los oligarcas y de los ilirios. Los corcirenses esta vez reaccionaron inmediatamente y ordenaron a Epidamno expulsar al cuerpo de ejército corintio.

Las colonias eran desde siempre, y a todos los efectos, independientes de sus metrópolis, con las que mantenían de ordinario tan sólo relaciones de respeto formal, como, por ejemplo, ceder el turno a sus enviados en el caso de que estuvieran esperando consultar al oráculo de Delfos, y cosas por el estilo. Podían quedar lazos afectivos también importantes —como los que habían llevado a los atenienses en 494 a apoyar la revuelta de los jonios contra los persas—, pero siempre es difícil deslindar las razones de solidaridad étnica de los intereses económicos que también existían.

El hecho es que los epidamnios se guardaron mucho de obedecer y entonces los corciranos respondieron enviando la flota y el ejército para asediar su ciudad. Era un acto gravísimo de desafío que los corintios se aprestaron de inmediato a sofocar: en una iniciativa autónoma solicitaron la ayuda de Tebas, Mégara y Epidauro para castigar a Corcira. Los corcirenses esta vez se asustaron y mandaron una embajada a Esparta solicitando que convenciese a los corintios para que abandonasen su iniciativa. Amenazaron con que, de no producirse esto, se dirigirían a otras partes en busca de apoyo y ayuda; era evidente, aunque no lo mencionasen, que se referían a los atenienses. En realidad, en aquel momento los corcirenses no querían la guerra, sino únicamente salir de aquel berenjenal sin ver empañado su honor mediante los buenos oficios de Esparta, que, en efecto, trató de hacer entrar en razón a los corintios, pero sin resultado. En el punto en que se encontraban, éstos no querían echarse atrás y los espartanos pensaron probablemente que podían lavarse las manos y dejar que las cosas siguieran su curso.

Corintios y corcirenses se enfrentaron en una batalla naval en mar abierto, en la que los primeros sufrieron una grave derrota. Avanzaba la mala estación y las hostilidades fueron suspendidas, pero Corinto se preparó para la revancha reuniendo una flota imponente y formando un ejército poderoso. Esta vez los corcirenses se asustaron de veras y pidieron la ayuda de los atenienses con un discurso de lógica persuasiva que deja traslucir, de forma bastante evidente, el punto de vista de Tucídides: antes o después, el enfrentamiento entre las dos mayores potencias sería inevitable. Era como decirles a los atenienses que se alineasen ahora con Corcira, asegurándose una poderosa aliada y el apoyo de la segunda flota de guerra de Grecia. Si asistían a su destrucción sin mover un dedo, tendrían que luchar de todas formas contra los espartanos, pero ellos solos. Después de los corcirenses tomaron la palabra los embajadores de Corinto, quienes pusieron en guardia a los atenienses para que no se inmiscuyeran en un asunto que no era de su incumbencia y no adoptaran una postura que podía resultar extremadamente peligrosa.

Pericles sopesó las dos posturas con suma atención: no sentía ninguna simpatía por los corcirenses, que estaban ayudando a los oligarcas a ahogar una democracia, y sabía que si comprometía la paz con Esparta las consecuencias serían irreparables; convenció por lo tanto a sus conciudadanos para concertar con ellos una alianza de carácter defensivo que comprometía a Atenas a socorrer a Corcira sólo en el caso de que ésta fuera atacada o invadida.

Los corintios, lejos de sentirse intimidados por aquella elección, se comprometieron todavía más en la preparación de su expedición de castigo y, con la vuelta de la primavera, se presentaron en el mar Jónico con la flota en formación de combate, flanqueada por los contingentes de Mégara y de Ambracia, y aprestaron una base naval en un lugar inquietante: el cabo Quimerio, en las cercanías de la desembocadura del Aqueronte y del oráculo de los muertos de Efira. En las proximidades de las islas Síbotas se produjo el enfrentamiento con la escuadra corcirense, a la que se habían sumado diez naves áticas, una contribución poco más que simbólica, pero significativa. Superiores en número, los corintios vencieron, pero los atenienses no se involucraron en ningún momento en el combate, limitándose a socorrer a los náufragos. La batalla duró toda la jornada y, cuando hacia el atardecer, pareció que los corintios podían desembarcar en la isla de Corcira, los atenienses mandaron otras veinte naves de refuerzo que les obligaron a replegarse. Los corintios protestaron también ante los espartanos, pero la cosa no tuvo consecuencias apreciables. En compensación los atenienses reforzaron su alianza en Sicilia y en Italia con Rhegion y Leontinoi, que eran enemigas de Siracusa, colonia de Corinto.

Atenas había salido bien parada de este peligro, pero el éxito sustancial obtenido con facilidad probablemente la enorgulleció más de lo debido y la convenció de que no tenía ya que temer a ningún rival. Su primera decisión fue castigar a Mégara so pretexto de que había cercado y cultivado tierras sagradas pertenecientes al santuario ático de Eleusis. Decretó el embargo de todas las mercancías megarenses, a las que se les prohibía la entrada en todos los mercados tanto de Atenas como de la liga de Delos. Para la pequeña ciudad, que vivía del comercio, era la ruina. Amenazados en sus intereses vitales, los megarenses se dirigieron a Esparta pidiéndole que interviniera para levantar el embargo.

El comediógrafo Aristófanes, que años después representó satíricamente el drama de la guerra peloponésica, evocaba así aquellos momentos previos:

> Algunos jovenzuelos borrachos en el cótabo* fueron a Mégara y raptaron a una puta, Simeta. A continuación los megarenses, excitados por la rabia como por una dieta de ajo raptaron a dos putas de Aspasia. Y por eso estalló la guerra para todos los griegos: por dos putillas. Desde ese momento el Olímpico Pericles se puso a echar rayos, a tronar ... y mata de hambre a los megarenses...

La alusión vulgar a Aspasia no hacía sino hacerse eco de una habladuría finalmente aceptada también por Plutarco, según la cual la mujer de Pericles instruía y explotaba a jóvenes cortesanas.

Un tercer acontecimiento de no menor gravedad llevó la situación al límite del colapso. Potidea era una ciudad de la península calcídica, miembro de la liga de Delos pero colonia de Corinto, que todos los años recibía a sus magistrados de la metrópolis: Atenas la instó a expulsar a los magistrados corintios y a derribar el muro que había edificado hacia la península de Palene. Potidea se dirigió de inmediato a su madre patria, Corintio, y, mientras, se dedicó a buscar ayuda en el territorio circundante, incluso ante el

* Era un juego que se practicaba mientras se bebía: el resto de la copa se arrojaba a un recipiente de metal y se hacían adivinanzas por el sonido. (*N. del T.*)

rey Perdicas de Macedonia, que en un primer momento pareció ponerse de su parte.

Era un insulto demasiado grande para los corintios, que esta vez solicitaron una reunión oficial de la liga peloponésica con la crisis entre Corinto y Atenas, ya en su apogeo, en el orden del día. Esparta, que habría querido mantener la paz, no pudo echarse atrás y garantizó que si los atenienses tocaban Potidea entrarían en guerra. Entretanto Corinto envió de refuerzo a la ciudad un contingente de tropas, preparándose para el ataque ateniense que no iba a dejar de producirse. Los atenienses tal vez continuaban haciéndose ilusiones de poder debilitar a Corinto sin tocar a Esparta, y según parece enviaron a Esparta un embajador para buscar alguna forma de acuerdo. El embajador no llegó nunca a su destino y el toma y daca de acusaciones que siguió no llevó a arrojar luz sobre la intriga, que sigue todavía hoy sin ser esclarecida.

En este período, entre 433 y 432, se desarrolló también en Atenas un movimiento de oposición a Pericles muy enérgico, que culminó en una serie de ataques que afectaron a las personas más próximas a él, pero sin conseguir aislarle. Anaxágoras de Clazómenas, su maestro y mentor, fue acusado de impiedad por su teoría del *nous*, es decir, de la mente universal que gobernaba el mundo, en la que se podía ver una negación de la existencia de los dioses. La acusación era muy grave y comportaba la pena de muerte. Pericles no pudo hacer nada por salvarle, pero es bastante probable que le ayudara a escapar a Lampsaco, una ciudad de Asia Menor próxima a los estrechos.

Tal vez asombre al lector moderno que en una democracia radical como la ateniense de aquel entonces alguien pudiera ser condenado a muerte por delitos de opinión o por convicciones de carácter filosófico, pero hay que tener presente que el sistema democrático se refería tan sólo a las relaciones entre los ciudadanos; la relación de la ciudad con los dioses era cosa muy distinta. Hay que recordar que aquellos ciudadanos se sentaban en el teatro para asistir al *Edipo rey* de Sófocles, en el que la ciudad de Tebas era asolada por la peste debido al sacrificio de su rey, que había dado muerte a su padre y se había unido en matrimonio con su madre. Bastaba con que un «recopilador de oráculos», como ese Diopites que atacó a Anaxágoras, consiguiera espantar lo suficiente al jurado como para obtener un veredicto de condena. La democracia no libra del miedo ni de lo irracional.

Es significativo el episodio, citado por Plutarco, en el que un ciudadano llevó a Pericles, de una de sus fincas campestres, la cabeza de un carnero con sólo un cuerno en medio de la frente. El adivino Lampón pronunció un vaticinio diciendo que de los dos poderes que había en la ciudad —el de Pericles y el de su adversario Tucídides, alguien que nada tiene que ver con el historiador— no quedaría más que uno, es decir, el de Pericles. Anaxágoras, en cambio, abrió la cabeza del carnero para examinar su interior y atribuyó el fenómeno a una anomalía del cerebro.

Pero no había acabado ahí la cosa: se lanzó una segunda y doble acusación contra Aspasia, que fue llevada a juicio por impiedad y por proxenia, es decir, por alcahuetería. No sabemos de dónde pudo partir la acusación de impiedad, pero, por lo que se refiere a la segunda, se decía que Aspasia había organizado festines en los que invitaba a mujeres de condición libre a encuentros eróticos con Pericles. Hechos de este género son hoy bastante comunes y, si no son instrumentalizados por la oposición o los adversarios directos, por regla general no perjudican demasiado a los políticos; pero en la época de Pericles sólo las prostitutas o las hetairas podían participar en fiestas privadas y en juegos eróticos, por lo que convencer a mujeres de familia y de condición libre de hacer lo mismo era un delito muy grave porque suponía un atentado contra la integridad de la sociedad y de la familia, que constituía su base.

Por otra parte, para un hombre de excepcionales responsabilidades, a la hora de buscarse solaz, una fiesta privada con auténticas señoras debía de ser infinitamente más excitante. No es difícil pensar además que esta segunda acusación pudiera tener un fundamento de verdad, y sin duda Aspasia era lo bastante desinhibida y de amplias miras como para querer gratificar a su hombre también en esto. Sea como fuere, Pericles la defendió personal y apasionadamente ante el jurado recurriendo a todo su carisma y sin escatimar siquiera las lágrimas.

Las cosas fueron peor para Fidias, amigo íntimo también de Pericles y objeto de envidias terribles por parte de sus colegas que le sabían destinatario de pingües comisiones y de la ejecución de obras que, como bien sabemos, le darían la inmortalidad. Le acusaron de malversación en la construcción de la estatua de marfil y oro de Atenea en el Partenón. Pero Fidias, por consejo del mismo Pericles, había tomado la precaución de hacer pesar las partes de oro de la estatua antes de su montaje, por lo que pudo hacerla desmontar y demostrar así que el peso no había variado (al parecer desde entonces la operación de control del peso se realizó anualmente). Parece que se le acusó asimismo de un delito que nosotros calificaríamos de «culto de la personalidad», con una expresión en uso en los países regidos por dictaduras: se habría retratado a sí mismo y también a Pericles entre los personajes representados en el escudo de la diosa. Es evidente que debió de haber alguna cosa más que nuestras fuentes, en las que se cuenta que Fidias murió en prisión de enfermedad, no aclaran.

Pericles afrontó casi en solitario la responsabilidad y los formidables desafíos de la gran guerra. La pérdida de algunos de sus amigos más queridos, de las mentes más preclaras de su entorno, debieron de afectarle profundamente, como un triste presagio.

En 432, un ejército ateniense de cincuenta mil hombres y setenta naves de guerra tomó rumbo para Calcídica y puso sitio a la ciudad de Potidea. Entre los soldados que defendían las trincheras que rodeaban la ciudad se hallaba el joven Sócrates y un jovencísimo nieto de Pericles que había de convertirse en uno de los protagonistas de la política de Atenas. De gran apostura, burlón, cínico y anticonformista, personificaría la crisis de valores del mundo de las polis. Se llamaba Alcibíades.

Los espartanos no podían echarse ya atrás: la guerra estaba de hecho en fase de desarrollo, aunque el gobierno de la ciudad y los órganos directivos de la liga no la habían hecho todavía oficial. Se llegó a aquella situación a través de una compleja sucesión de movimientos que perseguían la implicación del oráculo de Delfos. Los espartanos lo habían consultado ya y la Pitia les había incitado a la guerra. Tal vez se decidió este tipo de aproximación para crear una forma de «excomunión» de los atenienses también en el plano sacro-religioso. Durante el invierno de 432, los espartanos enviaron una embajada a Atenas solicitando la expulsión de los descendientes de los Alcmeónidas (¡y por tanto de Pericles!) que se habían manchado las manos en la masacre de los partidarios de Cilón en la Acrópolis un siglo antes.

Los atenienses respondieron que también los espartanos habían mancillado su honra con un sacrilegio dejando morir a su regente Pausanias en un lugar sagrado y les reprocharon haber masacrado a un grupo de ilotas que durante una revuelta habían buscado refugio en el templo de Poseidón, en el cabo Tenaro. No eran más que escaramuzas. Poco tiempo después los espartanos mandaron un ultimátum propiamente dicho pidiendo que se levantara el embargo a Mégara y el asedio a Potidea y que se devolviera la independencia a Egina. Los atenienses respondieron reafirmando sus razones y los espartanos enviaron otra embajada en la que afirmaron querer la paz y que la mantendrían si los atenienses respetaban la autonomía de los griegos.

Habitualmente estas palabras se interpretan como un ultimátum inaceptable con el que se ordenaba disolver la liga de Delos, pero acaso se trata de una interpretación arriesgada. Los espartanos no habían pretendido nunca nada semejante y no se comprende por qué hubieran tenido que hacerlo ahora, a pesar de todo. Los repetidos intentos de hacer entrar en razón primeramente a los corintios y corcirenses y ahora a los atenienses hacen pensar que los espartanos se dieron perfecta cuenta de las consecuencias de un conflicto global y que deseaban evitarlo a pesar de que la mayoría de su asamblea, la Apella, se había declarado favorable a la guerra. La Apella no tenía poder deliberativo; estaba constituida por los «Iguales», los guerreros espartiatas que obviamente obedecían ante todo a su código de honor. El gobierno de la ciudad, y el prudente rey Arquidamo en particular, debieron de tratar de evitar lo peor y muy probablemente se hubieran contentado con que Atenas retirase el bloqueo comercial a Mégara.

Por desgracia el curso de los acontecimientos forzó su mano: los tebanos atacaron sin previo aviso Platea, ciudad beocia aliada desde siempre con Atenas, dando comienzo de hecho a las hostilidades, y, por otra parte, Atenas rechazó desdeñosamente todas las peticiones de los espartanos.

Llegados a este punto, no se podía sino pasar de las palabras a las armas, y en la primavera del 431 Arquidamo, jefe supremo de las tropas peloponésicas, a la cabeza de un ejército de cerca de veinticinco mil hombres (sesenta mil según Plutarco), invadió el Ática. Es evidente que los atenienses se sentían tan fuertes, tan ricos y tan bien defendidos por el formidable sistema de las Largas Murallas que creyeron poder entrar en guerra convencidos de la victoria. Hay que tener en cuenta asimismo que su participación marginal en el conflicto corintio-corcirense les había hecho conscientes, aunque sólo fuera por pura necesidad, de su enorme superioridad técnica y táctica por mar. Eran los únicos en poseer en grado máximo la habilidad de maniobra en la batalla que permitía a sus naves moverse como arietes, espoleando y causando graves daños a las unidades enemigas o hundiéndolas con toda su tripulación, sin aceptar nunca las maniobras de enganche y el enfrentamiento de puente a puente entre las diferentes secciones, como todavía hacían los demás.

Acaso pensaron que Esparta era pobre y que, aparte de Corinto, ya cansada del conflicto corcirense, no habían en la liga peloponésica ricas ciudades mercantiles en condiciones de invertir grandes recursos en gastos militares. Se equivocaban, y es lícito suponer que no debieron de tener en cuenta la eventualidad, luego puntualmente verificada, de que los dos riquísimos santuarios, el de Olimpia en Élide y el de Delfos en Fócide, financiaran la guerra para la liga peloponésica. Por si fuera poco los espartanos tenían en Sicilia un poderoso aliado en Siracusa, colonia dórica, la ciudad más rica y poderosa entre las fundadas por los griegos en Occidente. Ya hemos visto que en tiempos de las guerras persas los griegos habían pedido a Siracusa que se alineara de su lado, pero el tirano Gelón quiso a cambio el mando supremo de la flota aliada, por lo que la cosa acabó en nada. Ahora Esparta pedía incluso quinientas naves de combate y otras ayudas, pero Atenas consiguió durante un cierto período mantener activa la hostilidad de Rhegion y de Leontinoi impidiendo la peligrosa entrada siracusana en el escenario de la guerra.

Pericles, tras haber previsto el movimiento del enemigo, hizo evacuar el Ática y reunió a toda la población dentro de las murallas de la ciudad; y mientras Arquidamo devastaba los campos y quemaba los olivos y viñedos, la flota ateniense salió de alta mar y bajó haciendo el corso a lo largo de las costas del Peloponeso sometiendo a hierro y fuego a las localidades marítimas. Los atenienses sabían de los contactos secretos entre Egina y Esparta, y por lo tanto desembarcaron en la isla, expulsaron a la población y establecieron allí una colonia militar propia. Los eginetas fueron acogidos por los espartanos en una localidad llamada Tirea.

El primer año de guerra terminó de hecho en nada, mientras Potidea seguía resistiendo. Pericles celebró las solemnes exequias de los caídos en combate y pronunció el famoso discurso (el «Elogio fúnebre») que Tucídides reproduce en una de las páginas más intensas y emocionantes de toda su obra. Atenas es escuela de la Hélade y del mundo entero, es un baluarte de democracia y de libertad; sus instituciones permiten el desarrollo de la personalidad del hombre y de su dignidad dejando de lado su origen social y su posición económica. En este discurso está también la justificación de la guerra, que es un enfrentamiento entre dos sistemas y dos ideologías.

A la primavera siguiente Arquidamo invadió el Ática por segunda vez y avanzó hasta casi los mismos muros de Atenas, pero fue repelido por un enemigo mucho más temible que cualquier guerrero: ¡la peste! Traída por una nave que venía de Egipto o de Siria, la epidemia encontró fácil acicate para propagarse en la población hacinada en el interior de la ciudad en unas condiciones higiénicas precarias y en plena canícula estival. El efecto fue devastador y no faltó quien recordase al dios de Delfos, que, consultado por los espartanos acerca de si debían o no emprender la guerra, había respondido que si ponían el máximo empeño en ello él mismo les ayudaría. ¡Y de qué manera tan impresionante recordaba la peste a aquélla desencadenada por Apolo en el campamento aqueo durante la guerra de Troya!

Pericles no dio su brazo a torcer pese a verse ásperamente criticado incluso desde dentro, y no salió a enfrentarse a Arquidamo, que había avanzado hasta el Laurión para saquear las minas de plata. Entonces preparó la flota y se dirigió a atacar varias ciudades del Peloponeso y a devastar los campos; la pequeña ciudad de Prasia fue tomada y saqueada. Cuando volvió a Atenas, los espartanos se habían marchado, tal vez asustados por las siniestras columnas de humo negro que se alzaban del interior de la ciudad donde de continuo ardían los cadáveres en las piras.

La situación estaba en tablas: preciso era desbloquearla de algún modo, y probablemente Pericles pensó en asestar un golpe definitivo en el norte, donde Anfípolis resistía aún, enviando a cuatro mil hoplitas con máquinas de guerra. Fue una pésima idea: el cuerpo de ejército incubaba la peste y cuando llegó fueron contagiadas también las personas sanas que se encontraban en el lugar. El comandante, tras haber perdido una cuarta parte de sus hombres en poco más de un mes, decidió retirarse, mientras el resto del ejército mantenía el bloqueo de Anfípolis, que finalmente cayó después de algunos meses.

Desmoralizados, extenuados por las enfermedades y por la guerra, los atenienses se rebelaron contra Pericles y le destituyeron amenazándole también con una multa. Entretanto la peste se había llevado a su hermana, a los parientes y amigos más queridos, incluido su hijo Jántipo. Cuando enfermó y murió también el más joven, Páralo, el último de sus hijos legítimos, el gran estadista que hasta aquel momento había resistido al infortunio con una entereza increíble y que nunca había llevado luto o se había abandonado al llanto, se abatió sollozando sobre el cuerpo exánime del muchacho y contrajo él mismo la peste.

Pero Atenas se sentía huérfana sin Pericles y al año siguiente, 429, una delegación se dirigió a donde él se encontraba (iba también en ella su sobrino Alcibíades) para implorarle que retomara las riendas de la ciudad. Le encontraron extenuado, roto, la barba sin cuidar, y le pidieron que aceptara la elección a estratego. Pericles aceptó, pero el mal le consumía ya lentamente. Hizo abolir la ley que reconocía la ciudadanía sólo a aquel cuyos dos padres fueran atenienses a fin de que también su hijo Pericles, tenido con Aspasia, pudiera ser ateniense: fue la única vez que utilizó su poder y su influencia para someter la ley a una conveniencia personal. Su constitución fortísima no hizo sino prolongar su agonía, pero se daba perfectamente cuenta de que estaba condenado. Las mujeres de casa le convencieron de que llevara un amuleto en torno al cuello y, cuando un amigo fue a verle, él le dijo señalándolo: «Muy mal debo de estar cuando soporto estas estupideces». Moría así, con la amarga sonrisa de la ironía en los labios, uno de los hombres más grandes de todos los tiempos, el artífice de una época irrepetible de grandeza, libertad y esplendor.

Tras la muerte de Pericles, la guerra se prolongó con períodos de calma chicha y de llamaradas repentinas de reanudación, mientras la escena política era ocupada por un nuevo líder llamado Cleón. Aborrecido por Tucídides, que lo presenta siempre como un demagogo irresponsable, fue en realidad un hombre de notable coraje e inteligencia, aunque indudablemente con carencias en cuanto a equilibrio, realismo y sentido de la medida. Los espartanos continuaron invadiendo el Ática prácticamente todos los años, sembrando la devastación con el fin concreto de minar la economía de su rival, pero evidentemente el control del mar permitía a Atenas mantener tanto las entradas del propio comercio como los ingresos de los tributos de la liga, que Cleón llevó a un techo de mil cuatrocientos sesenta talentos, una suma enorme incluso calculando una cierta tasa de inflación.

Cuando una ciudad intentaba rebelarse la respuesta era tremenda: le tocó a Mitilene, en la isla de Lesbos, que se separó de la liga en el año 428. Al siguiente fue tomada al asalto y Cleón propuso pasar por las armas a todos los varones adultos y vender como esclavos a mujeres y niños. Por suerte fue aprobada una moción más racional, pero la ciudad tuvo que derribar las murallas, hacer entrega de la flota, pagar una fuerte indemnización y ceder buena parte de sus propios terrenos a colonos militares atenienses. Sin embargo, ésta fue una pobre satisfacción: casi al mismo tiempo espartanos y tebanos tomaron la pequeña y fiel Platea y la destruyeron y masacraron a la población. Los atenienses respondieron con un brillante golpe de mano, digno de un gran jugador de ajedrez. Toda la operación fue de tal alcance y tan excepcional por los procedimientos empleados que bien vale la pena contarla en detalle.

El almirante ateniense Demóstenes, que cruzaba por la parte baja del río Jonio con una escuadra de unas cincuenta naves, sorprendido por un temporal buscó refugio en la bahía de Navarino, resguardada hacia mar abierto por la isla de Esfacteria. (Desde el norte se extiende un promontorio a cuyo pie en los años treinta la misión de Karl Blegen excavó los restos de un palacio micénico atribuido al héroe homérico Néstor.) Trató entonces de convencer a sus colegas Eurimedonte y Sófocles para fortificar aquella localidad, porque podía tener un valor estratégico formidable, pero ellos le respondieron que, si quería tirar el dinero de los atenienses, el Peloponeso estaba lleno de promontorios igual que aquél y abandonaron el lugar. Demóstenes, que había recibido un mandato personal de la ciudad, se quedó y con sus hombres aprovechó su estancia en ella para fortificar el promontorio que se extendía hacia Esfacteria. Como no tenían herramientas con que cortar la piedra, emplearon la técnica de la hormaza uniendo las piedras con arcilla (que llevaban en pellas directamente sobre la espalda, sosteniéndolas con las manos entrelazadas por detrás). Su plan consistía en crear un enclave en territorio espartano donde atraer a los mesenios y tal vez también a los ilotas, desde siempre rebeldes y recalcitrantes; en suma, una auténtica espina clavada en el flanco de la unidad peloponésica. Una vez que el fuerte fue restaurado, el grueso de la flota se dirigió hacia Zacinto, y Demóstenes se quedó en su reducto con cinco naves y unos pocos cientos de hombres. Varó las naves en la costa fuera de la bahía y las rodeó con una trinchera y una empalizada.

Los espartanos por un tiempo se lo tomaron con calma, pensando que, en cualquier caso, aquel puñado de desesperados tenía los días contados, y a continuación se decidieron a lanzar el ataque por la parte del mar. Desembarcaron un contingente de poco más de cuatrocientos hombres en la isla y alinearon en los dos canales que separaban la isla del continente —al sur y al norte— naves encadenadas con la proa vuelta hacia mar abierto, por donde podía llegar la flota ateniense. Tucídides, casi siempre muy exacto, da aquí una noticia difícil de creer: según él el canal meridional no permitía el paso más que de ocho o nueve naves, cosa que es imposible. Actualmente éste tiene un ancho de más de un kilómetro y veinticinco siglos atrás la situación debía de ser más o menos idéntica.

Los espartanos, de todas formas, tuvieron que intentar bloquear la bahía alineándose en los dos canales, al norte y al sur de la isla de Esfacteria, y acto seguido desembarcaron un contingente también en tierra firme con el que se aprestaron a atacar la fortaleza. Otra escuadra naval bajo el mando de Brásidas, un oficial que había de distinguirse mucho a continuación, intentó el desembarco por la parte de mar abierto. Pero, gracias a una escollera, los atenienses, con unas pocas docenas de hoplitas, consiguieron impedir el desembarco. El mismo Brásidas cayó herido de gravedad y mientras perdía el sentido dejó caer el escudo, que terminó en manos de los enemigos, vergüenza tremenda para un espartano, convertida dos siglos antes en paradigmática por un famoso y burlón verso de Arquíloco, que escribía:

> Algún sayo alardea con mi escudo, arma sin tacha,
> que tras un matorral abandoné, a mi pesar.
> Puse a salvo mi vida. ¿Qué me importa el tal escudo?
> ¡Váyase al diablo! Ahora adquiriré otro no peor.

Demóstenes envió una de sus naves a Zacinto para pedir ayuda y la flota ateniense se presentó sin tardanza: provocó a la flota enemiga, la derrotó y, dejando aislada la defensa que estaba en la isla de Esfacteria, penetró en la rada. Había allí otras naves peloponésicas varadas en la playa y sin sus tripulaciones, y los atenienses las engancharon con unos garfios a fin de remolcarlas hasta alta mar. Tras un largo —todo hay que decirlo— tira y afloja, los atenienses lo dejaron correr y se alejaron de la costa, pero bloquearon los canales y rodearon la isla. Los sitiadores se habían convertido en sitiados. Jaque mate.

Los espartanos negociaron en este punto una tregua, aceptando entregar las naves que les habían quedado, a cambio de la autorización para, bajo control ateniense, avituallar a sus soldados bloqueados en Esfacteria de harina, vino y carne en las cantidades que fueran previamente establecidas, es decir, unas raciones de hambre. La tregua seguiría en vigor hasta que la embajada que habían enviado a Atenas hubiera obtenido un tratado de paz. La embajada llegó con el evidente mandato de conseguir la paz incluso a un precio muy alto: para el gobierno espartano la vida de sus soldados atrapados en Esfacteria no tenía precio. A tan sólo cincuenta años de la masacre de las Termópilas, el sacrificio de un número claramente inferior a aquellos trescientos debía de parecer de todas formas demasiado serio, lo que nos da la medida de lo mucho que debía de pesar ya en Esparta el problema demográfico.

Cleón no hizo sino aumentar la apuesta pensando que, en caso de que capturase vivos a los hoplitas de Esfacteria, su prestigio aumentaría enormemente y podría imponer condiciones de paz todavía más favorables a Atenas. Pidió, nada menos, que la guarnición espartana de la isla se entregase desarmada para ser llevada a Atenas como garantía y, además, que los espartanos entregaran Nisea, puerto de Mégara en el golfo Sarónico, Pegas, Trecén y Acaya, que Atenas había perdido como consecuencia de las derrotas sufridas en el transcurso de la guerra. Eran condiciones absurdas y, sin embargo, los espartanos aceptaron negociar, pero solicitaron una comisión bilateral reducida para discutir los diferentes puntos del acuerdo. Dicho en otras palabras, querían una sede reservada para debatir un tratado en el que las mercancías de cambio eran comunidades enteras y estados que se habían puesto bajo su protección en el curso del conflicto: por lo menos, si las negociaciones no llegaban a buen término, una verdad tan embarazosa permanecería como materia reservada.

Cleón les acusó de querer recurrir a subterfugios, de no querer discutir la cosa sin tapujos delante de la Asamblea. Era demasiado: los espartanos volvieron furibundos a Pilos y reanudaron las hostilidades, desencadenando un ataque tras otro contra la fortaleza del promontorio. Los atenienses, por su lado, enviaron otras veinte naves, elevando así su número a setenta. De día dos de ellas patrullaban la costa este y la costa oeste de Esfacteria navegando en sentido contrario. De noche las setenta se disponían en torno a la isla. Sólo en caso de mar gruesa permanecían en la rada a lo largo de la costa oriental. En aquellas condiciones, sin embargo, los ilotas, atraídos por la promesa de libertad y de recompensas en metálico, desembarcaban en la isla, aprovechando que las naves atenienses no conseguían resistir el amarre, y llevaban vino, pan, queso, o incluso atravesaban a nado la bahía o uno de los canales acarreando odres llenos de víveres.

Aquello iba para largo, porque el mando ateniense, evidentemente, había calculado que la guarnición de Esfacteria, sin agua ni víveres, acampada en un lugar salvaje y bebiendo agua salada, no lograría resistir mucho más. Y también para los atenienses la situación era crítica: la única fuente se hallaba en el interior de la plaza fuerte de Pilos, sobre el promontorio, y el aprovisionamiento en aquel lugar tan fuera del alcance de la mano era poco menos que imposible. Mientras tanto se acercaba la mala estación: si la isla no caía antes del invierno, la flota no podría ser ya avituallada por mar, cosa ya de por sí muy difícil con tiempo favorable. La situación estaba en tablas y Cleón se encontraba en una situación difícil: por haber ambicionado demasiado corría el riesgo de perderlo todo. Hizo responsable de todo lo ocurrido al comandante de la fuerza de Pilos, Nicias, tachándole de incapaz y de falto de determinación. Nicias, viéndose directamente implicado, expuso las enormes dificultades ambientales en las que había que actuar y desafió a Cleón a tomar él aquella maldita isla si era capaz de hacerlo.

Cleón atrapó la oportunidad al vuelo y se hizo conferir el mando de las operaciones, pero tuvo el buen tino de asociarse en el mando con Demóstenes, que estaba ya en el puesto, y tan pronto como estuvo preparado con nuevos refuerzos, se dirigió hacia la bahía de Navarino.

Entretanto Demóstenes estaba preocupado porque el tupido manto boscoso de la isla escondía al enemigo: no se sabía cuántos eran y, por más que hubiera hecho un cálculo sobre la base de las raciones de supervivencia que les proporcionaban durante la tregua, en realidad no tenía idea de la solidez ni del desplazamiento de las fuerzas enemigas. Pero, un buen día, algunos de los soldados atenienses que habían ido de avanzadilla a la isla, mientras se hallaban ocupados en cocinar, prendieron involuntariamente fuego a la vegetación, y todo el bosque, con el soplo del viento, se transformó en una hoguera. Cuando el incendio se apagó la situación pareció clara: había dos fortines, uno al norte y otro al sur, y los espartanos eran más numerosos de lo que se creía. Entretanto, llegó Cleón e hizo entregar a los héroes defensores de Esfacteria un ultimátum: rendición inmediata y sin condiciones. Obviamente obtuvo una negativa. No quedaba más solución que un ataque decidido. Aquella misma noche Demóstenes desembarcó un «comando» de incursores armados con armamento ligero, tropas especiales que estaban adquiriendo experiencia sobre el terreno en aquellos años.

Éstos se arrastraron en la oscuridad hasta el fortín que defendía la parte meridional y antes del amanecer irrumpieron en él: los espartanos, una treintena en total, fueron exterminados antes incluso de que tuvieran tiempo de echar mano a las armas. Inmediatamente después Demóstenes hizo desembarcar a todos los hombres de que disponía y hasta a las tripulaciones de las naves, los dividió en pequeños grupos y los situó en los lugares más elevados. A continuación atacaron el fuerte más grande, el que defendía la punta norte.

Los espartanos, bajo el mando de un heroico oficial llamado Epitadas, se defendieron como leones, en formación cerrada, cargando y retrocediendo de continuo. Pero desde todas partes los enemigos les dispararon con flechas, jabalinas y piedras, durante horas y horas, diezmándolos lentamente, sin aceptar nunca el choque frontal, hasta que los supervivientes se encontraron, exhaustos, ensagrantados, cubiertos de hollín y de sudor, completamente rodeados. Su comandante estaba ya muerto.

Desmoralizados, psicológica y físicamente destruidos, los escasos supervivientes pidieron poder recibir instrucciones de su mando en tierra firme. La respuesta fue que podían decidir por su cuenta con tal de que no llevaran a cabo acciones vergonzosas y ellos, pensando que salvar la vida después de haber sido derrotados hasta la extenuación no era una acción deshonrosa, hicieron lo que nunca antes unos hoplitas espartiatas habían hecho: se rindieron dejando caer los escudos y levantando las manos, como se hace aún hoy en señal de rendición. Doscientos noventa y dos hoplitas, de los cuales ciento veinte eran espartiatas, fueron capturados vivos por primera vez en la historia, por lo que hoy sabemos. Había concluido una operación rocambolesca, en la que los contendientes se jugaron el todo por el todo y en la que se utilizaron técnicas de combate hasta entonces nunca experimentadas, que habían de cambiar profundamente el modo de hacer la guerra.

Aquello causó una enorme impresión, pero los espartanos se negaron a negociar un rescate. El ejército de tierra partió dejando Pilos en manos atenienses y aquel año los espartanos no invadieron el Ática.

Pasaron otros dos años de éxitos y reveses para ambos bandos. Los atenienses llevaron a cabo acciones en Sicilia y en Grecia y ocuparon el puerto oriental de Mégara —el que daba al golfo Sarónico— forzando a la rendición de la defensa peloponésica. Hacia el año 424, los espartanos realizaron una inesperada maniobra de distracción enviando un cuerpo de ejército a Calcídica bajo el mando de Brásidas, el más valeroso e inteligente de los jefes espartanos de aquel período. Con un golpe de mano éste consiguió tomar Anfípolis sin que la escuadra ateniense, fondeada en el puerto de Tasos y bajo el mando de Tucídides de Oloro, pudiera impedírselo. El oficial ateniense (y nuestra fuente para estos acontecimientos) consiguió impedir por sí solo que también Eyón cayera en manos enemigas. Reclamado desde la patria y procesado, Tucídides fue condenado a veinte años de destierro, y había de ser aquel destierro la causa de que se escribiera la obra histórica más grande de la Antigüedad.

En Anfípolis, Brásidas fue condescendiente y dejó a los habitantes la elección de abandonar el lugar en el espacio de cinco días o quedarse, conservando los derechos de ciudadanía. Por eso, fue recordado como un héroe y recibió grandes honores. El éxito de Brásidas indujo a muchas otras ciudades de la zona a rebelarse contra Atenas, la cual respondió en el año 422 con el envío de un cuerpo de ejército mandado por Cleón. Los dos ejércitos se enfrentaron ante los muros de Anfípolis y los atenienses se llevaron la peor parte. El propio Cleón murió, pero, en el transcurso de la misma batalla, le siguió a la tumba Brásidas, que por ironías del destino fue uno de los poquísimos caídos que hubo que lamentar por parte espartana. La desaparición de los dos principales adversarios y la sensación de abatimiento después de diez años de guerra ininterrumpida indujeron finalmente a los contendientes a la paz. Se estipuló un tratado cinquentenal sobre la base del *statu quo*. Cada uno de los dos contendientes restituyó al otro las conquistas realizadas en el curso de la guerra. Se había luchado durante diez años de conflicto sangriento, devastador; total, para nada.

18 de noviembre de 1999

Finalmente he podido volver a ver a Kostas después de meses de hablarle solamente por teléfono. No ha sido agradable; es eviden-

te que su dignidad le impedía quejarse o cargar sobre mí sus problemas. He ayudado a la muchacha kosovar a darle un baño, tarea nada fácil, pero igualmente me ha gustado hacerlo. Me parecía que la providencia o el destino, comoquiera que queramos llamarle, me había concedido el poder lavar a mi padre que no tengo ya, dispensarle todavía un servicio.

Le hemos dado un masaje con alcohol y seguidamente con una crema preparada por la muchacha con una receta suya ilírica. Le hemos peinado y perfumado, así como puesto un pijama nuevo con la pochette *de seda azul que a él le gusta. Y luego, finalmente, el café y el cigarrillo. Su lucidez es impresionante: si el resto de su organismo fuera como su mente podría ir en bicicleta.*

—Me ha sentado mal escuchar este capítulo —dice.

—Me lo imaginaba. También he hecho mal en escribirlo. Ya sabes cómo soy: no consigo tener una actitud totalmente distanciada.

—Bueno, si es por eso, no lo conseguía ni el mismísimo Tucídides: ve con muy buenos ojos a Pericles, le cae simpático Nicias y le tiene una tirria tremenda a Cleón.

—Tucídides estaba convencido de que fueron los demagogos como Cleón quienes llevaron a Atenas a la ruina y no anda del todo equivocado.

—¿Por qué, Pericles no? Fue él quien desencadenó la guerra del Peloponeso. Los espartanos trataron de evitarla por todos los medios.

—No debes olvidar que Pericles no es un tirano y ni siquiera el jefe de un gobierno: cierto que hizo todo lo posible para que sus mociones fueran votadas, pero al final era siempre el pueblo el que tenía la última palabra. Pericles pensaba seguramente que tenía que resolver el problema con Esparta de una vez por todas. Pero hacer la guerra era normal para los griegos y también para los atenienses. No había nada más normal y puede decirse que había una guerra, o más de una, todos los años. Nosotros la vemos a posteriori: para nosotros es «la guerra del Peloponeso», que es como decir «la primera» o «la segunda guerra mundial».

Pero Pericles no podía saber que estaba a punto de dar comienzo a la guerra del Peloponeso: para él era un conflicto como tantos otros, la manera más directa y económica de resolver un problema de política exterior y de relaciones internacionales. Y no sabemos qué habría sucedido de haber vivido: tal vez le habría puesto fin, tal vez habría hechos cálculos distintos... Además, es imposible decirlo: la historia de los «si» y de los «pero» no es posible escribirla. Lo único cierto es que Cleón hubiera podido terminar la guerra mucho antes y de modo favorable y en cambio al final lo arruinó todo... Quiso tirar demasiado de la cuerda.

—Una cosa que no consigo entender es cómo en la Antigüedad los papeles estaban invertidos: unos demócratas como los atenienses son los partidarios de la guerra, mientras que unos conservadores oligarcas como los espartanos siempre buscan la paz. ¿Cómo se explica eso?

—En mi opinión, no tiene otra explicación que la que habrían dado los sofistas, que tan simpáticos te caen: la gente obra de acuerdo con su conveniencia, la ideología no cuenta. En otras palabras, la guerra significaba para los atenienses salarios que iban a parar a los remeros de la flota, encargos para los astilleros navales, para los fabricantes de armas y para los proveedores de géneros alimentarios, negocios de oro para los mercaderes de esclavos y tierras que se podían obtener gratis en las colonias militares en detrimento de los habitantes autóctonos. En resumidas cuentas: mientras estuviera el imperio para pagar los gastos, la guerra constituía un negocio. En cuanto a los espartanos, no creo que fueran pacifistas por simple buena disposición de ánimo: es que la guerra para ellos no era sino un incordio o, mejor dicho, el mayor de los incordios posibles.

—Pero si no hacían otra cosa que adiestrarse para guerrear, desde niños si mal no recuerdo.

—Precisamente. Y por lo tanto la conocían mejor que nadie. Pero sobre todo tenían un problema demográfico: la clase de los ciudadanos guerreros estaba limitada por un numerus clausus*, aparte de que sólo quien tenía un trozo de tierra podía permitir-*

se pagar la pensión de las comidas en común y el coste del propio sostenimiento, de la armadura y de todo lo demás. Por eso practicaban un estrecho control de los nacimientos, para no dividir la tierra entre demasiados hijos y reducirlos, en el curso de unas pocas generaciones, a la miseria. Guerra significaba desangrar a la clase de los guerreros y por lo tanto, a la larga, hacer morir a la ciudad. Estaban obsesionados por el problema demográfico: ¿conoces la historia de los partenos?

—Me parece que no.

—Fue en tiempos de las guerras mesenias, a fines del siglo VII*: los guerreros llevaban tantos años ausentes de sus hogares que los éforos temieron que se produjera un brusco descenso de los nacimientos y por lo tanto eligieron a los mocetones más robustos y los lincenciaron con una orden verdaderamente especial: dejar embarazadas concienzudamente a todas las vírgenes de la ciudad, cosa que ellos hicieron con meticulosa precisión. Como puedes ver, eran unos muchachos muy disciplinados.*

—Bien pensado, ésa sí que era una misión interesante.

—Y, sin embargo, una vez que crecieron, aquellos niños «hijos de vírgenes», los partenos precisamente, vieron que se les negaba la ciudadanía por ser hijos ilegítimos. Así las cosas, primero intentaron dar un golpe de estado y, luego, cuando fueron descubiertos, huyeron a Italia donde fundaron Tarento. Al menos, eso es lo que cuenta la leyenda.

Kostas sonríe con sus ojos de mirada vivaz. Hablar de sexo le pone siempre de buen humor y le hace olvidar, por un momento al menos, sus problemas. Pero no tarda en cansarse y la conversación no puede prolongarse por mucho más tiempo.

Le he dicho a la muchacha que puede irse. Ahora vemos un poco la televisión; luego, le prepararé la sopa para la cena y enseguida le meteré en la cama. Eso no es difícil, pues no pesa nada.

10

Alcibíades

ES ASOMBROSO CONSIDERAR LA ENERGÍA FÍSICA, psicológica y económica gastada por los atenienses durante los primeros diez años de guerra en una situación para nosotros a duras penas imaginable. Si los féretros que volvían del Vietnam en los años sesenta causaron en América una reacción tan fuerte, hasta el punto de lograr imponer en pocos meses el final de la guerra, pensemos cuánto más fuerte debía de ser el impacto del dolor por las pérdidas humanas que afectaba a una ciudad en la que todo el mundo se conocía, en la que las noticias corrían de boca en boca, en la que los funerales eran oficiados públicamente y la gente podía ver las urnas que contenían un puñado de cenizas, todo cuanto quedaba de unos jóvenes fuertes y musculosos, llenos de vida y de energía, esos mismos que habían visto en los gimnasios y en las palestras y eran reproducidos en los frisos que ornaban sus templos. A veces veía los cuerpos desgarrados por las heridas y en todo caso oía los relatos de los supervivientes, veía a los mutilados que deambulaban por los caminos mostrando los signos del dolor y de los ataques sufridos en el mar o en el campo de batalla. Y veía, en los cortejos fúnebres, los féretros vacíos de los desaparecidos en combate.

En aquella ciudad no había un gobierno que pudiera guardar secreto alguno, ni tampoco medios de comunicación que pudiesen edulcorar los boletines del frente: todo se discutía y se valoraba a plena luz del día en las reuniones de la Asamblea. En aquellas reuniones el pueblo continuó votando por la guerra durante diez largos años. Por orgullo, por terquedad, por avidez de tierras y de botín, por deseo de venganza y, en el fondo, por la conciencia de que todos eran corresponsables de lo que estaba sucediendo. Las guerras antiguas entre comunidades relativamente pequeñas no tardaban en convertirse en cuestiones personales: venganzas y represalias generaban un círculo vicioso que únicamente el agotamiento total de los recursos conseguía romper.

El continuo sucederse de rebeliones y represiones, de ataques y contraataques, el incesante destino de ingentes sumas para fabricar nuevas armas, naves y máquinas de asedio, la devastación de propiedades privadas, de campos y de haciendas, las incursiones para robar ganado: todo debía de crear un clima de tensión continua y de angustia, por lo menos entre las clases que podían permitirse el lujo de reflexionar.

Una resistencia semejante, aunque sólo fuera desde el punto de vista económico, no sería explicable sin la estructura de la liga naval, que mandaba continuos recursos de los estados miembros hacia la potencia hegemónica, recursos que llegaban por vía marítima a través de rutas que eran mantenidas firmemente por la marina de guerra ateniense. El último tramo de ese itinerario de avituallamiento pasaba por el sistema fortificado del puerto y de las Largas Murallas, que era de hecho inexpugnable.

Por otra parte, la liga adversaria no tenía ninguna posibilidad de interrumpir aquella afluencia porque no podía golpear a cada uno de los estados miembros. A lo sumo podía tratar de convencerlos, como hizo, de que se rebelaran, pero no contaba con los medios para sostener la rebelión y debía asistir casi impotente a la reacción implacable de las fuerzas armadas atenienses. Únicamente Anfípolis constituyó una excepción, pero porque Brásidas consiguió llegar a la península Calcídica por vía terrestre, para atravesar Tesalia, oficialmente aliada de los atenienses, alternando la amenaza física de su ejército con contactos diplomáticos con los representantes aristocráticos y oligárquicos que sentían simpatías por Esparta.

Hubo también intentos de implicar a los persas con una serie de embajadas secretas. Una de las respuestas persas fue interceptada por los atenienses en el año 425 con resultados que debieron de provocar incluso su hilaridad. Un comandante ateniense, un tal Arístides, encargado de recaudar el pago de los aliados, capturó una nave en Eyón, en la desembocadura del Estrimón, que llevaba a bordo a un enviado persa llamado Artafernes directamente a Esparta de parte del Gran Rey. El hombre llevaba consigo documentos escritos en caracteres cuneiformes, muy probablemente una simple tapadera. Tanto el correo como las misivas fueron llevados a Atenas, donde éstas fueron traducidas y leídas. En ellas, entre otras cosas, el rey decía a los espartanos que no comprendía qué querían porque, de los muchos embajadores enviados, ninguno coincidía en las peticiones. Por lo tanto, si querían decirle algo más claro debían enviarle varios hombres juntamente con su emisario.

Los atenienses debieron de reírse con aquella misiva en la que los espartanos no desempeñaban sino el papel de unos idiotas, como a menudo eran representados en los chistes y en las comedias; pero esperaron el momento oportuno y mandaron una embajada a Éfeso junto con el agente persa, presumiblemente con propuestas alternativas. Sin embargo, cuando ésta llegó, se enteró de que el rey Artajerjes había muerto y hubo de desandar el camino con las manos vacías.

¿Cómo se vivía en Atenas en tiempos de guerra? ¿Cuál era el tenor de vida entre las cuatro paredes del hogar? Es probable, al menos desde un punto de vista económico, que no hubiera excesivas privaciones: la marina militar conseguía mantener abiertas las rutas para la exportación de los productos de artesanía ática y, además, los estipendios pagados a los remeros de la flota, a los trabajadores de los astilleros del Pireo y también a los fabricantes de armas debieron de permitir un nivel de vida bastante bueno, lo que explicaría también la ausencia de voces contrarias a la guerra, aparte de las procedentes de fuentes conservadoras, que siempre habían mantenido su punto de vista político, según el cual lo mejor hubiera sido un entendimiento con Esparta. Fue uno de estos últimos, Nicias, quien finalmente negoció la paz con Esparta y con la liga peloponésica y convenció a sus conciudadanos para que restituyeran sin rescate a los doscientos noventa y dos hoplitas espartanos capturados en Esfacteria por Demóstenes.

Un discurso de Lisias, compuesto para un cliente acusado de homicidio, nos ofrece la posibilidad de echar una ojeada indiscreta al interior de un hogar ateniense de aquella época, y la impresión es que la vida, en todos sus aspectos, incluso aquéllos, por así decir, más bocachescos, continuaba igual que antes. La historia es curiosa y picante a la vez: a un campesino llamado Eufileto, al volver un día del campo, se le acerca una vieja que le revela que su mujer tiene un amante. Éste, un seductor profesional (hoy diríamos un *playboy*), se llamaba Eratóstenes (de nombre y de hecho, «fuerza de amor») y era el amante de su ama, la cual, viendo que sus visitas se iban espaciando, pidió a la vieja que siguiera sus pasos y de este modo descubrió que se dirigía a casa de la mujer de Eufileto. La seducción se había desarrollado sólo por vía epistolar. Eratóstenes había tenido ocasión de echar el ojo a la guapa señora mientras seguía el funeral de su suegra (funerales y matrimonios, aparte de las festividades religiosas, eran casi las únicas ocasiones para una mujer de condición libre —¡ironías de la palabra!— de poner los pies fuera de las cuatro paredes del hogar) y había empezado a seguir a la esclava que aquélla mandaba al mercado. Había comenzado así a hacer llegar a la mujer notas de amor en las que le pedía insistentemente un encuentro, y ella, al final, había cedido.

Eufileto no consigue comprender cómo pueden producirse estos encuentros y la vieja le aconseja que someta a un interrogatorio a la esclava que va al mercado porque está al corriente de todo. Y la esclava revela la artimaña. Tenía el matrimonio un niño aún en pañales que dormía con ella en la planta baja, mientras el ama lo hacía con su esposo en el piso de arriba. Cuando llegaba el amante, ella daba un pellizco al niño, que se despertaba y se ponía a berrear. Entonces Eufileto (es él mismo quien lo admite ante el jurado) le pedía a su mujer que bajara a darle el pecho. Y aquella fingía no querer ir, haciéndose la celosa y diciendo que temía que el marido metiera en su cama a la esclava si ella se iba con el pequeño. ¡Y al pobre cornudo le tocaba incluso insistir para empujarla a los brazos de su amante!

Enterado del embrollo, Eufileto tendió una trampa y, al entrar Eratóstenes, esperó a que se pusiera a sus anchas e irrumpió allí con un grupo de amigos provistos de antorchas; le cogió con las manos en la masa y, tras haber pronunciado las palabras de rigor, de acuerdo con el derecho que le concedía la ley le ató a una columna y le dio muerte.

Los parientes trataron de llevarle a juicio sosteniendo que Eufileto había atraído a su rival a casa por medio de un truco con el propósito deliberado de matarle por otras razones y, por lo tanto, pedían su condena así como una indemnización por la pérdida de su familiar.

No sabemos cómo terminó la acción legal y a quién dio la razón el jurado, pero es lícito suponer que el brillante discurso escrito por Lisias con consumada habilidad para su cliente surtiera el efecto apetecido. A nosotros nos queda la crónica de un episodio cómico que acabó en tragedia pero que resulta asimismo valioso para comprender cómo se desarrollaba la vida entre las cuatro paredes del hogar. Un detalle interesante: Eufileto había comenzado a sospechar al percatarse de que su mujer había vuelto a maquillarse antes de haber terminado el período de luto.

No menos preciosas son para nosotros las comedias de Aristófanes, que ponen en escena en forma de sátira tanto las contradicciones como los lugares comunes de la vida política ateniense. Hemos visto ya cómo atribuía la finalidad de la guerra del Peloponeso a un asunto de mujeres de mala vida, pero sabemos que no se quedó en esto. Una de las comedias que han llegado hasta nosotros, *Los babilonios*, representaba a los aliados de Atenas en el coro como esclavos del *demos*, es decir, del pueblo ateniense. Estas y otras escenas en las que ponía en solfa abiertamente a Cleón le valieron al autor, según parece, una denuncia y una incriminación por parte del destinatario de sus befas, castigos obviamente ineficaces para callar su boca. Tanto con *Los acarnenses* como con *Los campesinos* (que no ha llegado hasta nosotros) puso en escena entre los años 425 y 424 dos comedias pacifistas, adelantándose evidentemente a los tiempos en la política. Si consideramos además que *Los acarnenses* ganó el primer premio, el significado de la comedia adquiere un mayor valor aún. El protagonista es Diceópolis, un ciudadano que, harto de la guerra, se propone firmar una paz por separado con los espartanos para él, su mujer y sus hijos. Su monólogo, que pronuncia sobre la colina de la Pnyx mientras espera para entrar en la Asamblea para exponer sus razones, es absolutamente desternillante:

> Yo, como siempre, vengo el primero a la Asamblea, espero sentado; y en cuanto estoy aquí solo, gimo, bostezo, me desperezo, pedorreo, no sé qué hacer, hago dibujos en el suelo, me arranco los pelos ... Pero hoy estoy aquí decidido del todo a gritar, a interrumpir ruidosamente, a insultar a los oradores si alguno habla de otra cosa que no sea la paz.

Y he aquí que entran los prítanos, da comienzo la Asamblea y, por boca de Diceópolis, Aristófanes ataca al jefe de los radicales democráticos diciendo lo que piensa de ellos sin pelos en la lengua: uno de los embajadores que los atenienses han enviado al Gran Rey para pedir apoyo económico para la continuación de la guerra, a fin de justificarse por haber pasado meses comiendo y bebiendo a costa de los contribuyentes, apela a la mentalidad y a las costumbres de los persas:

> EMBAJADOR: Es que los bárbaros sólo tienen por hombres de verdad a los que son capaces de comer y beber más.
>
> DICEÓPOLIS: Pues nosotros los tenemos por mamones y maricones.

Y del mismo modo Aristófanes se burla de los intentos de entablar relaciones con los persas para que les financien la guerra: es evidente que se refiere a la misión con Artafernes, que no tuvo ningún éxito:

> Embajador: Vamos, lo que el Rey te envió a que dijeras a los atenienses, explícalo, ¡oh Pseudartabas!
> Pseudartabas: I artamane Xarxas apiona satra.
> Embajador: ¿Habéis entendido lo que dice?
> Diceópolis: Por Apolo, yo no.
> Embajador: Dice que el Rey va a enviaros un poquito de oro. *(A Pseudartabas.)* Di más alto y claro lo del oro.
> Pseudartabas: No se os dará oro, griegos mariconazos.
> Diceópolis: ¡Desdichado de mí, eso sí que lo ha dicho claro!

Nos encontramos frente a una situación curiosa y no fácil de entender para un hombre moderno: un artista conservador como era Aristófanes se hace intérprete de sentimientos pacifistas y lanza andanadas cáusticas al jefe de los radicales democráticos partidarios de la guerra. Pero no conviene olvidar que en aquel sentimiento pacifista desempeña también un papel la simpatía de ciertos ambientes por Esparta, en la línea que tradicionalmente había seguido Cimón y que ahora seguían hombres como Nicias, que negociarían la paz del año 421.

Una paz que se mostró cuando menos precaria. En primer lugar porque varios miembros de la liga peloponésica (corintios, tebanos, megarenses, eleatas) no la habían firmado y también porque los espartanos no restituyeron las ciudades que Brásidas había ocupado en Calcídica, por lo que los atenienses, como represalia, mantuvieron la cabeza de puente de Pilos, en Mesenia. Siguió un período de gran confusión en el que se formaron y disolvieron continuamente alianzas, en medio de la inquietud y el miedo ante una posible reanudación de la guerra y del temor a ser sorprendidos sin estar preparados.

Entretanto, en la escena política ateniense, se consolidó un nuevo personaje, Alcibíades, sobrino de Pericles y discípulo de Sócrates, fascinante por su belleza, su modo de actuar desprejuiciado, su manera de presentarse y de mostrarse, el cuidado que ponía en el peinado y el modo de ataviarse. Era huérfano y había crecido bajo la tutela de su tío, pero había demostrado muy pronto una absoluta independencia. Escapó de casa muy joven para ir a convivir con un amante suyo: es evidente que sentía la necesidad de una guía paterna que en su sociedad era difícil de conseguir de otro modo, y probablemente su tío Pericles estaba demasiado ocupado con sus asuntos de estado para dedicarle su tiempo. Un episodio, citado por Plutarco, resulta ilustrativo a este respecto: quiso en cierta ocasión Alcibíades ser recibido por Pericles, pero su tío mandó responderle por medio de su secretario que se hallaba ocupado, porque estaba preparando el informe anual de gastos que debía presentar a los atenienses. Alcibíades le mandó decir: «¿No sería mejor que examinara cómo no rendirles cuentas?». Sobre esta respuesta se centra la atención de nuestra fuente para poner de relieve su falta de escrúpulos, mas para nosotros resulta en cambio mucho más interesante la primera parte del episodio, en la que vemos que el tío, ocupado con los asuntos de estado, no tenía tiempo para él. Tanto este hecho como los episodios posteriores narrados por las fuentes nos permiten comprender que Alcibíades tenía una necesidad casi obsesiva de ser el centro de atención, una actitud que podría explicar muchos de sus comportamientos de adulto, incluso aquellos que trajeron para él y para su patria consecuencias desastrosas.

Fue el joven más cortejado por la ciudad y los hombres más ricos e influyentes le cubrieron de regalos caros para ganarse sus favores, pero por el único por el que él se sintió fascinado —dice Plutarco— fue por Sócrates, porque le hablaba únicamente para educarle en la honestidad y en la virtud y no para llevárselo a la cama. Fue el primero, que sepamos, en hacer cortar la cola a un perro de raza que había costado más de un talento, cosa que fue la comidilla de toda la ciudad. Se vio en ello una extravagancia cuando en realidad era simplemente una cuestión estética, que entre los modernos amantes de los perros es de lo más corriente, sobre todo para las razas de lucha tipo dobermann o rotweiler y los mastines en general, como debió de ser el perro de Alcibíades. Su manto de cola creó una tendencia y su ardor oratorio se impuso de modo arrollador a pesar de la erre pronunciada a la francesa, que las fuentes citan de forma coincidente. Sería él quien convenciera a la Asamblea para que concertara una alianza defensiva con Argos, pese a saber que los argivos estaban en aquel momento al borde del enfrentamiento con los espartanos y que eso comportaría el envío de tropas atenienses a su bando, cosa que se produjo puntualmente en 418. La coalición, en la que participaban también otras ciudades, fue derrotada en una reñida batalla en Mantinea y los atenienses reaccionaron, tal vez también por instigación de Alcibíades, atacando dos años después Melos, una islita inerme que, siendo colonia de Esparta, como Tera (la actual Santorini), no quiso adherirse nunca a la liga de Delos.

El diálogo entre los melios y los atenienses citado por Tucídides no se corresponde al pie de la letra con el que en realidad mantuvieron, pero representa una de las más duras imputaciones de falta de piedad dirigidas contra el imperialismo ateniense de aquel período y el recuerdo más conmovedor de una pequeña comunidad que se expone al peligro de su total destrucción con tal de mantener su propio honor y su propia libertad.

No existen medias tintas o vagas alusiones en el discurso de los embajadores atenienses:

—Estamos convencidos, frente a vosotros, que sois personas informadas, de que en las cosas humanas la justicia solamente se plantea entre fuerzas iguales. En caso contrario, el más fuerte hace lo que está en su poder y el más débil cede.

E insisten en la necesidad de que los melios tomen la decisión más conveniente para ellos.

Sigue a esto un rápido intercambio de frases en las que la prepotencia del más fuerte resalta de modo impresionante. Preguntan los melios:

—Pero ¿cómo puede resultar útil para nosotros el convertirnos en esclavos del mismo modo que para vosotros lo es el ejercer el dominio?

Responden los atenienses:

—Porque vosotros, en vez de sufrir males más terribles, seríais súbditos nuestros y nosotros, ahorrándonos el tener que eliminaros, saldríamos ganando.

Los melios proponen para ellos un *status* de neutralidad, por así decir, «benévola»:

—¿De modo que no aceptaríais que, permaneciendo nosotros neutrales, fuéramos amigos en lugar de enemigos, sin ser aliados de ninguno de los dos bandos?

A lo que responden los atenienses:

—No, porque vuestra enemistad no nos perjudica tanto como vuestra amistad, que sería a los ojos de los nuestros una prueba manifiesta de debilidad, mientras que vuestro odio se interpretaría como una prueba de nuestra potencia.

Los melios responden que su ciudad vive libre desde hace setecientos años (por lo tanto tenían memoria histórica de su comunidad desde el tiempo en que la tradición fechaba la invasión de los dorios), lo que significa que los dioses les han asistido siempre. Pero la respuesta es aún más burlona:

—Vosotros, que sois débiles y os jugáis vuestro destino a una sola carta, no queráis pasar por esta experiencia; no queráis asemejaros al gran número de aquellos que, teniendo todavía la posibilidad de salvarse dentro de los límites de su naturaleza, cuando, en medio de una situación crítica, les abandonan claramente las esperanzas, buscan apoyo en ilusiones oscuras, como la adivinación, los oráculos y todas aquellas prácticas que, junto con las esperanzas, acarrean la desgracia.

Al final los melios rechazan orgullosamente dejarse someter, después de haber intentado negociar un compromiso honroso: los atenienses respondieron asediando la ciudad con la flota y el ejército. Tras reñida lucha Melos fue tomada, todos los varones adultos fueron pasados por las armas y las mujeres y los niños vendidos como esclavos. Luego, se estableció en la isla una colonia militar ateniense. Extrañamente Esparta no intervino y tampoco denunció el tratado de paz de 421 que, al menos sobre el papel, seguía en vigor; sin embargo, era evidente que ahora los atenienses no escuchaban ya al moderado Nicias, sino al joven y brillante aventurero que respondía al nombre de Alcibíades. En cuanto a los espartanos, parecía claro que les importaba mantener la paz hasta el punto de dejar impune tamaña atrocidad.

Y sería Alcibíades el que empujara a los atenienses a una aventura llena de incógnitas a más de mil kilómetros de distancia del Ática. En Sicilia, la ciudad de Selinunte había atacado Segesta, una ciudad elima (y por tanto de etnia indígena) aliada de Atenas. Los segestanos pidieron ayuda y los atenienses decidieron intervenir, porque eran conscientes de que detrás de Selinunte estaba Siracusa, la más poderosa aliada de Esparta. El plan de Alcibíades era con toda probabilidad constituir un vasto frente de ciudades aliadas para aislar completamente a la ciudad enemiga antes de asestar el golpe definitivo, pero sus sueños eran tal vez mucho más ambiciosos. Unos sueños de conquista para extender el imperio ateniense incluso por todo Occidente y transformar aquellas lejanas tierras en una base de mercenarios con el fin de arrollar como una marea humana a Esparta y su pequeña liga. Un sueño digno de Alejandro, que, de haberse hecho realidad, habría cambiado radicalmente el destino de la humanidad: aquel proyecto temerario, si es que nunca fue concebido, habría sido llevado a cabo por una gran potencia democrática y no por un soberano de raíces tribales como era Alejandro.

En Occidente, Atenas podía contar, aparte de con Segesta, con la vieja aliada Leontinoi y, en teoría, con Rhegion. Fue probablemente en este período cuando se erigió el maravilloso templo que todavía hoy puede admirarse intacto a los pies de las colinas sobre las que se alzaba Segesta. Según algunos, no se trata de una obra acabada (las columnas no están acanaladas, no hay frisos ni tampoco ningún rastro de estatuas en los frontones) sino de un santuario hipetro (a cielo abierto) de rito elimo realizado según modelos arquitectónicos griegos. Otros en cambio consideran que el templo, iniciado por obreros atenienses, quedó incompleto como consecuencia del cariz que tomaron los acontecimientos.

La expedición a Sicilia partió en medio del entusiasmo del pueblo, que se congregó en el Pireo para asistir al acontecimiento. La gran flota parecía el símbolo mismo de la gloria y de la potencia de Atenas: ciento cincuenta trirremes en orden de batalla zarparon en medio de un excitado resonar de órdenes y de llamamientos, entre los cantos de peán, en medio del rebullir de las blancas espumas, del sordo redoblar de los atabales que marcaban el movimiento alterno y potente de miles y miles de remos. En la popa de los grandes navíos (cada uno de ellos de unas mil toneladas de carga, casi cuarenta metros de ancho y capacidad para ciento setenta y cinco tripulantes) ondeaban las enseñas multicolores con las insignias heráldicas de los comandantes; en la proa relucían las panoplias de los guerreros, que resplandecían bajo el sol del mediodía. Los capitanes ofrecían solemnemente libaciones al dios del mar arrojando entre las olas copas de plata llenas de vino. Y mientras las naves desfilaban en la boca del puerto una tras otra hacia alta mar detrás de la nave capitana, los viejos lloraban emocionados recordando su juventud, los niños gritaban y corrían, y las mujeres saludaban, bañadas en lágrimas, a los hijos, que resplandecían con sus armaduras sobre las cubiertas como dioses de la guerra, sin saber en su corazón si volverían a verlos nunca más.

Había a bordo quince mil hoplitas y mil quinientos hombres de infantería ligera, semejantes a los que habían derrotado en Esfacteria a los míticos guerreros lacedemonios. El cuerpo de expedición fue confiado al mando de Alcibíades, Nicias y Lámaco. Alcibíades poseía un innato instinto de líder, un talento militar nada común; como se verá a continuación, de los tres era con mucho el más motivado. Lámaco era un soldado valeroso, pero de escasa imaginación. Nicias, medroso e irresoluto, era incluso contrario a la guerra, pero quizá decidió no ponerle obstáculos a Alcibíades con la esperanza de que una guerra en Sicilia mantendría alejado al ejército ateniense del espartano, al que él temía muchísimo más.

Precisamente la noche antes de la partida sucedió un hecho muy grave: alguien, cuya identidad no fue nunca descubierta, mutiló al amparo de la oscuridad todos los hermas de Dioniso que se alzaban en los cruces de calle y en las plazas de Atenas: un sacrilegio sumamente grave que llenó toda la ciudad de consternación y proyectó una sombra de pésimo augurio sobre la expedición que se disponía a partir. Como hemos dicho ya, los hermas eran estípites de mármol de forma cuadrangular rematados por el busto del dios Dioniso, que exhibía de ordinario un llamativo falo erecto. Fueron probablemente estos falos marmóreos el objeto de las amputaciones; pero lo que a nosotros puede parecernos una simple gamberrada adolescente era para los antiguos una acción sacrílega e impía que estaba castigada nada menos que con la pena de muerte. Fueron muchas las sospechas que señalaron enseguida a Alcibíades, conocido por ser un hombre sin escrúpulos, sexualmente ambivalente, descreído e irrespetuoso con las tradiciones.

Corría acerca de él el chisme de que había profanado, en su propia casa, los misterios eleusinos con una especie de parodia (como si hoy alguien, en su propia casa, hiciera una parodia de la misa, con la diferencia de que un acto semejante no se considera de ningún modo un delito punible por las leyes del estado). Nunca se ha sabido qué se entendía exactamente por profanación o parodia de los misterios eleusinos, y acaso no fue nada más que una muchachada, o quizá hubo algo más y de carácter distinto: uno de los pasos esenciales para los iniciados era la aceptación del *kykeon*, especie de papilla en la que parecía que entraba como componente un parásito del trigo y de los cereales en general (el santuario estaba consagrado a la diosa Deméter, la Ceres de los latinos), la *claviceps purpurea*, conocida en la Edad Media como *ergot ivre*, un hongo alucinógeno responsable de muchos llamativos casos de posesión diabólica de familias enteras y monasterios o incluso de pueblos enteros. Tal vez Alcibíades y sus amigos quisieron simplemente ingerir aquel tipo de sustancias dentro de una suerte de ritual (como podría ocurrir actualmente en el seno de determinadas sectas que se dedican tanto al consumo de drogas como al esoterismo).

El hecho es que los acusadores comenzaron a instruir el proceso y a recoger pruebas y testimonios, aunque por el momento se consideró oportuno no poner a Alcibíades bajo custodia a fin de no perjudicar a la expedición. No es difícil imaginar, sin embargo, lo concentrado que podía estar Alcibíades en los planes estratégicos con una amenaza semejante pendiendo sobre su cabeza.

En cualquier caso, las operaciones no comenzaron con buen pie: los atenienses no encontraron a lo largo del viaje de aproximación ningún apoyo, ni en Tarento (que se negó a aprovisionarles de agua), ni en Locris y menos aún en Rhegion y en Mesina. Luego, perdieron todo un año para aprestar una base en Catania, ocupada *manu militari*, pero, cuando finalmente decidieron pasar a la acción, los siracusanos habían tenido tiempo ya de reforzar sus fortificaciones y de acumular víveres en abundancia. Por si fuera poco, la preciosa y sagrada fuente Aretusa, que se hallaba dentro del recinto amurallado, les proporcionaba agua potable en abundancia.

Entretanto en Atenas se consideró que se habían recogido pruebas y testimonios suficientes como para incriminar a Alcibíades: se envió por lo tanto una nave del estado, la *Salamina*, para escoltarle de vuelta hasta la patria. Pero durante la travesía, aprovechando quizás un momento de mar gruesa, Alcibíades se alejó con su nave y desembarcó en el Peloponeso; allí solicitó hospitalidad a los espartanos, que se sintieron muy contentos de concedérsela.

En aquel mismo otoño los atenienses salieron victoriosos en un enfrentamiento en campo abierto con el ejército siracusano, pero el acontecimiento no resultó decisivo. Tras pasar el invierno en Naxos y en Catania, reanudaron las operaciones a gran escala en la primavera del año siguiente. Mientras los siracusanos continuaban reforzando febrilmente sus fortificaciones, los atenienses ocuparon con un golpe de mano las Epípolas, la plaza fuerte que dominaba la ciudad al norte, e hicieron de ella el punto central de un sistema de contravalación que partiendo del sur, del Gran Puerto, tenía que alcanzar el mar al norte del promontorio siracusano, dejando completamente aislada a la ciudad de las tierras del interior; mientras, la flota mantendría el bloqueo por mar.

Los siracusanos trataron de impedir por todos los medios posibles el desarrollo de los trabajos, con salidas continuas, pero sin éxito, aunque en uno de estos choques Lámaco perdió la vida: suerte, como hemos visto, bastante común entre los comandantes griegos que se batían en primera línea, ni más ni menos que como el último de sus soldados. Comenzaba ahora a cundir el desánimo por la ciudad, mientras parecía acercarse el desenlace. Los siracusanos invocaron la ayuda de Esparta con el envío de una embajada y Alcibíades aconsejó a los espartanos enviar refuerzos: así, partió un minúsculo cuerpo de expedición al mando de Gilipo, poco más que un «comando» de cuatro naves que desembarcaron al norte de Sicilia, en Himera. Desde ahí atravesaron la isla entera engrosando por el camino sus filas con contingentes imerenses, selinuntenses y también sículos, hasta alcanzar un número de tres mil hombres.

Con una acción fulminante Gilipo atravesó las líneas atenienses al este de las Epípolas, donde la muralla no había sido completada todavía, y consiguió entrar en la ciudad levantando de nuevo la moral de los defensores. A continuación, con una salida, ocupó el sector situado entre las murallas y la plaza fuerte de las Epípolas y levantó un muro perpendicular al ateniense, cortando en dos su línea de contravalación. Los enfrentamientos por tierra y por mar se sucedieron de forma incesante, mientras seguían afluyendo refuerzos de Esparta y del Peloponeso. Nicias perdió su posición fortificada en el cabo Plemirio, y mientras tanto los espartanos, asumiendo que la paz de Nicias no tenía ya ningún valor, enviaron un ejército al Ática bajo el mando del rey Agis, el cual no se limitó a una táctica de incursión, como hiciera Arquidamo, sino que ocupó Decelia, situada a pocos kilómetros de Atenas, y la fortificó, constituyendo así una amenaza permanente en el corazón de la ciudad enemiga. A partir de aquel momento el avituallamiento de Atenas, parte de cuyos suministros eran desembarcados al norte del Ática en el canal de Eubea, tuvo que afrontar la más peligrosa circunvalación del cabo Sunion.

Durante el invierno los atenienses habían enviado refuerzos a Sicilia: una nueva flota de más de setenta naves y cuatro mil hoplitas bajo el mando de Demóstenes, el héroe de Esfacteria. Con aquellas tropas de refresco Demóstenes reanudó la ofensiva: ahora, con el enemigo a las puertas de casa, es muy probable que recibiera instrucciones de acabar con la partida de la forma que fuese. Debió de pensar, pues, que la única vía era completar el bloqueo de la ciudad, recuperar las Epípolas y llevar a término la contravalación. Tras lo cual todo sería una simple cuestión de tiempo. Atacó una noche hacia finales de julio, como había hecho en Esfacteria, pero, tras un primer éxito debido a la sorpresa, sufrió un duro revés. Fracasada la operación, decidió entonces enviar a casa al cuerpo de ejército siciliano y dio orden a sus hombres de embarcar.

Era el 23 de agosto del año 413: podemos reconstruir con precisión la fecha porque sabemos que hubo un eclipse total de luna. El fenómeno espantó a Nicias, que dio orden de retrasar la partida, pero el retraso resultó fatídico: una flota siracusana bloqueó al día siguiente la salida del puerto y, cuando la escuadra ateniense trató de hacerse a la mar, se vio repelida y perdió dieciocho trirremes. Evidentemente la moral de las tripulaciones áticas debía de estar por los suelos y los siracusanos se dieron cuenta de que estaban cerca ya de la victoria. Pero Demóstenes convenció a Nicias para hacer una última intentona con el fin de forzar el bloqueo. Lanzó sus mejores naves y por un momento pareció que podían lograrlo, pero pronto contraatacaron los siracusanos y sus aliados; empujados por el siroco, enfilaron a su vez por el Gran Puerto, mientras que, al mismo tiempo, en tierra se entablaba una contienda furibunda entre el ejército siracusano y el ateniense.

El espejo de agua del Gran Puerto se transformó en un verdadero infierno: casi doscientas naves se enfrentaron en un duelo mortal, lanzándose la una contra la otra en medio de un rebullir de espuma, en una confusión inverosímil de gritos de guerra, estridentes sones de trompa, llamadas y órdenes vociferadas en todos los dialectos de la Hélade y de Sicilia, a los que no tardaron en añadirse los gritos de dolor de los heridos, las invocaciones de los marinos y de los infantes arrojados al mar y el fragor de los cascos resquebrajados, de los remos y de los timones rotos en las maniobras de espoleo. Los infantes de marina se lanzaban al asalto tratando de repeler de todos los modos posibles a los enemigos, pero a menudo, mientras ellos abordaban por una parte, eran a su vez abordados por la otra, de tan exiguo como era el espacio de maniobra. Al final de la jornada la flota ateniense, tal vez en escasa forma por la larga inactividad, fue definitivamente derrotada. Cincuenta naves fueron mandadas a pique. Las otras retrocedieron hasta la costa y las tripulaciones y los infantes embarcados buscaron refugio en los campamentos atrincherados en tierra. La rada del Gran Puerto estaba totalmente atestada de restos de naufragio, de cascos estropeados y a medio hundir, de cadáveres que la resaca empujaba lentamente hacia la orilla.

La vía marítima estaba bloqueada. No quedaba otra posibilidad que partir por vía terrestre y buscar una escapatoria hacia Camarina, en vista de que la vía del norte, en dirección a Catania, resultaba impracticable al estar las Epípolas firmemente en manos siracusanas. Hubo nuevas incertidumbres y nuevos retrasos y, cuando por fin los atenienses se movieron, los enemigos habían tomado ya posiciones en todos los pasos obligados y en todos los desfiladeros. Los heridos y enfermos fueron abandonados entre escenas desgarradoras, imploraciones y gritos de desesperación. Algunos de ellos se aferraron al cuello de sus compañeros suplicándoles que les llevaran con ellos o bien que les dieran muerte.

Partieron, extenuados por las vigilias, los combates y las privaciones. Nicias, que mandaba la vanguardia y era más rápido, no tardó en perder contacto con la segunda sección del ejército mandada por Demóstenes, que se vio enseguida rodeado y obligado a rendirse. Al día siguiente le tocó el turno a Nicias: sus hombres avanzaban sin ningún orden ni disciplina bajo un sol de justicia, sin víveres y sin agua, atormentados por la sed y, cuando por fin llegaron a la vista del río Asínaro, se precipitaron a beber, pero la caballería siracusana les atacó de lleno sumergiéndoles en una nube de dardos, aplastándoles bajo los cascos de sus caballos, masacrándoles sin piedad. Y sin embargo, dice Tucídides, los soldados atenienses, olvidados de todo, trataban igualmente de beber y bebían agua, roja de la sangre de sus compañeros.

Los supervivientes fueron completamente cercados, hechos prisioneros y luego encerrados en las horribles latomías, las cuevas de piedra de Siracusa donde permanecieron durante setenta días, en medio de la canícula sofocante del día y luego, muy pronto, de los rigores del frío nocturno, junto con sus excrementos y los cadáveres en descomposión de sus compañeros. Por toda comida recibían un puñado de trigo al día y un cuenco de agua.

Nicias y Demóstenes fueron ajusticiados, por más que Gilipo se hubiera mostrado contrario a ello, sobre todo por Nicias, que había convencido a sus conciudadanos para que devolvieran, dos años antes, a los prisioneros espartiatas de Esfacteria.

Se dejó que atenienses e indígenas se consumieran lentamente en aquel infierno, mientras que el resto fueron vendidos como esclavos. De los atenienses, cuenta Plutarco, fueron liberados únicamente aquellos que sabían recitar versos de *Las troyanas* de Eurípides, la tragedia que más despreciaba con palabras de profunda angustia la locura de la guerra. Más de siete mil hombres habían caído vivos en manos del enemigo y casi ninguno de ellos regresó a su patria. Lo más escogido de la juventud ateniense fue eliminado. La ciudad no se recuperaría nunca de aquel desastre.

30 de noviembre de 1999

—Qué peripecia más terrible... —Kostas había escuchado mi última cinta hacía tan sólo dos días. Y le había jugado una mala pasada: le mandé una versión especial, leída por un buen actor.

—Uno de los dramas más terribles de la historia de la humanidad, aunque a pequeña escala, dados los tiempos.

—Por supuesto. Pero la premisa de todo ello estaba en el discurso de los melios y de los atenienses: no hay más lógica que la de la fuerza y la arrogancia. Parece mentira que fuera la misma cultura que produjo las tragedias de Eurípides y las estatuas de Fidias.

—Es cierto. Y resulta difícil no dejar de emitir un juicio moral sobre unos acontecimientos semejantes, aunque ni tú ni yo estemos en condiciones de hacerlo.

—¿Por qué no?

—Porque la historia no se puede escribir dividiendo a la humanidad en buenos y malos, porque nadie es bueno o malo en términos absolutos, porque saber cuánto de bueno y cuánto de malo hay en el espíritu humano es algo de todo punto imposible. Y ni siquiera es posible establecer cuánto bien producirá cierto tipo de mal y cuánto mal producirá cierto tipo de bien. La historia sigue siendo en gran medida un misterio. Aquellos hombres, en particular, ignoraban nuestro concepto del bien y del mal: Sócrates mismo, que tenía un altísimo sentido moral, combatió valerosamente, convencido de que estaba haciendo algo justo, en Potidea y en Delfos. Para ellos tenía un gran valor la idea de que la naturaleza o los dioses concedían la fuerza a quien era capaz de ejercerla. Una idea que nosotros hoy llamaríamos darwiniana. Era aquél un mundo en el que no existía la piedad para quien sucumbía y por lo tanto el imperativo era vencer, siempre y comoquiera que fuese. Era un comportamiento más allá del bien y del mal, para emplear una expresión de Nietzsche.

—¿Y la paz?

—Amaban la paz, de ello no cabe ninguna duda. Heródoto dice: «En tiempos de paz los hijos entierran a sus padres, y en tiempos de guerra son los padres los que entierran a sus hijos». ¡Cuánta conciencia doliente del horror de la guerra! Y, sin embargo, aquella gente observaba el mundo y sabía por los filósofos que la paz es una situación de lo más precaria. La visión de la

naturaleza puede inspirar paz, pero es una sensación equivocada: por todas partes hay guerra, una guerra a muerte por la supervivencia. El pez grande se come al pez chico, el ave rapaz desgarra a la alondra, el león descuartiza al cordero: la paz era concebida como un estado de gracia de la remota y perdida Edad de Oro. Hesíodo decía que volvería la Edad de Oro cuando naciera una raza con las sienes plateadas desde la misma cuna. Que es como decir nunca.

—Y, sin embargo, entre los pensadores existía una sensibilidad pacifista.

—Es cierto, pero era un tipo de reflexión que tenía un impacto limitado con respecto a «los poderes fácticos» de la época. Básicamente, la civilización griega no consiguió resolver la contradicción de la guerra como fenómeno endémico y esta incapacidad determinó su fin, el ocaso.

—Me ha impresionado una frase de la conversación entre los melios y los atenienses, cuando el comandante ateniense dice que los oráculos y los vaticinios afligen a los hombres, igual que la esperanza... La esperanza es vista como una calamidad.

—Para quien no puede permitírsela...

Se queda durante unos momentos en silencio y yo me siento incómodo por haber hablado de estas cosas con un hombre en su estado, pero, como siempre, es él quien lleva la conversación al terreno de la ironía:

—Sin embargo, me he carcajeado un buen rato con esas escenas de Aristófanes. La verdad, me hubiera gustado conocer a ese hombre.

—Y a mí.

—Un gran hijo de puta. Sin embargo, tenerlos bien puestos como él... No hay nadie hoy en día que tenga agallas para hablar públicamente de los políticos de ese modo, llamándoles «mamones y maricones». ¿Qué piensas tú?

—Era una democracia radical. Y además estaba el hecho de que se conocían todos y podían decir lo que pensaban. Hoy te llevarían enseguida a los tribunales, y te harían pagar millones por daños y

perjuicios. También entonces podía pasar eso, para entendernos, y de hecho Cleón así lo hizo, pero con modalidades y resultados más bien distintos. La dimensión de nuestras democracias impone un pesado lastre de reglas, normas y disposiciones. El experimento ateniense es extraordinario desde cualquier punto de vista e irrepetible como todo lo que pertenece a la historia.

—Sin embargo permanece, dentro de nosotros, dentro de nuestra cultura y mentalidad, ¿no crees? ¿Cómo lo dice Tucídides? «Ktema eis aèi», *un patrimonio para siempre.*

—Es cierto, amigo mío. Un patrimonio para siempre. Y si no fuera así, ¿por qué íbamos a estar nosotros hablando de ello aquí y ahora, a veinticinco siglos de distancia?

—Ahora ya estamos próximos al final de esta historia, ¿no es cierto?

—Sí, Kostas, lo estamos —respondo yo, pero no sé a qué historia quería referirse.

11

Sócrates

El desastre de la expedición a Sicilia tuvo graves consecuencias: una tras otra, en un efecto dominó, las ciudades de la liga comenzaron a abandonarla y a pedir la intervención espartana: primero Eubea, luego Quíos y Eritras, Clazómenas, Metimna y Mitilene, en la isla de Lesbos, Teos, Lebedos y Mileto (que incluso era colonia ateniense y había contado con el apoyo de Atenas en la revuelta jónica del año 494).

En este período, en el que la zona de conflicto se desplazó al este, a lo largo de las costas de Asia Menor, tomó fuerza la posición de Alcibíades, que tendió a favorecer un entendimiento entre Esparta y Persia en un sentido antiateniense. Se produjeron varios contactos principalmente por medio de los sátrapas de las regiones costeras de Asia Menor, que se convirtieron en los interlocutores directos de Esparta.

Lo sustancial de la negociación consistía en que los espartanos debían renunciar a prestar su apoyo a la autonomía de los griegos de Asia con respecto al Gran Rey a cambio de contar con el apoyo económico de Persia en la guerra contra Atenas. Era, ni que decir tiene, un pacto pérfido con el que la parcialidad y el sectarismo de los griegos mostraban su peor cara. En medio estaban los griegos de la zona asiática, que si bien por un lado anhelaban liberarse del yugo ateniense, por otro temían salir del lodo y caer en el arroyo, atados de pies y manos, en poder de los persas.

Es difícil interpretar la estrategia de Alcibíades, que en esta fase no es sino la del traidor, pero lo más probable, en primer lugar, es que quisiera vengarse de la ciudad que le había arruinado y, en segundo, que estuviera pagado de sí mismo hasta el punto de pensar en poder sacar, en un primer momento, algún provecho del capital acumulado proporcionando una información valiosa al enemigo y favoreciendo los contactos de éste con Persia, para, a continuación, someter además el curso de los acontecimientos a su propia ambición personal y a sus propios proyectos (que, obviamente, debían de incluir también su retorno a Atenas con gran pompa). La ciudad que le había destituido y procesado debía ser castigada, debía tocar el fondo de la desesperación para tenerle así que suplicar su regreso.

Mientras tanto los atenienses reaccionaron tratando de recuperar sus posiciones y en 412 volvieron a ocupar Lesbos y Clazómenas y establecieron un bloqueo a Mileto, tratando de tomar la ciudad con sus tropas de desembarco; pero la tentativa se vio frustrada por la llegada repentina de una escuadra peloponésica de una cincuentena de naves. Entre ellas había también una veintena de unidades siracusanas y selinuntinas. Las ciudades siciliotas no habían olvidado su deuda de gratitud para con Esparta. Mileto quedó firmemente en manos de Esparta, que la convirtió en su base de operaciones, mientras que los atenienses se apoyaban en Samos. Al término de las operaciones de aquel año le quedaban a Atenas, aparte de Samos, Lesbos, Clazómenas, Cos y Halicarnaso. También Éfeso estaba perdida, como Rodas y Cnido; en Quíos no le quedaba más que una pequeña posición defensiva aislada, mientras que el resto de la isla estaba en manos espartanas.

Los espartanos consiguieron también que se insurreccionasen Lampsaco y Abidos, en la entrada de los Dardanelos, y atraerlas a su lado sin combate. Los atenienses recuperaron Lampsaco porque no estaba rodeada de murallas, pero en verano abandonaron Bizancio, Cizico y Calcedonia —todas ellas en la zona de los estrechos, vitales para el abastecimiento de trigo a Atenas—, y a continuación Tasos y la mayor parte de las ciudades de Tracia.

La influencia de Alcibíades en todas estas operaciones, y especialmente en el abandono de tantas ciudades de la liga de Delos, había sido, según parece, decisiva, y por eso su ascendiente sobre el sátrapa Tisafernes —representante del Gran Rey en Jonia— era muy grande. Pero, a partir de la primavera de 411, Alcibíades estableció contactos con la flota ateniense, fondeada en Samos, que en el ínterin había ayudado a los habitantes de la isla a hacer fracasar un intento de los oligarcas para volver al poder. Es probable que Alcibíades considerara que había llegado el momento de recuperar su lugar en la patria. Con todo, no era Alcibíades del agrado de los espartanos: era demasiado inquieto, demasiado ambiguo, lo planteaba todo en un plano personal haciendo uso de su capacidad de seducción y de su carisma como de un arma eficacísima, y por eso mismo era difícil controlarle. Había seducido además a la mujer del rey Agis aprovechando la confusión creada por la sacudida de un terremoto, dejándola incluso encinta, y el soberano, como puede fácilmente comprenderse, le tenía enfilado. Es bastante comprensible que las mujeres espartanas, acostumbradas al trato bastante rudo de sus maridos, se volvieran locas por el encanto de aquel jovenzuelo ateniense de gran apostura, que pronunciaba la erre dulcemente y lucía modales corteses y refinados.

Alcibíades hizo saber a los oficiales de la flota que el Gran Rey estaba dispuesto a negociar con Atenas, pero que no era partidario del régimen democrático, mientras que todo sería distinto si se instauraba un gobierno oligárquico. La propuesta encontró oídos dispuestos a escuchar: los comandantes de los trirremes eran en realidad también sus armadores, porque en tiempos de guerra la norma preveía que los ricos se sometieran a este honor/carga, que por un lado comportaba el desembolso de una fuerte suma de dinero para construir y aparejar una nave de guerra y, por otro, confería el título de oficial comandante (trierarco). Los trierarcos, pues, organizaron una conjura, con la sola excepción de un tal Frínico; éste no creía que el Gran Rey quisiera verdaderamente comprometerse con ellos y recordó que si la liga naval estaba unida no era más que por una simple unidad ideológica de base democrática. ¿Qué interés podía tener un régimen oligárquico en mantener relaciones con ciudades democráticas?

El pronunciamiento de los oficiales en Samos no se producía ciertamente de buenas a primeras: hacía tiempo que venía madurando una fuerte oposición al régimen democrático, al que los conservadores imputaban los desastres de los últimos años y el hundimiento del Imperio ateniense. Ya en 415, Aristófanes, en *Las aves*, había llevado a la escena su malestar ante una sociedad a la deriva y hacia unos líderes incapaces y corruptos y, en aquel mismo año, 411, puso en escena *Lisístrata*, en la que las mujeres de todas las ciudades griegas acuerdan hacer una «huelga de amor» con el propósito de obligar a sus maridos a hacer la paz.

Aparte de las previsibles obscenidades («... si nos quedáramos en casa bien pintadas ... y nos paseáramos desnudas ... con el chocho depilado, y cuando nuestros maridos corran detrás de nosotras con el miembro empinado ... entonces nosotras no nos dejaremos»), el comediógrafo reproduce los caracteres de la psicología femenina entre las cuatro paredes del hogar, la de las mujeres que no tienen la ciudadanía así como tampoco voz ni voto, pero que pagan el precio más amargo de la guerra: la pérdida de sus hijos, de sus hermanos, de sus maridos, a quienes piden explicaciones, mientras siguen con vida —«¿De qué se ha hablado en la Asamblea, de qué se ha discutido?»—, recibiendo siempre la misma respuesta: ésas no son cosas de mujeres. En el fondo la extravagante obra de Aristófanes no era después de todo tan absurda: ¿qué otra arma les quedaba a las pobres mujeres más que la del amor, o bien del sexo, como se quiera llamarla, o de la «tracia», como Aristófanes llama, con uno de sus muchos términos fantasiosos, al sexo femenino?

En esta misma época apareció un panfleto de gran ferocidad antidemocrática, *La constitución de los atenienses*, como si hubiera sido ciertamente inspirado por los círculos oligárquicos y sofistas, y no se puede excluir que no circularan otras obras análogas, tendentes a preparar a la opinión pública, que contaba con que se produjera un giro decisivo en la vida política de la ciudad.

Cuando los oficiales de la flota de Samos les hablaron a sus hombres de la necesidad de cambiar los ordenamientos ciudadanos hubo muchos refunfuños, que el espejismo de unos espléndidos estipendios pagados con el oro persa pareció sin embargo acallar en un primer momento. Inmediatamente después enviaron una delegación a Atenas con objeto de tomar el pulso a la ciudadanía. Tomó la palabra su representante y expuso el problema del modo más claro: la ciudad estaba en gravísimo peligro, y la única manera de salvarla era llamar de vuelta a Alcibíades y aliarse con los persas, mas para eso era preciso que las riendas de la ciudad y de las más altas magistraturas volvieran a manos de unos pocos.

La Asamblea se llenó de murmullos, hubo gritos de protesta por todas partes y, entonces, el orador y cabecilla de la conjura, un tal Pisandro de Acarnia, preguntó si alguien conocía otro modo de salvar la ciudad, pero nadie supo indicárselo. Juzgando prioritario dicho objetivo, Pisandro concluyó diciendo que sobre el resto se decidiría más adelante. Pero mientras tanto los emisarios de los conjurados trataron con las *heterias* (especie de sociedades secretas de socorro mutuo muy parecidas a los modelos tradicionales de la mafia siciliana, fundamentalmente de inspiración oligárquica por su misma estructura) para preparar un cambio de régimen lo más indoloro posible.

El pueblo no decidió nada, pero pidió a los oficiales de la flota que volvieran a Asia y negociaran con el sátrapa persa Tisafernes. La delegación regresó de hecho con una negativa, puesto que las peticiones persas, a sugerencia de Alcibíades, eran absurdas y desproporcionadas.

Se abandonó el intento de negociar con los persas, pero ahora la conjura para tomar el poder había pasado ya a la acción y no tenía vuelta atrás. Fue el comienzo de un golpe de estado desgarrador apoyado por sistemas típicamente mafiosos; en la Asamblea hablaban únicamente los conjurados, y el que se les oponía era encontrado muerto «de forma adecuada», según dice Tucídides, evidentemente con modalidades y simbologías análogas a las que utiliza todavía hoy la mafia en las regiones del sur de Italia (la piedra en la boca significa el castigo del espía, el *incaprettamento** el del traidor, etc.). En pocas palabras, cundió el pánico y cuando se hubo creado el clima adecuado estalló el golpe de estado propiamente dicho.

El Consejo de los Quinientos fue disuelto y se liquidaron los salarios hasta el final del mandato previsto. Obviamente fue abolida la dieta para los miembros de la Heliea así como para los demás oficiales públicos; se limitó la Asamblea a una base de quinientos ciudadanos, prácticamente la clase de los hoplitas, que en aquel momento tenía la mayor representación en la ciudad, por la que sería elegido un Consejo de los Cuatrocientos para ocupar las vacantes. Como alguien ha hecho notar acertadamente no se puede incluir este golpe de estado dentro de la categoría de una acción fundada en una base típicamente ideológica de corte oligárquico, sino dentro de una elección de carácter práctico y oportunista, fundada en la consideración de los sofistas según la cual no existen demócratas ni oligarcas por naturaleza, sino únicamente ciudadanos que eligen un ordenamiento u otro dependiendo de si ello les resulta más o menos conveniente y útil.

Pero los golpistas no habían previsto la reacción de los marinos de la flota de Samos, en gran parte tetos de las clases más humildes, que asumieron un papel que recuerda poco menos que al del crucero *Aurora* en la revolución rusa de Octubre. Desobedecieron al gobierno y proclamaron la nueva entrada en vigor de la constitución democrática, y en aquel momento Alcibíades reapareció entre ellos siendo recibido triunfalmente. Es evidente que su

* Modo de asesinato practicado por la mafia para castigar a quien no ha respetado las leyes, consistente en atar las manos y los pies tras la espalda haciendo pasar la cuerda también alrededor del cuello, de manera que la víctima, al ceder los músculos de las piernas y los brazos, se estrangula a sí mismo. (*N. del T.*)

deseo de volver a tomar en sus manos las riendas de la situación era tal que, fuesen como fuesen las cosas, no podía mantenerse ya al margen. Los marinos le eligieron estratego y le pidieron que asumiera inmediatamente el mando para retomar el control de la ciudad, pero él consiguió frenarles y también, algún tiempo después, inducirles a escuchar a los delegados del Consejo de los Cuatrocientos, sin resultados dignos de relieve.

Entretanto en Atenas el frente oligárquico se rompía y un grupo extremista llegó incluso a atrincherarse en una zona del Pireo para convertirla en el punto de entrada de las tropas espartanas en Atenas. Los más moderados, al mando de Terámenes, reaccionaron de inmediato, demolieron las fortificaciones y votaron una devolución de los poderes a la Asamblea que, pese a estar limitada a cinco mil, era de hecho ampliamente representativa de la ciudadanía. Ésta votó seguidamente también la vuelta de Alcibíades, y la breve llamarada oligárquica se apagó aparentemente sin dejar rastro. Mientras tanto se reanudó la actividad militar en la zona de los estrechos, donde la flota, galvanizada por la vuelta de Alcibíades, se enfrentó con el enemigo en Abidos y Cinosema con resultado positivo.

Aquí termina para nosotros el testimonio de Tucídides y comienza el de Jenofonte y sus *Helénicas*, pero hay quien ha visto una novela de intriga filológica en este cambio de guardia: Jenofonte, discípulo de Sócrates, polígrafo y aventurero, habría publicado con su nombre, como primer libro de *Las Helénicas*, el que en realidad sería el último libro de Tucídides, cuyo manuscrito habría caído en sus manos. La hipótesis, replanteada recientemente, cuenta con muchas probabilidades de ser cierta, en parte por el altísimo nivel conceptual y dramático de este testimonio.

Alcibíades consiguió un éxito clamoroso en 410 en Cizico, donde los atenienses lograron una victoria tan clara como para inducir a los espartanos a pedir la paz: ellos tendrían que devolver Decelea y los atenienses Pilos, que ocupaban aún desde los tiempos del asalto a Esfacteria. Aunque era una propuesta realista, fue rechazada. Un demagogo llamado Cléofon, que fabricaba instrumentos musicales, convenció a la Asamblea para que pidiera una restitución de todas las ciudades de la liga de Delos ocupadas por los espartanos. Obviamente no se hizo nada de esto.

Mientras tanto a la ciudad todavía le quedaba energía creativa para proseguir los trabajos de construcción del Erecteion en la Acrópolis, mientras que en las Grandes Dionisias de aquel año se ponía en escena *Las fenicias* de Eurípides, obra en la que se representaba el drama de Eteocles y Polinices, los dos hermanos del mito de Edipo, que al final se dan muerte mutuamente en duelo. Un nuevo grito de dolor y de espanto del gran trágico contra la locura humana y contra la ciega furia de la guerra, grito, ni que decir tiene, destinado a no ser escuchado.

En ese momento el juego estaba de nuevo en manos de Alcibíades, un hombre que estaba realmente a la que saltaba: astuto y temerario, vengativo y camaleónico. En Esparta no daban crédito a sus ojos cuando le veían comer pan de cebada con el mítico (¡y horrible!) caldo negro, lavarse con agua fría y rasurarse el pelo al cero; de igual modo que en Jonia era indolente y amante de los placeres, en Tracia iba a caballo lo mismo que los naturales del lugar y se embriagaba incluso más que ellos con vino puro, y con los persas hacía alarde de un fasto y de una elegancia que les quitaba el hipo. En aquel momento tenía una indiscutible superioridad en el mar, pero los tiempos de la potencia ateniense habían pasado ya, porque el destino de la ciudad estaba en su fase de declive; a menos aliados, menos contribuciones; a menos contribuciones, menos posibilidades de conservar a los aliados. Del otro bando, en cambio, los espartanos podían contar con una generosa financiación del Gran Rey y proceder a la reconstrucción de la flota perdida. En 409 recuperaron Pilos y en aquel mismo año Mégara volvió a ocupar finalmente Nisea. Hasta la misma Corcira, a causa de la cual Atenas había emprendido la guerra del Peloponeso, abandonó la liga.

La antigua causa común de los griegos contra los bárbaros era poco menos que un recuerdo: ahora incluso los atenienses mantenían relaciones amistosas con Cartago como para poder ejercer una presión sobre Siracusa y retirar sus fuerzas del teatro de operaciones oriental. A pesar de todo, Alcibíades mostró todavía una gran capacidad estratégica y táctica reconquistando Bizancio y Tasos con dos brillantes operaciones invernales. A continuación, en 408, decidió volver a Atenas y fue recibido por una multitud que le vitoreó. Tras poner pie en tierra, se dirigió en cortejo flanqueado por sus amigos y por su escolta personal hasta la colina de la Pnyx, donde proclamó delante del pueblo su inocencia de la acusación de haber profanado los misterios eleusinos. Fue reintegrado a su rango y le fueron devueltas sus propiedades, pero debió de darse cuenta en aquel momento de que lo que tanto había anhelado, el liderazgo de su ciudad, no le daba ya gran satisfacción y que delante de él tenía un horizonte sombrío en el que era casi imposible entrever ningún destello de luz. Volvió a embarcarse después de cuatro meses para un último desafío al destino.

Entretanto en Esparta el mando supremo había sido confiado a un general llamado Lisandro, un hombre de extraordinaria capacidad e inteligencia que tenía poco que ver con la figura tradicional del soldado espartano de una pieza, incapaz de componendas, tercamente fiel a su propio código de honor. Durante casi un año se mantuvo lejos de la flota claramente superior de su adversario y cuidó en cambio muchísimo las relaciones con el nuevo sátrapa de Lidia, el príncipe Ciro, hijo de Darío y de Parisatis y hermano del emperador Artajerjes. Con apenas diecisiete años era el preferido de su madre, que le daba su apoyo en todo: diez años después apoyaría en secreto una loca tentativa de derrocar a Artajerjes para ocupar su puesto en el trono aqueménida. Ésta daría origen a una de las más grandes aventuras de la Antigüedad, la mítica «expedición de los Diez Mil», narrada por Jenofonte en un diario de guerra basado en los apuntes tomados directamente sobre el terreno.

Lisandro se convirtió en su amigo personal; halagó su vanidad, dio satisfacción a todos sus caprichos y aguantó sus cambios de humor con una única finalidad: obtener dinero, todo el dinero que le hacía falta para doblegar a Atenas.

Al cabo de un año de escaramuzas, en las que los adversarios no aceptaron en ningún momento el enfrentamiento directo, Alcibíades se vio en la necesidad de encontrar fondos para poder sufragar las soldadas y zarpó rumbo a Caria dejando la flota en manos de un amigo suyo y compañero de francachela, un tal Nocio, con la orden de no entablar combate en su ausencia ni siquiera en caso de que el enemigo le atacase. Pero Nocio, tras saber que a escasa distancia se hallaba la flota de Lisandro varada en la playa y con las tripulaciones en tierra, no pudo resistir la tentación de obtener una gran victoria y salió al mar con el propósito de atacar; sin embargo, Lisandro estaba ojo avizor, y en poquísimo tiempo hizo desvarar las naves y atacó con todas las unidades que tenía disponibles, infligiendo al incauto agresor una dura derrota. Al regreso de Alcibíades, éste trató inútilmente de provocar a su adversario para que combatiera: Lisandro estaba refugiado en el puerto, satisfecho del resultado obtenido.

Uno de los oficiales atenienses, sin embargo, regresó a Atenas y habló de Alcibíades delante de la Asamblea acusándole de todas las infamias imaginables, llegando incluso a afirmar que se había ido de putas (cosa, por otra parte, no del todo improbable) mientras Lisandro atacaba a su inepto lugarteniente. Fue lo bastante convincente como para provocar su destitución. Cosa extraña, una suerte análoga (aunque por motivos estrictamente institucionales) fue la que le tocó también a su homólogo espartano, Lisandro, que sería sustituido por un aristócrata «de la vieja escuela» llamado Calicrátides. Alcibíades, privado del mando, no se atrevió a volver a Atenas y se refugió en sus dominios de Tracia, donde se había preparado una casa-fortaleza defendida por sus leales y donde ejerció una especie de protectorado sobre los asentamientos griegos de la zona, periódicamente expuestos a las incursiones de los bárbaros del interior.

La guerra se reanudó y esta vez fueron los espartanos quienes hicieron el primer movimiento: con un hábil golpe de mano, Calicrátides consiguió bloquear la flota del almirante ateniense Cotón en el puerto de Mitilene, en la isla de Lesbos. Los atenienses no tuvieron elección: era absolutamente preciso liberar a la escuadra prisionera. A costa de enormes sacrificios, se reunió otra flota de ciento diez naves; se obligó a los ciudadanos, de cualquier estamento de fuesen, sin ninguna distinción, a sentarse en los bancos de la boga, se les prometió la libertad a los esclavos y hasta alguna forma de ciudadanía y, finalmente, la nueva flota se hizo a la mar.

El enfrentamiento con los espartanos se produjo en las proximidades de un pequeño archipiélago llamado de las Arginusas, situado entre la isla de Lesbos y la costa de Asia Menor. Aunque vencieron los atenienses, inmediatamente después se desencadenó en la zona un violento temporal, por lo que fue imposible recoger a los náufragos, que perecieron en número de más de dos mil. De los ocho comandantes, dos no regresaron —lo cual demuestra lo mucho que se fiaban de la imparcialidad de sus conciudadanos—, y los restantes fueron mandados a prisión y acusados de omisión del deber de socorro: un delito que se castigaba con la pena de muerte.

Siguió un juicio sumario, mucho más parecido a un guión teatral que a una verdadera acción legal, tras el que se pidió a la Asamblea simplemente que votara si absolvía o condenaba a los estrategos sometidos a acusación. No faltó quien se rebeló gritando que aquel proceso era una farsa, que los mandos no podían ser juzgados y condenados en bloque, sino que cada uno de ellos tenía derecho a un juicio por separado, y que además el voto no había sido secreto porque habían sido presentadas dos urnas perfectamente reconocibles, la una para el sí y la otra para el no. La reacción fue increíble: el acusador quiso que aquellos que se oponían fueran a su vez acusados y solicitó para ellos la pena de muerte.

Las instituciones cayeron en una orgía de demagogia desenfrenada mientras en la ciudad reinaba un clima terrible, alucinante, con miles de personas vagando cual fantasmas, con vestiduras de luto y con la cabeza rapada.

Todos los intentos por devolver el proceso al cauce de la legalidad fracasaron; las intimidaciones ahogaron todas las voces de desacuerdo excepto una, la de Sócrates, que hizo oír su protesta alta y claramente, pero sin encontrar el favor del pueblo: los estrategos fueron condenados a muerte y ajusticiados acto seguido. Entre ellos estaba Pericles el Joven, hijo de Pericles y de Aspasia. La ciudad se había privado de un solo golpe del Estado Mayor de la marina de guerra que había demostrado su gran valentía en el campo de batalla. Quedaba Conón, que hasta aquel momento no había brillado precisamente por su sagacidad.

Por esta vez Sócrates se salvó. Tal vez era ya lo bastante popular y conocido para hacer temer una reacción violenta en caso de ser eliminado. El filósofo, hijo de un cantero y de una comadrona, particularmente poco agraciado de aspecto, con una gran nariz y los ojos saltones, o, dicho de otro modo, la negación misma del ideal griego que atribuía también al aspecto físico un alto valor, se había dedicado a un tipo de investigación totalmente nuevo y en abierta ruptura con las teorías y la práctica de los sofistas.

Afirmaba que el verdadero sabio es aquel que sabe que no sabe nada y que la verdadera sabiduría está en conocerse a uno mismo. Enseñaba gratuitamente en las plazas y bajo los soportales, incitaba a la discusión a los paseantes y planteaba con insistencia y obstinación el problema moral, el de obrar según la propia conciencia y la honestidad. No dejó nada escrito, ni dio nunca discursos en público como hacían los sofistas que se daban aires de maestros: para él el único camino era una búsqueda continua y obrar con probidad de acuerdo con lo que dictaba el *daimon*, la conciencia.

Su profunda sabiduría, su coraje y su honestidad no sirvieron de gran cosa a la hora de extender la cordura y prudencia en su ciudad, que parecía ahora ya definitivamente en manos de los demagogos. Ellos alimentaban la intransigencia partidaria de la guerra por el simple motivo de que únicamente así el poder podía continuar haciéndose ilusiones de que la ciudad seguía siendo una gran potencia y conservar de este modo algún tipo de cohesión.

En aquellos años murieron, uno tras otro, primero Eurípides y luego Sófocles: los últimos grandes educadores de masas. Se iban en silencio, abandonando la escena a la comicidad grotesca de Aristófanes, que en *Las ranas* (el coro está compuesto por los renacuajos de la laguna Estigia) representa a un Hércules bufonesco enviado por los dioses al Hades a fin de traer de nuevo a la vida a un poeta trágico al que la ciudad necesita desesperadamente.

Tal vez el sentimiento de lo irremediable de la derrota había hecho volverse más viles aún a los demagogos, que, al darse cuenta de que a veces los prisioneros liberados tras el rescate se habían presentado nuevamente al combate contra Atenas, hicieron votar la medida de cortar la mano derecha a todo aquel que fuera hecho prisionero, una barbarie de la que solamente se creía capaces a los persas y que un día habían de pagar muy cara.

Las operaciones militares se reanudaron en 405 cuando Conón fue a tomar los estrechos por la parte de la península de Gallipoli, en una localidad llamada Egospotamos, la misma en que había caído el meteorito de Anaxágoras, a fin de desafiar a Lisandro, nuevamente a la cabeza de la flota enemiga, en un enfrentamiento decisivo. Durante días salió a mar abierto sin que el enemigo aceptara la provocación. Pero Lisandro era un viejo zorro: esperaba a que la situación le fuera completamente favorable.

Convencidos ya de que los espartanos estaban atemorizados, los atenienses empezaron a descuidar la vigilancia y aflojar la disciplina, dispersándose muchos por los pueblos del interior para comer, beber y solazarse. Un buen día apareció por allí Alcibíades, que vivía en su fortaleza a escasa distancia, para advertir a los mandos de que aquel lugar estaba demasiado expuesto y que si los espartanos atacaban se verían en serias dificultades. Conocía el terreno como la palma de su mano y no perseguía otro fin que resultar útil. Pero le respondieron que se ocupara de sus asuntos, que los comandantes allí eran ellos y que él no contaba ya para nada.

Alcibíades abandonó el lugar. Dos días después Lisandro zarpó sigilosamente antes del amanecer, atravesó los Dardanelos y cayó rápidamente sobre las naves atenienses, todas ellas varadas y sin tripulación. Las trompas dieron desesperadamente la señal de alarma, pero era ya demasiado tarde. De las naves que pudieron ser lanzadas al mar muy pocas tenían sus bancos de boga al completo: algunas tenían dos órdenes de remeros de tres, otras incluso uno solo. Fue un auténtico desastre. La flota fue aniquilada. Conón se salvó con ocho naves.

La noticia de la derrota llegó a Atenas en plena noche, traída por la nave *Páralo*. La voz de la derrota corrió por el Pireo, atravesó las Largas Murallas, hasta la ciudad, y pasó de casa en casa, de boca en boca, sembrando el terror y el espanto.

De repente la ciudad pareció despertarse de una borrachera colectiva que había durado años, y todos se dieron cuenta del destino que les amenazaba, acordándose de lo que se había hecho con los melios y con otros muchos. Se recordaron los horrores, las atrocidades, las locuras cometidas en tantos y tantos años de guerra y todos pensaron que ahora iban a tener que sufrirlos ellos: los ciudadanos de una patria imperial tomaban conciencia de pronto de que su soberbia ciudad iba a poder ser arrasada, sus mejores hombres pasados por las armas y las mujeres y niños vendidos en pública subasta como esclavos y dispersados por el mundo. Aquella noche nadie pudo ya pegar ojo.

Lisandro se presentó a principios de primavera y bloqueó el Pireo con ciento cincuenta naves de guerra, mientras que el ejército mandado por el rey Agis rodeó la ciudad por el lado de tierra. Se inició un febril intercambio de embajadas, que los espartanos hicieron durar largos meses, pero sólo para que la ciudad se viera reducida al hambre. Al final no le quedó más elección a Atenas que una rendición incondicional.

Los aliados de Esparta, de modo especial los tebanos, pidieron que la ciudad fuera arrasada, los hombres exterminados y el resto de la población vendida como esclava, pero los espartanos una vez más dieron prueba de prudencia. Dijeron que no se podía tratar así a una ciudad que había hecho unos méritos inmensos en la defensa de la libertad de todos los griegos, y que se limitarían a volverla inofensiva para siempre. Fueron, pues, comunicadas las condiciones de la rendición: el derribo de las murallas y de las Largas Murallas, la entrega de toda la flota superviviente a excepción de doce naves, la aceptación de una defensa espartana en la Acrópolis y la entrada en la liga peloponésica en una posición de subordinación.

Luego, puesto que nadie tenía el valor de moverse, Lisandro ordenó a sus músicos que tocaran las flautas y que con aquel siniestro sonido comenzase el desmantelamiento de las murallas. Una escena aterradora que nos trae a la mente la orquestina del *Titanic* que seguía tocando mientras el trasatlántico se iba hundiendo en los abismos.

En aquel momento no quedaba más que un ateniense peligroso: Alcibíades. El único que habría podido volver a unir en una piña a sus ciudadanos y devolverles el entusiasmo y acaso también las ganas de volver a empezar desde un principio. Era, como se diría hoy, una bomba de relojería, y no se podían permitir el dejarle con vida. Por si fuera poco, el rey Agis tenía con él una cuenta pendiente y le parecía increíble que encima tuviera que recompensar al hombre que había gozado de su hospitalidad con tanta desfachatez.

Lisandro mandó una petición urgente al sátrapa Farnabazo con el que Alcibíades estaba negociando su propia incolumidad, y aquél mandó a un grupo de sicarios para darle muerte. Éstos no tuvieron, sin embargo, el valor de enfrentarse con él a cara descubierta. Prendieron fuego a la cabaña en la que se había refugiado con su última amante, una hetaira llamada Timandra. Alcibíades se cubrió con unas mantas húmedas e irrumpió afuera; como un demonio salido de los mismísimos infiernos, atravesó las llamas, empuñando la espada. Ni siquiera entonces tuvieron el valor de enfrentarse con él. Le asaetearon con flechas y lanzas, de lejos, hasta que se desplomó acribillado por los flechazos, traspasado en varios puntos de parte a parte, en medio de un charco de sangre. Entonces, se fueron para referir el resultado de su misión, mientras Timandra, bañada en lágrimas, trataba de recomponer, como mejor podía, el cuerpo martirizado.

La ciudad tuvo que aceptar asimismo la instauración de un gobierno oligárquico que recibía órdenes de Esparta y que fue conocido con el triste nombre de «los Treinta Tiranos». Poco duraron: cinco años después todos estaban descontentos de la hegemonía espartana, sombría, dura y opresora, y no fueron pocos los que echaron de menos a los atenienses. Los tebanos, por ejemplo, dieron hospitalidad, prestaron ayuda y entregaron armas a la oposición democrática ateniense en el exilio, que se organizó en los confines del Ática a las órdenes de Trasíbulo, un hombre honesto e inteligente. Atacaron armados el Pireo y derrotaron a las milicias de los oligarcas restaurando la democracia.

Pero fue precisamente bajo aquel gobierno restaurador de las libertades cívicas cuando tuvo lugar el proceso, la condena y la muerte de Sócrates. En un momento en que era indispensable unir a la ciudadanía y consolidar las instituciones democráticas, muy frágiles aún, no se podía tolerar a alguien como Sócrates, que iba de un lado para otro sembrando la duda en las mentes de la gente, hablando de esa divinidad desconocida, ese misterioso *daimon*, que nadie había oído mencionar jamás, que le hablaba al oído y le sugería cómo tenía que obrar. Por lo menos había que reducirlo al silencio.

Y así hubo quien se encargó de incriminarle bajo una doble acusación: la de corrupción de la juventud y la de impiedad. Él se dirigió a los jueces populares con una cuidada defensa sobre su modo de obrar y suplicó a los que tenían ya la bolita negra en el bolsillo para introducirla en la urna de la muerte que pensaran lo que iban a hacer y si no estarían causando un grave daño a la ciudad más que a él, Sócrates. Dijo que no pedía nada para sí, que no había querido exhibir a su mujer e hijos arrasados en lágrimas para conmover al jurado y que lo único que pedía era poder proseguir su búsqueda en medio de su gente a plena luz del día. Les imploró que no se mancharan con un crimen que nadie comprendería y que cubriría de ignominia su honor para los siglos futuros. El agua iba cayendo gota a gota dentro de la clepsidra mientras el gran sabio hablaba ante la mirada llena de admiración y emoción de sus discípulos. Luego, llegó el momento del silencio y de la votación.

Fue condenado por una mayoría muy escasa. Entonces se le

preguntó qué pena solicitaba para él; él respondió que la ciudad debía garantizarle una pensión vitalicia por sus méritos civiles, lo cual le enajenó por completo las simpatías de todos aquellos que habrían podido salvarle la vida. Aquello fue tomado como un insulto al jurado, que pidió, y obtuvo, la pena de muerte.

Fue encarcelado, pero en aquel momento un Sócrates muerto habría resultado mucho más perjudicial que un Sócrates vivo: es cierto que aquel resultado no era el que un hombre como Trasíbulo se hubiera esperado. Espantarle, bajarle los humos incluso, pero en ningún caso quitarle la vida. Se le ofreció entonces, bajo cuerda, la posibilidad de huir a Beocia con unos amigos de confianza: la guardia de la cárcel haría la vista gorda aquella noche.

Demasiado fácil. Sócrates se negó a ello, quiso obligar a la ciudad a asumir sus responsabilidades y, pese a que sus discípulos le imploraron con lágrimas en los ojos, se mostró inconmovible. Estuvo charlando con ellos hasta el último momento y luego se volvió hacia el verdugo para preguntarle qué debía hacer para que el veneno actuara del mejor modo. Éste le contestó que debía pasearse hasta que sintiera frío en los pies. Entonces debía acostarse y cuando el frío hubiera llegado al corazón sobrevendría la muerte.

Sócrates bebió la cicuta y despidió a sus abatidos discípulos con unas pocas palabras que el mundo no había de olvidar jamás: «Vosotros salís de aquí a vivir; yo, a morir; sólo los dioses saben cuál de las dos cosas es mejor».

22 de diciembre de 1999

He ido a ver a Kostas para felicitarle las Navidades y el Año Nuevo, aunque no tiene mucho sentido dada la situación y teniendo en cuenta al personaje. No he tenido el valor siquiera de leerle el último capítulo de este libro.

Me ha preguntado:

—¿Cómo es que no has terminado aún? ¿Has tenido problemas?

—Sí, los he tenido —le he respondido yo—. ¿Sabes?, no sé cómo terminarlo. ¿Dónde termina la historia de Atenas?

Él se ha encendido un cigarrillo y me ha mirado con esos ojos suyos parpadeantes e inquisitivos:

—Por mí —ha dicho—, puedes terminar si quieres conmigo. Pero eso te condenaría a estar trabajando durante el resto de tu vida y no sé si aún eso te bastaría...

No he podido evitar sonreír.

—Te sonríes, pero así es. Y además, no podrías resistir la tentación de meterme a mí también en esa historia: Konstantinos Stavropoulos, empleado del ayuntamiento de Atenas, cantante lírico fracasado; piensa qué papel haría yo al lado de Pericles, Eurípides, Sócrates...

Le he cogido de la mano y he continuado:

—Gran tenor, gran sabio, gran amigo..., mi amigo ateniense...

—Ah. Lo dices para consolarme. Pero resulta acertado; yo en tu lugar lo haría. ¿Sabes qué te digo? Que yo lo terminaría con la muerte de Sócrates, ese pesado que iba por todos lados poniendo la mosca detrás de la oreja de la gente como si no tuviera bastante con sus propios problemas, con sus propios follones.

—Sé que te gustan los sofistas... ¿Qué sentido tiene entonces acabar con Sócrates?

—Porque... Ya sabes por qué. Y luego hay una frase que pronuncia antes del fin...

—«Vosotros salís de aquí a...»

—Sí. No sé si es cierto si la dijo o no, o bien si es un invento de Platón. Éste se inventó la Atlántida, todo un continente, así que figúrate. Pero, si la dijo, por sólo esa frase es ya un hombre merecedor de recuerdo, al que no se puede olvidar ni ahora ni nunca.

—Es una bonita idea. Me lo pensaré... Y volveré, tan pronto como haya terminado. Volveré a leerte todo el capítulo, ojalá que sea esta primavera, ¿qué me dices?

Ha sacudido la cabeza:

—Sí, esta primavera, cuando haga más calor. Hace frío en esta habitación, ¿no te parece? Tengo los pies helados, y también las piernas. Tengo frío.

Me he ido porque seguramente no habría conseguido aguantar la situación y me habría comportado como un estúpido. He bajado a la calle y me he mezclado con la multitud que abarrotaba las calles de Atenas para hacer las compras de Navidad.

Bibliografía

ESTA BIBLIOGRAFÍA COMENTADA NO TIENE OTRA FINALIDAD que servir de guía al lector no especializado para profundizar en los diferentes temas tratados. Por consiguiente señalaremos sobre todo las obras disponibles en italiano, con indicación de aquellas que han sido traducidas al castellano, y sólo en temas muy concretos. Cuando resulte útil o significativo un apoyo bibliográfico para algunos asuntos o para hipótesis específicas, ofrecemos referencias de obras en otras lenguas.

Obras de consulta general

Sigue siendo válida y de agradable lectura, aunque en ciertos aspectos esté superada, la monumental *Cambridge Ancient History*, en italiano *Storia del Mondo Antico*, Milán, Il Saggiatore/Garzanti, 1972-1974, en especial los volúmenes 3 y 4.

Más reciente y actualizado, aunque de planteamiento temático, es el amplio y profundo compendio sobre la cultura y la civilización de los griegos, y, por lo tanto, también de los atenienses: *I Greci. Storia, arte, cultura e società*, Turín, Einaudi, 1996 (aún en curso de publicación); especialmente los volúmenes 2 y 3, acompañados de un aparato iconográfico bastante rico perfectamente integrado en el texto.

Quien en cambio desee seguir una lectura más ágil y sintética puede consultar la interesante obra de H. Lloyd-Jones, *I Greci*, Milán, Il Saggiatore, 1967.

Desde un punto de vista estrictamente referido a la Antigüedad resulta útil todavía el volumen de M. A. Levi, *La Grecia antica,* en la obra enciclopédica *Società e Costume*, Turín, UTET, 1963; mientras que el aspecto artístico es examinado de forma mucho más amplia y completa en la *Enciclopedia dell'arte antica* de la Fondazione dell'Enciclopedia Italiana Treccani.

Pasando a obras monográficas, aunque básicas también, sobre la historia griega, y ateniense en particular, resulta útil tener presente el volumen de M. Sordi, *Storia politica del mondo greco*, Milán, Vita e pensiero, 1982, por su planteamiento claro, sintético y muy original, así como el primer volumen de la *Storia Greca* de H. Bengtson (1965), Bolonia, Il Mulino, 1982, y D. Musti, *Storia greca*, Bari, Laterza, 1989, una obra de gran sensibilidad y de una claridad ejemplar. De carácter más monográfico y específico, pero también de planteamiento general, es la obra de C. Meier, *Atene*, Milán, Garzanti, 1996, síntesis riquísima, fascinante, profunda y, además, de agradable lectura, cualidades no frecuentes en los trabajos académicos.

Nos adentramos en asuntos más específicamente políticos en el ámbito de la civilización ateniense con D. Musti, *Demokratía. Origini di un'idea*, Bari, Laterza, 1995, análisis lúcido y muy sabio de las características y de la estructura ideológica de la democracia ateniense, y con D. Kagan, *Pericle di Atene e la nascita della democrazia*, Milán, Mondadori, 1991, más biográfico y centrado en la figura del gran caudillo.

Acerca de la sociedad espartana y de su historia cabe destacar a J. T. Hooker, *Gli spartani*, Milán, Bompiani, 1984. Más reciente, con una óptica original y con una atención especial a las fuentes, S. Valzania, *Brodo nero: Sparta pacifica, il suo esercito, le sue guerre*, Roma, Jouvence, 1999.

Obras de temas específicos

Las fuerzas armadas

Fascinante, aunque a veces un tanto arriesgada, es la obra de V. D. Hanson, *L'arte occidentale della guerra*, Milán, Mondadori, 1990; más ideologizada y menos técnica, pero más atenta a los aspectos sociales y culturales es la obra de Y. Garland, *Guerra e Società nel mondo antico*, Bolonia, Il Mulino, 1985. Aunque no traducidos al italiano ni al castellano, no podemos dejar de mencionar a J. Warry, *Warfare in the classical World*, New York, St. Martin's Press, 1980, y P. Connolly, *Greece and Rome at War*, Londres, Macdonald, 1981, por el riquísimo aparato de ilustraciones y por la representación esquemática de las principales batallas y campañas militares.

Además, para las operaciones atenienses en Sicilia y en general para las temáticas políticas y militares relacionadas con la presencia griega en la isla, sigue siendo un texto fundamental: M. I. Finley, *Storia della Sicilia antica*, Roma-Bari, Laterza, pp. 70 ss.

Aspectos jurídicos

De asunto específico pero tratado en profundidad desde la perspectiva de la antropología cultural es la obra de E. Cantarella, *I supplizi capitali in Grezia e a Roma*, Milán, Rizzoli, 1991 (hay trad. cast.: *Los suplicios capitales en Grecia y Roma*, Madrid, Akal, 1996). Más general, como análisis de la sociedad a través de la crónica judicial véase U. Albini, *Atene: l'Udienza è aperta*, Milán, Garzanti, 1994.

Sexualidad, pederastia y prostitución

Tal vez demasiado audaz y en un cierto sentido «parcial» en algunas de sus conclusiones pero muy rica en cuanto a investigación e iconografía es la obra de E. C. Keuls, *Il regno della fallocrazia, la politica sessuale ad Atene*, Milán, Il Saggiatore, 1988. Sobre las hetairas y las mujeres públicas en Grecia y en Roma resulta muy ágil y de agradable lectura E. Cavallini, *Le sgualdrine impenitenti, femminilità irregolare in Grecia e a Roma*, Milán, Bompiani, 1999. En general para la condición femenina en la Antigüedad véase S. Pomeroy, *Dee, prostitute, moglie e schiave*, Milán, Bompiani, 1997 (hay trad. cast.: *Diosas, rameras, esposas y esclavas*, Madrid, Akal, 1999[3]).

Navegación comercial y militar

Es ya un clásico pero sigue resultando básico sobre el tema, L. Casson, *Navi e marinai nell'antichità*, Milán, Mursia, 1976; el asunto de la navegación es asimismo tratado por L. Braccesi y V. Manfredi en *Mare Greco*, Milán, Mondadori, 1992, y en *I Greci d'Occidente*, Milán, Mondadori, 1996. Para quien esté interesado en temáticas de asunto estrictamente técnico en la realización de la *Olympias*, no existe más que el texto inglés de J. S. Morrison y J. F. Coates, *The Athenian Trireme*, New York, Cambridge University Press, 1986.

El medio ambiente y el impacto ambiental

Particularmente interesante por el análisis de pasajes específicos en las fuentes es la obra de K. W. Weeber, *Smog sull'Attica. I problemi ecologici nell'antichità*, Milán, Garzanti, 1991.

Topografía y urbanismo

Hay importantes referencias a estos temas en obras de carácter general, como L. Benevolo, *Storia della città*, Roma-Bari, Laterza, 1993, vol. I: *La città antica*; M. A. Levi, *La città antica*, Roma, L'Erma di Bretschneider, 1989, pp. 291-306; J. B. Ward-Perkins, *Cities of Ancient Greece and Italy. Planning in Classical Antiquity*, Nueva York, G. Braziller, 1974. Aunque algunos aspectos han sido superados por investigaciones más recientes, continúa siendo válida la obra monográfica de I. Thallon Hill, *The Ancient City of Athens*, Nueva York, Argonaut, 1953.

Mitología

La elección es amplísima. Nos limitaremos a recordar obras muy clásicas y difundidas como la de K. Kerényi, *Gli dei* y *gli eroi della Grecia*, Milán, Garzanti, 1978 (hay trad. cast.: *Los dioses de los griegos*, Caracas, Monte Ávila, 1997) y la de R. Graves, *I miti greci*, Milán, Longanesi, 1999 (hay trad. cast.: *Los mitos griegos*, Madrid, Alianza, 1986). Una revisión creativa e imaginativa la ha proporcionado R. Calasso, *Le nozze di Cadmo e Armonia*, Milán, Adelphi, 1988(hay trad. cast.: *Las bodas de Cadmio y Harmonía*, Barcelona, Anagrama, 1999).

Oráculos y santuarios oraculares

J. Richer, *Geografia sacra nel mondo greco*, Milán, Rusconi, 1989; R. Bloch, *Prodigi e divinazione nel mondo antico*, Roma, Newton Compton, 1981 (hay trad. cast.: *Los prodigios en la Antigüedad clásica*, Buenos Aires, Paidís, 196?; *La adivinación en la Antigüedad*, México D. F., Fondo de Cultura Económica, 1985). Más divulgativo y en parte superado por recientes investigaciones arqueológicas, pero generalmente correcto y de lectura interesante es P. Vandenberg, *Oracoli*, Milán, Longanesi, 1982.

Por último, hemos tenido también presente, para el decreto de evacuación de la ciudad de Atenas durante la segunda guerra persa, a L. Braccesi, *Il problema del decreto di Temistocle*, Bolonia, Cappelli, 1968 (también el texto que presentamos es tratado por el libro), y para la hipótesis de Tucídides como autor del primer libro de las *Helénicas* de Jenofonte a L. Canfora, *Storie di oligarchi*, Palermo, Sellerio, 1984, una idea original e inquietante, contada con una prosa brillante e incisiva.